今宵美人嬌

上

文創風 370

糖豆 著

目錄

序……005
第一章……009
第二章……019
第三章……027
第四章……037
第五章……049
第六章……059
第七章……067
第八章……077
第九章……087
第十章……097
第十一章……109
第十二章……117
第十三章……125
第十四章……133
第十五章……145
第十六章……155
第十七章……165
第十八章……173
第十九章……187
第二十章……193
第二十一章……207
第二十二章……217
第二十三章……227
第二十四章……235
第二十五章……247
第二十六章……257
第二十七章……267
第二十八章……277
第二十九章……289

序文

糖豆

從來沒想過可以寫序文，太激動，請容我深呼吸平靜一會兒，呼～～

這本書的概念源自於我減肥的痛苦，那天突發奇想，如果古代的姑娘要減肥瘦身，會是怎麼樣的情形？所以，才有了故事的原型。

我是微胖型的，說胖不胖、說瘦不瘦，自我折磨到了將近自虐的地步。

我瞭解這痛苦，我也是女人，終究不忍我文下的姑娘再承受更多的惡意，所以她胖的時期基本上是略過的，主要闡述瘦身的過程和以後。

古代的大家閨秀各個精通才藝，三從四德，可我寫的偏偏是一個什麼都不會，外人看來只有一張臉尚可的傻姑娘。

湯圓很傻，可她善於分辨旁人眼光的好壞，亦從未幹過害人之事，她只是不聽、不說、不言，只做自己想做的事，做好該做的事。

面對瘦身前的惡意，她刻意忽略；面對瘦身後的羨慕，她仍不驕不躁。在旁人看來或許太傻，但是我始終認為，女孩子，要守住本心，不能因外界的因素或自身的改變就變得不好，變得虛榮。

守住本心，不忘初心，這是我羨慕也想堅持的地方。

而若說湯圓是平淡如水，那麼男主元宵就是熱情似火了。

小時候男生想吸引女生注意時，不外乎就是扯頭髮或者故意做些壞事，大抵都是如此。女主和男主也是這般，性格完全不同的兩人，卻相互糾纏，走過了青梅竹馬的歲月。

這個男主不完美，連我自己都這麼想。

他性子躁，獨占慾強，很多很多的缺點，可是呢，我寫過幾本書，他偏偏是我最喜歡的男主，沒有之一。他的優點明顯，缺點也很明顯，就是這樣，他在我的心裡才顯得鮮活。世上無完人，他的缺點，讓我覺得他更可愛。

他可以為了湯圓放棄一切繁華，甚至唾手可得的皇位都可以不要，能做到這一點，他的優點在我心裡就無限放大了。也幸好，一開始雖確實是強求，後來到底變成了兩情相悅，得到了圓滿的結局。

想說的話很多，糾結了一下午才寫出這麼一點，回頭去看，很是不知所云；可我不想改，因為這就是我想說的。

這本書從動筆到最初的完結，用了差不多一年多的時間。那時候，很多人都不看好這本書，甚至還勸我放棄，因為它的成績確實不理想。可我沒有放棄，因為這是我想寫的故事，我偏愛湯圓和元宵，所以我一定要寫完，不為名、不為利，單純想給兩人一個圓滿的結局，為了元宵的堅持，為了湯圓的幸福，我不能放棄。

女孩子的心是水，柔軟亦堅韌。

湯圓就是一個傻姑娘，沒有才、沒有藝，不過是芸芸眾生之中一個胸無大志的姑娘，可因她做到了堅持，所以她得到了幸福。

但願你我也能和湯圓一樣，堅持自己的本心，歸宿亦是幸福。

第一章

在地人都知道，揚州知府家有三位小姐，傳聞大小姐溫柔賢淑，二小姐頗為爽利，至於三小姐……

無人知曉。

這說來奇怪，揚州自古便是騷人墨客的聚集地，各家小姐的聚會也是一天接一天，眾人遊山玩水，看盡揚州花，但這位三小姐卻從未現身參加。那帖子天天都往知府家送呢！大小姐和二小姐可是各家常客，不少人遇上兩位便會乘機談起三小姐，不過她倆皆語焉不詳，只說小妹身子不太好就不願再多談。

越是遮掩就越是令人好奇，要知道這知府家的大小姐、二小姐不僅性子各有千秋，容貌更是出色，那……三小姐是不是也和兩位姊姊一樣呢？

柳氏半靠在榻上閉目歇息，還有半刻鐘就該用午膳了，大丫鬟紅珠上前輕聲稟報。

「夫人，三小姐那邊派人來說了，今天還是不在正房用飯。」

聞言柳氏笑問：「這是第幾天了？難不成這次她真能堅持下去。」

紅珠也笑了。「已是第四天了呢，三小姐這次好像是來真的。」

「她來真的？我可不信！」柳氏一下子坐了起來，自行理了理髮髻。「難道妳忘記了？我記得好像是前年，讓她少吃點，結果呢？她為了一盤點心生生給我哭暈過去，斷了她的吃食就跟斷了命根子似的，現在說要減肥，誰信呢！」

話雖這麼說，柳氏嘴邊卻始終啣著一抹笑。

這孩子得來不易而且當年還早產，剛出生時跟隻貓崽子似的，哭聲微弱得幾乎聽不到，連大夫都說很有可能養不活，或許正因如此，她總對小女兒偏袒些，結果不知不覺便成了這副模樣。

小女兒不喜穿、不喜戴，就喜歡吃！幼時還好，小孩子嘛，胖乎乎的可愛些，看著也喜氣；可現在都已十歲，馬上就是大姑娘了，身材卻依舊圓潤，雖說好在她骨骼小，即使肉多，只要配上粉嫩嫩的打扮，看著還像個八歲女童，勉強算得上可愛，但她仍不免擔心，照小女兒越吃越多的趨勢發展下去，往後怎麼得了？

不意外的，這丫頭前幾天突然又鬧著要減肥，近來日日都吃白粥、素菜，也不知道她這次有幾分熱度，若真能成功就好了。揚州可不比京城，女子體態一個比一個纖瘦，小女兒那樣的，真真是一個都找不出來。

紅珠彎著身子伺候柳氏穿鞋，扶著她坐到椅子上才道：「雖然三小姐還未懂事，但也算是個大姑娘了，愛美之心總是有的，這是女兒家的天性。」說完看向一旁桌上放的帖子，全是給小姐們的，這兒只得一半，另外一半紅珠已經退回去了。

退的一半，自然都是給三小姐的。

她想了想又開口說道：「但願此次三小姐是真的想通，畢竟都十歲了，那些邀約再推下去也不太好，總是拿身子不好來當藉口，外頭肯定認為三小姐是病秧子，多少會損害名聲。」

柳氏皺眉，眼睛一瞪。「反正咱們也不會在揚州長住，老爺不可能永遠在這兒連任，早晚都要回京的，這裡的人怎麼看根本就無所謂！」

見柳氏如此反應，紅珠便不敢再多說了。她心裡也知道夫人這是無奈之舉，當病秧子總比被人嘲笑的好，揚州才女數不勝數，若是哪家小姐拿三小姐的體態開玩笑，作成了詩文，那三小姐就真的不知該如何自處了。

「嗯，這道八寶粥做得不錯，入口即化，一點都吃不出裡頭放了紅豆和甜棗，全化在了米湯裡，廚房的師傅們手藝越來越好了，該賞，該賞。」

三小姐湯圓一手端著碗，一手拿著勺子往嘴裡送。雖然說的是誇讚的話，但表情卻很平淡，眼神也十分呆滯，絲毫未顯欣喜。

桌上擺了許多盤菜，看著多，分量卻很少，最重要的是，全是綠色的。

她身旁左右各站著一名丫鬟，兩人相視，一陣眼神交流後，穿著紅衣的丫鬟敗下陣來，猶豫地開口道：「小姐，這不是八寶粥，只是普通的小米粥，是您讓奴婢去廚房吩咐的，還說要特別稀的那種。」

湯圓點了點頭，往嘴裡送粥的動作不停。「嗯，這粥做得很好，記下來，讓娘親打賞。」

「是。」紅衣丫鬟低頭應了，無奈地看向對面穿著綠衣的丫鬟。

綠衣丫鬟上前一步，用公筷挾了些清炒豆芽放在湯圓面前的碟子裡，輕聲道：「小姐別光喝粥，用些菜吧。」

湯圓聽話地放下手裡的碗，改用筷子把菜送進了自己嘴裡，點點頭又木著臉稱讚。「師傅們的手藝實在是太好了，雞絲居然也能做出豆芽的口感來，既有雞肉的嚼勁又有豆芽的爽口；再記下來，讓娘親好好賞賞。」

綠衣丫鬟閉了閉眼，深吸口氣，而後把臉湊近特別認真地看著湯圓。「小姐，這就是豆芽，不是雞肉！」

湯圓抬眼回望近在咫尺的丫鬟，伸手把她的臉往後一推。「嗯，我知道，這是雞肉不是豆芽，記下來吧，記得給賞。」

言畢，湯圓繼續用飯，兩個丫鬟靜靜地在旁伺候，臉上是如出一轍的挫敗。

不一會兒，湯圓低頭看著自己突出的肚子，軟軟地開口道：「吃飽了，撤下去吧。」

丫鬟們看了眼桌上的菜，根本幾乎沒動，小碗裡的粥也只用了一半。

「小姐……」

勸阻的話還沒說出口，湯圓已自顧自地站起身，腳步虛浮地走往裡間。

「我休息會兒，不用進來伺候了，妳們也去用飯吧。」往前走幾步後腳下一頓轉過身，雙眼終於恢復些神采，她來回在兩個丫鬟身上打量，垂著腦袋想了好一陣子，最後手一拍。「有了！」手指向紅衣丫鬟。「從今天起，妳不叫石榴了，叫紅裳。」接著再指向綠衣丫鬟。「妳也不叫蘋果了，叫綠袖。」

主子賜名是好事，且總比原先全是水果好。兩人齊齊行禮。「紅裳（綠袖）謝小姐賜名。」

湯圓點了點頭，又繼續往裡間走，邊走邊嘟囔。「這樣應該算是高雅了吧……」

紅裳、綠袖對望一眼，旋即轉身直奔夫人正房。不能再放任小姐了！節食好幾天，她已開始神思恍惚，再這樣下去，身子一定會受不了的！

剛用完飯，不能馬上坐下。

雖然餓得發虛，但湯圓還是很頑強地在臥房來回走了幾圈，最後實在沒力氣了，才一下癱坐在梳妝鏡前，低頭看著因彎身而更為突出的小肚子，不禁癟嘴。

餓了幾天，一點都沒有變小……

抬頭看著銅鏡裡的自己。圓圓的眼，圓圓的臉，從頭到腳都圓圓的，好在膚色甚白且年紀小，看著還有一絲可愛，並非記憶中那位腰壯臀圓的胖姑娘。可湯圓知道那就是自己，出嫁前夫君好似濃情密意，出嫁後連碰都不碰她一下，所有人明裡暗裡嘲笑，她終是忍不住上吊自殺，結果繩子一下就斷了，害她連自殺都成了一件娛人之事，更無臉面苟且自度，最後生生割脈而死。

原以為死亡便能解脫，沒承想時光居然倒轉了！回到了幼時，回到了尚可轉圜之時，但這實在太不可思議，令她即便過了好些日子仍不敢相信，自己竟還有機會重活一次。

上輩子的一切在腦海中不停閃過，她苦笑一聲。其實也是她咎由自取，不僅人傻，相貌、身形又這般醜陋，可偏有個好家世，實在怨不得那白眼狼如此待自己，至少如今她學會了看一個人不能只看表面，也察覺到原來自家下人大多都在嘲笑自己；而且值得慶幸的是，前世直到自己身故家裡也沒出過什麼大事，只有一事須特別注意，可那還早呢！現在她只要專注改變自己，別重蹈覆轍就行。

她湊近銅鏡仔細瞧自己的臉，隱約看到了一絲青色，怔怔地道：「爹娘取名時真有『先見之明』，這不就是顆湯圓嗎？不過現在變成綠豆皮的了。」摀著明明剛吃過飯卻還不停叫著的肚子。「晚上換幾樣菜吧，看來不能全吃綠色的，再吃整個臉都要發青了。」

結果到了晚膳的時候，湯圓就被紅裳、綠袖架去正房了。

紅珠早在門口等著，遠遠看見三道人影從廊上而來，待看清來人，當場笑了出來。三小姐依舊一身粉色衣裳，看來圓潤可人，雖垂著腦袋看不清表情，但是渾身散發著無力的感覺，明顯是被兩個丫鬟給拖過來的。她笑著走近，彎著腰小聲喊道：「三小姐？」

湯圓沒有反應。

紅珠站起身子，好笑地說道：「幾日不見，三小姐清減了許多。」

「真的嗎？紅珠姊姊我真的瘦了嗎？」湯圓一下子抬起了頭，眼睛亮得驚人。

紅珠本想打趣湯圓幾句的，不過一看見湯圓的臉，心裡頓時難受極了。才短短幾天，三小姐的身形沒變化，但那原本紅潤的臉色卻變得死白，雙眸亦渙散無神，而那眼底的青色更是嚇人。她上前一步按著湯圓的肩膀說得認真。「三小姐現在年紀尚小，瘦身之事慢慢來即可，不必急於求成，傷了身子反而不好。」

「這個不重要！」湯圓抓著紅珠的手再次問道：「紅珠姊姊我真的瘦了嗎？」

紅珠怔怔地看著湯圓，被她眼底的急切嚇到了，反射性地慢慢點頭。「三小姐確實瘦了些。」吧？

「太好了！」湯圓笑了，開心地往屋裡跑，一反剛才那副要死的模樣，一點都看不出來是快餓暈的人。

瘦了、瘦了，紅珠姊姊說自己瘦了！她腦中只剩這句話，興奮地加快步伐，繞過屏風甜笑著大喊。「娘！」剛剛喊完便愣在原地。

大姊和二姊去別人家玩了，要小住幾天還沒回來，阿爹這幾日公事繁忙，也無法在家裡用飯，所以現在只有娘親一人；可湯圓已顧不得請安，目光早被桌上的飯菜吸去，她不自覺地吞了吞口水，走上前去，就這麼站在桌邊死死地盯著。

柳氏悠哉悠哉地挾了一片肉送進自己嘴裡，一陣陶醉。「嗯～～確實好吃，這可是今日剛送來的野兔呢！是妳爹友人在外頭親手獵的。」而後看了一眼湯圓，好笑地問：「站著做什麼？坐下吃啊，這是妳爹送來給妳補身子的呢！」

湯圓傻傻地看著柳氏，不停吞口水，卻沒有挪動腳步。

好像真的下定決心了？柳氏挑了挑眉，起身走到湯圓旁邊，拉著她的手指著桌上的飯菜。「看見那道揚州八寶魚了嗎？這可是珍寶樓的招牌菜，平時可是很難吃到，妳不是經常鬧著想吃嗎？也是妳爹聽聞妳最近喊著瘦身，命人早早預定，今日才送過來的。」繼續再指。「還有這個，妳大姊、二姊雖然沒有回家，但同樣知道妳的情況，想勸妳悠著點，派人送回來青筍雞崽湯和鮮藕合，也是給妳補身子的，妳當真不吃，要辜負他們的心意嗎？」

湯圓根本不敢再看那些飯菜，只好盯著柳氏，或者說是盯著柳氏的小腹。

母親至今一共生了三個女兒，未得男丁，生下自己後持續喝藥調養身子，卻再也無孕，這已成母親的心病，甚至曾絕望到準備替父親納妾，是父親不願意，只說或許自己命中注定無子，頂多往後再從旁支過繼一個來便是，但父親越是體諒，母親就越是愧疚。

不過算算時日，現在小弟應該已經在娘的肚子裡了，只是娘還不知道而已。

湯圓努力轉移注意力，可是耳邊仍一直傳來柳氏介紹食物的聲音，雖能控制眼睛不往那兒看，卻不能控制口水氾濫啊！

柳氏幾乎把桌上菜餚都指了一遍，就想看看小女兒是否能忍得住，見她口水吞不停，卻仍執意盯著自己不轉頭的模樣，柳氏心裡大大鬆了一口氣。她蹲下身，直視著湯圓的眼睛問得認真。「妳是不是真的決定了？妳若真要減肥，娘就會幫妳，但娘絕不許妳半途而廢，能做到嗎？」

看著貌美的柳氏，湯圓點了點頭，把口水全部吞回去後亦答得認真。「嗯，想和大姊、二姊還有娘一樣身姿如柳。」

柳氏豔冠群芳，溫婉動人，雖已年近三十，但保養得宜，看起來最多二十三、四歲，而兩位姊姊也是一等一的漂亮；但想想上輩子的自己，做一件衣裳的料子別的姑娘都可以做好幾件了，實在太過肥胖，而且臉上也全是肉，把眼睛都擠沒了，滿臉油光真的是看著都覺得膩味！

「果然和紅珠說的一樣，湯圓大了，知道愛美了。放心吧，只要妳有心，娘一定會支持妳。」柳氏笑著摸了摸湯圓的包包頭。「事實上前幾日娘已派人送信給妳在京城的外祖母，請她給妳找一位精通調理的嬤嬤。咱們要健康地減，否則任妳這般瞎折騰，肉還沒掉，人就先倒了，到時不僅我心疼，妳爹和姊姊們也會怪我怎麼不看好他們的小湯圓。」

「謝謝娘。」湯圓輕靠進柳氏懷裡，小心翼翼的，沒有碰著她的肚子。

她思量了會兒，亦想讓娘親早日減輕心中負擔，可重生一事太過匪夷所思，只能拐彎抹角了。

第二章

湯圓抿了抿嘴，換了副口氣，有些不解地說道：「娘，女兒昨晚作了一個好奇怪的夢。」

柳氏拍著湯圓的背，打趣地問道：「作什麼夢了？難道夢見自己大吃特吃了不成？」

湯圓小臉一紅，連忙辯解。「不是、不是！女兒昨天晚上夢到一個好可愛的男孩，然後有個老和尚出現，說這是娘親給女兒生的弟弟呢！」興奮地拉住柳氏的手。「娘，我真的有弟弟了嗎？」

兒子一直都是柳氏心裡的痛，吃了那麼多年苦藥卻沒有半點效果，一想到這事馬上紅了眼眶，有些勉強地笑道：「沒有弟弟呀，那只是夢而已。」

見柳氏一點都不信，湯圓咬了咬下唇說得倔強。「可是那位老和尚就是這麼說的，他還說弟弟現在就在娘的肚子裡呢，只是娘不知道而已！」

柳氏還是沒將此事放在心上，吩咐人撤下整桌菜，換一桌清淡的上來後，拉著湯圓在椅子上坐好。「今晚妳就跟著娘吃吧，等嬤嬤到了再照指示做，這幾天妳少吃些就可以了。」

不料湯圓竟直接對著一旁的紅珠嚷道：「紅珠姊姊我不舒服，我渾身都疼，妳快去給我請個大夫來！」

柳氏看湯圓這樣子知道她牛脾氣又上來了，手指直接朝她額頭點去。「妳這認死理的性子怎偏偏不用在正道上！先前為了吃的妳給我哭暈過去，這幾天為了瘦身又能幾乎不吃東西，現在更離譜了，作了個夢就非得要請大夫來。」

湯圓不管，倔強地鼓著雙頰看著柳氏，活脫脫像顆包子。

柳氏真的想忍，可最後還是忍不住笑了出來。小女兒這副模樣實在太可愛了，圓圓的雙眸控訴般地望著自己，但可笑的是她這幾日眼底留下的青色在雪白肌膚上異常明顯，這麼看來，倒像自己虐待了她似的！

「行了、行了，我真是怕了妳。」柳氏擺擺手，對著紅珠吩咐道：「妳去把大夫請過來吧，不然這丫頭今天又要哭給我看了。」

紅珠笑著應了，立即出去打點。

家裡本就有大夫坐鎮，反正每月月初也要請平安脈，如今已到月底，就當是提前了，正好給這丫頭好好看看，雖才節食幾天，還是確定沒餓出什麼毛病較為安心。

得到了滿意的結果，湯圓欣喜地看著柳氏，圓圓的眼睛笑成了彎月，像極了偷吃魚兒的小貓。柳氏見狀白了她一眼，這丫頭，總能上一秒把人氣得跳腳，下一秒又嬌憨得讓人無法生氣。

沒多久大夫便到了，湯圓急不可耐地拉著他直往柳氏身邊去。「大夫你快幫我娘看看，她肚子裡是不是有弟弟了！」

兩名大人臉上都是一片平靜，畢竟柳氏對此事早已不抱期待，而大夫亦知情，故只是照慣例在手腕搭上白布後診脈。

想不到大夫神色卻漸漸嚴肅起來，有些難以置信，又慎重地檢查一陣才斟酌地開口道：「夫人的脈象確實有些像滑脈，只是日子尚淺，要再過幾天才能真正確定是否有孕。」

柳氏美目圓睜，看著大夫，完全無法相信。

所有人都傻住了，一時無語。

只有湯圓仍不滿意，直接對著大夫說得篤定。「什麼叫像滑脈，娘就是懷孕了，而且還是弟弟呢！」

大夫這會兒也不敢小瞧湯圓了，微微彎身回話。「夫人的脈象尚淺，確實看不分明。」轉頭再問紅珠。「夫人這幾日可有異常之處？小日子是否正常？」

紅珠回過神，仔細想了想，驚喜地說道：「夫人這兩日確實時常覺得身子無力有些乏，且這月的小日子還沒來呢！」

聞言大夫點了點頭。「夫人的身子並無異樣，那倒是有八分的把握了。」頓了頓又看向湯圓。「只是不知道三小姐是怎麼得知夫人懷孕，還一口斷定是男胎呢？」

柳氏這會兒也回過了神，顧不得大夫還在場，拉著湯圓的手急道：「妳把夢裡的事情全部跟娘好好說說！」

湯圓眼睛眨巴眨巴地望著柳氏。「女兒在夢裡看到了一個小娃娃，本不知道他是誰家的孩子，但就覺得他親切，便一直跟他玩，後來有個老和尚過來告訴女兒這是我弟弟，只是他還在娘的肚子裡而已。」想了想又笑著說道：「那個老和尚可氣派了，他全身都冒著金光，就像仙人一樣！」

大夫聽到這般童言便明白了，虧自己還以為三小姐是突然開竅，看這滿臉稚氣的樣子，想必還沒懂事呢！只是這事未免太湊巧，如果夫人真一舉得男，那代表三小姐挺有慧根，不然為什麼會托夢給她呢？

大夫彎身對著再次出神的柳氏說道：「雖然現在沒有十分的把握，但請夫人這兩日切勿操勞，一切以身子為主。或許這話說得有些早，但是小老兒在這討個彩頭，恭喜夫人終於如願了。」

大夫的話都說到這地步了，由不得柳氏不信了，她小心地摀著自己的肚子，傻傻地看著。不用柳氏吩咐，紅珠自動遞上了一個大大的荷包給大夫，還親自送他出去。

過了好久，柳氏才低頭擦了擦眼淚，眼眶微紅地看向湯圓想跟她說些話，不料卻看到湯圓側著頭死死盯著旁邊，雙手摀著自己的小肚子，嘴也抿得緊緊的。柳氏順著她的視線看去，忍不住噗哧一笑，原來飯菜已經重新上桌了。

聽到柳氏的笑聲，湯圓這才回過神，滿臉通紅地看著柳氏，惱巴巴地喚了聲。「娘。」話音剛落，肚子便跟著響了起來，一聲接一聲，不禁手摀得更緊，小臉也更紅了。

湯圓這樣子，柳氏就是有再多的話想說，這會兒也沒心情了。她笑著站了起來，拉著湯圓往飯桌走。「行了，咱們吃飯去吧。」

整頓飯吃下來，柳氏相當滿意，湯圓餓成這樣仍十分節制，一直揀素菜吃，唯一入口的一片肉還是經過自己允許才挾的，白飯和蔬菜湯都只用了半碗就停下，甚至乖巧地等著自己用完才下桌。

這樣很好，自家的女兒，怎麼可能比別人差呢？

其實小女兒的眉眼比兩位姊姊都要精緻，只是現在整個人都胖乎乎的，掩蓋住那天生的好皮相，她很期待，小女兒長成窈窕淑女的那一日到來。

用完飯後湯圓便離開正房，懷孕這麼大的事情，自然已有人去向阿爹報信了，她可不想夾在那兩人中間。她幸福地揉著肚子，雖然沒有吃太飽，但先前餓了這麼多天，如今已覺得十分滿足。

慢慢走回自己的院子，路上奴僕的打量她一律裝沒看見，就和以前一樣。

紅裳與綠袖緊緊跟在湯圓身後。紅裳的性子較軟，如同湯圓無視了那些目光；綠袖的性子就烈些，雖然沒叫嚷出聲，但卻狠狠地瞪了回去。看什麼看！小姐性子再軟也不是你們這群人可以編派的！

紅裳拉了拉綠袖的袖子，示意她別再這樣了，跟這些人浪費時間做什麼，且越是在意，對方傳得越是厲害；反正這些人再怎樣也不敢明說，夫人可是早就下令，一旦發現哪個嘴碎的，不管是家生子或者外買婢，一律亂棍打死。

綠袖也知道不該理會，但總是控制不住自己的脾氣，理了理心情，上前笑著對湯圓說道：「小姐今晚想玩什麼？要奴婢陪您簪花兒、踢毽子還是編花籃？」

湯圓搖了搖頭。「不玩，我要回房去練字。」

「練字?!」紅裳和綠袖驚訝得一同喊出聲來。

湯家在京城鼎鼎有名，還有位老祖宗湯國公坐鎮，但自家老爺並非是受家族榮寵，而是正經走科舉路子踏入官場的，學識淵博自是不用說，且大小姐、二小姐也繼承了老爺的文人風骨，一個詩文出色，一個畫藝了得，唯獨自家小姐什麼都不會，因為她只對吃的感興趣，其他連敷衍都嫌麻煩。老爺別的也不強求，只希望她好歹要練得一手好字，小姐勉強答應了，結果出來的效果……說差強人意都算客氣了；可現在小姐居然肯主動練字？這真是太不可思議了！

「嗯，練字。」湯圓點頭，隨即又低聲嘀咕了句。「得向大姊、二姊看齊才行，腦袋不靈活，只能選擇最笨的方式了。天天練，照著寫，總能寫出阿爹說的那種意境。」

她說到做到，一回到房裡便端端正正地坐在椅子上，努力回想阿爹以前教的——挺胸，收腹，直背，胸口離桌子一拳的距離，小臉嚴肅地開始臨摹。

雖然湯圓真的很想堅持，雖然她晚飯也真的沒有吃太飽，但那小肚子本就一直都在，收腹一會兒她便覺得呼吸困難了，結果慢慢的，縮進去的小肚子就一點一點地突出來，身子也不知不覺地歪了。

「咳！」綠袖在旁磨墨，頭也不抬地咳了一聲。

湯圓立馬坐正，再次認真臨摹，紅裳見了，轉過身摀著嘴努力不讓自己笑出聲來，結果正好對上滿臉喜色從門外進來的湯老爺。

「老爺。」紅裳、綠袖連忙福身。

「爹爹！」湯圓隨即丟開手裡的筆，起身迎上前去。

一見到小女兒，湯老爺忍不住歡喜，一把抱起湯圓，用鬍子輕扎她的小圓臉，大笑著問道：「湯圓今天可讓爹好生歡喜！說吧，想要什麼、吃什麼？為父一定給妳弄來！」

他如今都是三十多歲的人了，雖然女兒是心頭好，而他也不是非要兒子不可，但心裡總會有那麼點想頭，畢竟女兒終究無法繼承香火；可數年來皆無聲無息，在夫妻倆都快放棄之時，不意夫人居然懷上了，而且還是仙人向小女兒托夢呢！這讓湯老爺深信不疑，這次一定是男胎，自己就要有兒子了！

湯圓不自在地扭動身子。好久沒被阿爹這樣抱著了，真的很不習慣也很癢，她擰著眉躲避湯老爺的鬍子。「女兒沒有想要的，也沒有想吃的，只要爹爹高興就可以了。」

湯老爺還是不撒手。他知道女兒這幾天鬧著要瘦身，大概不愛吃的了，細想了一番後提議。「不然明天妳跟著爹一起去廟裡還願吧！妳不是說夢裡有仙人嗎？我們得去誠心拜佛，好好感謝佛祖保佑才行。」

小女兒至今還未出過門呢，這個她一定會喜歡的！

可是湯圓並沒有如他想像般高興，反是伸手圈住了湯老爺的脖子，將腦袋埋在肩上，不讓他看見自己的表情，許久後才悶悶地道：「湯圓不去，阿爹自己去吧。」

若不是抱著女兒，湯老爺真想拍自己腦門一下，他太過高興便把湯圓的情況給忘了！「無事的，明天阿爹陪妳坐馬車，我們直接從後山進去，不會有人看見的。」

湯圓緊緊抱著湯老爺，過了好久才傳出一聲。「嗯……」

她真的很感動，要知道，阿爹向來喜歡騎馬遊街，甚至從未陪娘親坐過馬車。

漸漸的，湯老爺臉色有點脹紅，他咬了咬牙，不得不開口。「小湯圓，阿爹……阿爹手痠，抱不住了。」

湯圓頓時收起所有感動，木著小臉從湯老爺身上滑了下去。

第三章

今日湯圓穿著一件嫩綠百褶裙，眼下雖仍染著淺淺的青色，但是比昨天要好多了，而且現下她小臉紅撲撲的、圓眸亮晶晶的，看來期待出門已久，根本不像她平時表現得那般不在意。

柳氏壓住心酸，笑著幫她理了理額髮。「妳爹已經在小門等著，快過去吧，今天就不在家裡用飯了，他會帶妳去吃廟裡的齋飯，很好吃的。」

聞言湯圓恨不得馬上飛奔而去，但還是不忘快速囑咐。「是！那娘您記得好好休息，要聽大夫的話，不能累著弟弟了！」

柳氏瞧她著急的樣子，連忙笑著答應了。「好，知道了，快出發吧！」

湯圓這才轉身往小門的方向奔去，湯老爺果然在馬車邊上等著了，見到湯圓，一下把她抱上了馬車。

一路上，湯圓雖極力按捺，但湯老爺怎會看不出她其實一點都坐不住？他在一旁笑看著，想看她能忍到何時才去掀開簾子。

湯圓坐在窗邊，專注地側耳傾聽車外的動靜。各式各樣的嘈雜聲，人聲、車馬聲，更多的是小販的吆喝聲，外面的世界總是生機勃勃的，可惜前世她極少外出，沒多少機會親眼見見世面，所以即便重活一世她亦是萬分嚮往啊……

湯老爺始終注視著湯圓，本來還想找機會鬧鬧她，可是看到她臉上的黯然，嘴邊的話就說不出口了。他拍了拍湯圓的頭，鼓舞她。「把簾子掀開吧，看看外面，真的很熱鬧的。」

湯圓抿了一抹笑，卻是搖頭。

想出門，往後多的是機會，這世她定要光明正大地看！

她想了想，決定轉個話題，睜大眼睛問湯老爺。「阿爹，我們今天去的是什麼寺廟啊？好玩嗎？」

其實方才話一說出口湯老爺就後悔了，因為自家夫人千叮嚀、萬囑咐，小女兒好不容易開竅，現在正是最關鍵的時候，絕不能讓外人知道她就是知府家的三小姐，若她在外面被人嘲笑，回來一定找自己算帳。

既然湯圓給了臺階下，湯老爺自然不會不接，立馬笑著說道：「我們要去的是揚州最出名的寺廟，名喚千佛寺，整座廟宇的範圍從半山腰涵蓋到山頂，裡頭的佛像足足有上千，不止一般百姓會去上香拜佛，還有好多俗家弟子在那兒鑽研佛法呢！」

千佛寺就在距揚州城外不遠的山上，談話間馬車早已出了城，湯老爺掀開自己這邊的簾子往外看，果然，已經開始上山了，連忙招呼湯圓來看。「瞧，這一路上有多少馬車，全都是要上山拜佛的。」

湯圓小心地往外望。真的，馬車一路綿延不絕，今天只是平常日子就有這般人潮，想來逢年過節更是香火鼎盛。

看了一眼她便打算回位子坐好，湯老爺卻一把拉住她，讓她微微探出身子朝山上看。「妳再看看，那就是千佛寺了，從下往上看是不是相當宏偉？」

這條路僅供達官貴人的馬車通行，湯圓這麼小小看一眼不會有事的。

飛快地再看一眼，真如父親所言，在半山腰就能見著廟宇了，一座座全隱藏在鬱鬱蔥蔥的樹林裡，只有飛簷碧瓦露出了真顏。她深深地吸一口氣，還在山腳，就聞得到廟宇獨有的檀香味了。

「那待會兒爹您自己進去拜佛吧，我在馬車裡頭等就是了。」光路上就那麼多人，廟裡人流肯定更甚，若和爹一起進去，別人便知道自己是誰了。

「無礙的。」湯老爺早就考慮到了這一點。「我昨天就派人給住持捎了消息，我們直接上山頂即可，他會在佛室內等著。」

待抵達目的地，湯老爹牽著湯圓下車，徑直走進了前方的一座小院，穿過門後就看到一位正盤腿坐在蒲團上的老和尚。這還是湯圓第一次見到和尚呢！忍不住細細打量，可是……怎麼感覺跟想像中不太一樣呢？

這位和尚大約六、七十歲，看來未顯老態，面容亦十分和善，可是怎麼也無法將他與慈悲為懷聯想在一塊，因老和尚看起來紅光滿面，而且他身上披的袈裟，湯圓敢保證，那絕對不是鍍金，而是純金。整件袈裟的做工似乎比家中那套母親大婚時穿的嫁衣還要考究，材料、針線亦更為精緻。

湯圓在打量對方的同時，對方也正打量著她。

過去常聽湯老爺提起自家的三女兒，總說她孩子氣重，甚至天真到了無知的地步，今日得以一見，他倒覺得湯老爺有些言過其實了。她天真懵懂是真，可眼底那抹與她年紀不符的成熟也是真，他不太明白這丫頭的眼裡為什麼會出現兩種截然不同的思想，雖然矛盾，但確實是一體存在的。

搖搖頭把思緒暫且丟開。「阿彌陀佛，初次見面，老衲是千佛寺的住持慧真。」

湯圓連忙回神，也跟著將雙手合十，彎身回話。「湯圓見過慧真大師。」

雖看著不像出家人，但人家確實是位得道高僧啊，所以湯圓自報姓名的時候根本沒料到這位住持居然會直接大笑出聲，一點都不給面子。她訝異擰眉，傻愣愣地看著慧真。

慧真笑夠了才喘著氣道：「小施主這名字實在取得好，果然是人如其名。」

湯圓沒回話，就這麼靜靜地看著慧真。

「咳、咳。」慧真尷尬地咳了兩聲。這丫頭明明什麼都沒做，為什麼自己會覺得心虛呢？他指了指旁邊。「是老衲失禮了，一杯果茶賠禮，可好？」

湯圓沒有動作，猶豫地看向了湯老爺。

湯老爺大笑一聲。「湯圓趕緊喝呀，慧真平日可沒那麼大方！」

聽爹爹如此說，湯圓才端起一旁的果茶小小抿了一口。果肉清香，且好似也有山楂的酸甜，融合在一起還挺好喝的，開心地又喝了一小口。

慧真看湯圓把茶喝下去後，對著湯老爺行了個禮。「老衲確實不大方，所以這杯是要十兩銀子的。」

十兩銀子?!湯圓眼睛瞪得圓溜。她一個月的月例才五兩，還不夠喝一杯茶呢！

「你這是強買、強賣！這茶裡不就是放了些山楂進去嗎？你居然敢跟我要十兩！」湯老爺直接拒絕。

慧真悠悠地搖了搖頭。「阿彌陀佛，湯施主你也是知情的，為了修整山道，我們佛寺耗費了多少人力、物力啊！有享受就該付出，況且十兩銀子對你來說根本就是九牛一毛。」

湯老爺又不是第一次跟慧真打交道了，哪裡會買他的帳。「這可不行，這裡的齋飯貴就算了，是我自願來吃的，但這杯茶卻是你給小女賠禮的，你現在反過來找我要錢，天底下可沒這種事！」

「這裡的齋飯很貴嗎？」湯圓好奇地問。

湯老爺自毀形象翻了一個白眼。「一點都不貴，一個人二十兩銀子而已。」

湯圓倒吸一口冷氣，總算明白這慧真大師身上的袈裟是從何而來了。

見湯老爺油鹽不進，慧真嘆了一口氣，對著湯圓招了招手。

湯圓疑惑地走到他面前。

慧真從懷裡掏出了一串佛珠，不捨地看了許久後，毅然決然地套在了湯圓的手上。「這個才是賠禮，茶錢必須要給。」

湯圓低頭看著手腕上的佛珠，紫黑色的圓潤珠子戴在身上便感到安寧，心裡的浮躁亦緩緩散去。

湯老爺見了眉毛一挑，這次毫不猶豫地道：「行！茶錢一定給。」

慧真看著湯圓的手腕，一陣肉痛，然後瞪著湯老爺。「漲價了，十兩金子。」

「行，金子就金子！」湯老爺爽快答應。

湯圓這下也明白，看來自己是得了好東西。

此時幾位小和尚端著齋飯進來，湯圓的注意力便立刻集中到一處。

一碗清粥，幾樣小菜，平常至極。這在外頭頂多幾十文錢吧，可這裡居然要價二十兩銀子，而且還是一人份！不過湯圓自然不會當面說出這般失禮的話，只是揉著肚子看著湯老爺。

湯老爺摸了摸湯圓的包包頭，笑著說道：「去吃吧，雖看著不怎麼樣，味道還是可以的。」

慧真在旁邊哼了哼。「我們千佛寺的齋飯可是一絕，味道絕對值那個價！」

看在自家女兒得了好東西的分上，湯老爺今天也懶得和慧真爭辯了，只讓湯圓趕緊去吃。湯圓聽話，乖乖地去用飯，這讓慧真對她有了些好感。

「你這個女兒還不錯，比你這當爹的好多了，就沒見過像你這麼摳門的。」

自家女兒被誇，湯老爺一臉與有榮焉。「當然！也不看看那是誰的女兒。」頓了頓，又搖搖頭說得心酸。「她是不當家不知柴米貴，才不會跟你計較這幾個錢。」

兩人閒聊時，湯圓便安靜地在一旁用飯。這齋飯確實不錯，明明只是普通菜色，味道卻不一般，單單放了少許佐料嚐起來就比自家做的更顯鮮美。她邊吃邊聽他們對話，越聽越覺得這兩人根本不像大師與信徒，倒像話本裡為了一文錢費盡口舌的市井婆子們。

談話間，慧真看向不吵不鬧、始終乖巧的湯圓，對她的喜愛又添了幾分。記得以往湯老爺曾對他說過，小女兒很是自卑又有些怯弱，方才那串佛珠能凝神靜氣，應能幫助她放鬆心神。出家人慈悲為懷，今日這孩子又頗得他眼緣，他想……那就再送她一段善緣吧！

等湯圓用完齋飯站到湯老爺的身旁時，慧真微笑著對她道：「老衲與妳父親還有些話要好好談談，小施主一個人在這兒難免無聊，不如去我這千佛寺的後山轉轉？雖然風景比不上揚州城，但也相差無幾了，且這後山平日無外人來往，山裡也沒有大型的野獸，小施主可以盡情地四處逛逛。」

湯圓的眼睛一下子亮了，殷切地看著湯老爺。

湯老爺感激慧真的好意，點了點頭。「妳且去罷，好好看看，為父說完了話就去尋妳。」

「這倒不必。」慧真命站在一旁的和尚拿出了個信號彈遞給湯圓。「小施主若是逛累了，便把這個放出來，武僧們看見了自然會過去接妳的。」

湯圓接過後遞給了紅裳，朝慧真鞠了個躬。「湯圓謝過慧真大師。」

慧真也回了個禮。「小施主不必言謝，只是這東西製作不易，想必湯老爺很願意出這五十兩銀子的。」

湯老爺眼皮一抽，但見湯圓一臉期待，僅能恨恨地瞪了笑得得意的慧真一眼，忍痛笑著對湯圓說：「去吧，玩得高興點。」

湯圓上前輕輕抱了下湯老爺，便拉著紅裳興沖沖地出了門。

順著和尚指的路，沿著石梯一直往下走，周圍全是參天古樹，不時有鳥兒從頭頂飛過，樹香鳥鳴，水綠山青，真是怎麼看都覺得不夠！湯圓興奮得小臉泛紅，深深地吸了一口氣，心裡更加堅定了，往後定要出門好好遊玩一番。

紅裳內心也同樣激動，難得有機會到外頭見識，她開心地左顧右盼，突然間眼睛一亮，指著一棵樹大喊。「小姐妳看，那邊有松鼠！」

湯圓順著紅裳的手看去，樹上正停著一隻小松鼠，手裡還抱著松果呢！

小松鼠也注意到主僕兩人，歪了歪腦袋，似乎有些疑惑。湯圓輕手輕腳地上前一步，可小松鼠一受驚便飛快地往林子裡竄去。湯圓拔腿追去，紅裳見狀連忙跟上，兩人就這麼偏離了石梯，漸漸走進樹林深處。

林中完全無路，枯葉一層又一層地鋪了滿地，她們深一腳、淺一腳地走著，不一會兒就沒了小松鼠的影子，不過湯圓也不在意，繼續和紅裳高興地東看西看。

過了好一會兒，高昂的情緒終於消減，不禁覺得有些累了。主僕倆站在高處張望，發現前方不遠有條小溪，便手拉著手向前走去。到了溪邊，湯圓伸長脖子左右看了一遍，有些驚喜小溪竟看不到盡頭，瞧夠了才捧著清澈的溪水洗洗手，與紅裳互相清理了下，就這麼席地而坐，欣賞起旁邊的野花。

突然，湯圓轉身對著紅裳保證。「妳放心，以後我一定會帶著妳和綠袖把揚州玩個遍。」一同樣都是小姐，同樣都是大丫鬟，可紅裳、綠袖跟著自己卻受委屈了。

紅裳從小就伺候湯圓，知道自家小姐性子軟，從不苛待下人，連重話都未曾說過一句，她已經很知足了，笑著點了點頭。「嗯！待會兒回家去定要好好跟綠袖炫耀一番！」

主僕倆背靠背坐著暫且歇息一會兒，不久，不約而同地皺了皺鼻子，疑惑地對看一眼。

「妳有沒有聞到烤肉的香味？」湯圓直問。

紅裳嗅了一陣，猶豫地說道：「好像真是烤肉的味道。」可這裡是寺廟啊！怎會飄來烤肉香？

湯圓站起身，循著香味一路聞了過去，口水無法控制地冒了出來，腦子裡除了肉還是肉；至於紅裳還好，跟在湯圓身後仍知道注意周圍的情況，可突然間，她眼睛瞪得老大，發出一聲驚悚的尖叫後，倒地暈了過去。

這一切發生得太快，湯圓還在訝異一向柔弱的女子居然也能發出這般尖銳的嗓音，轉身隨即看見倒地的紅裳，接著，她感覺到了自己雙肩傳來的重量和野獸急促的喘氣聲——

第四章

湯圓渾身僵硬，扭著脖子往後看去，入眼只見黑色的毛髮，視線接著往上，看到正低頭俯視自己的大狗，舌頭長長地伸了出來，一直在哈氣。

這隻狗有多大呢？牠前肢搭在湯圓的肩膀上，站起來比她高出一個頭，一身黑色長毛，渾身漆黑，只有四隻腳前端毛色雪白。

湯圓不敢動，就這麼愣愣地抬頭看著這隻不知從何處冒出來的大狗。

一人一狗對視好一會兒，大狗似乎沒耐心了，低頭在湯圓身上嗅了嗅，隨後放下了搭在她雙肩上的兩隻前爪，但湯圓還沒來得及鬆口氣，大狗又突然竄到她面前，中氣十足地嚎了一聲。「汪！」

湯圓歪著腦袋，不明白牠想幹什麼，只能傻傻地盯著看。

大狗又對湯圓叫了幾聲，見她始終沒反應，直接坐在地上，往前一撲，前肢抱住了湯圓的腰，就這麼一直瞧著她。

雖然這隻狗真的很大，但湯圓從牠眼裡看不出凶惡的情緒，便放膽輕輕地扭了下身子，這才發現自己根本動都動不了。

而這一動，令大狗更加興奮，越叫越急。「汪汪汪！」

可湯圓實在猜不出牠的想法，被逼得沒辦法，只好嘗試直視牠的眼睛，動了動嘴巴。

「汪？」

大狗歪了歪腦袋，看來有些不明所以，但旋即又興奮起來，甚至把湯圓撲到了地上，非常熱情地用口水替湯圓洗臉。湯圓被大狗死死按住，完全無法掙脫，此時耳邊聽見一陣匆匆的腳步聲，緊接著陌生男子的聲音傳了過來。

「將軍！那個不能吃，不好吃的，趕緊放開！」

湯圓木了小臉。什麼叫不能吃、不好吃？

她努力避開熱情的大狗，側過腦袋看去，只見一名侍衛打扮的男子從林間竄了出來，這人方臉、劍眉，瞧著年紀大約二十左右。

男子靠近後，看到一旁徹底暈過去的紅裳，一下子瞪大了眼，幾步跨到了湯圓面前，上前抱住大狗的脖子奮力往後拖，一邊拉一邊喊。「將軍聽話，這個不能吃！肉馬上就烤好了！」

看起來挺壯的男子居然沒能拉動大狗，反令大狗更加激動，尾巴不停地搖，對著湯圓又是一陣亂舔。

幾番拉扯失敗，男子臉上冒汗，停下來喘口氣，順便打量被壓在下面的湯圓。他挺好奇的，尋常男子猛然看到將軍撲上去都會嚇得三魂跑了七魄，但這丫頭不哭不鬧，也沒見害怕，看來膽子還挺大的——

等等！他仔細盯著湯圓的眼睛，黑亮的圓眸定定瞧著自己，明明沒有情緒，可為什麼他會覺得這丫頭在嘲笑自己呢？居然被一個黃毛丫頭嘲笑了，簡直不能忍！雙手將袖子一捋，決心要把將軍給拉下來，他深吸一口氣還沒來得及行動，後方就傳來一道清冷的少年嗓音。

「將軍，過來。」

聲音一出，將軍馬上放開了湯圓，歡快地奔向來人。

湯圓循聲望去。大狗這次老實多了，雖是飛奔過去但並沒有撲上去，只是乖乖坐到那人面前，尾巴搖得歡快，搧飛了好多落葉，可少年卻沒有回應大狗的熱情，而是皺著眉看向了自己。

隔得有些遠，眉目看不分明，僅僅看清了他緊皺的眉心。

湯圓現在的樣子可謂狼狽至極。她的臉實在是太圓了，柳氏就替她剪了厚厚的齊劉海，這樣看著可愛得多，可現在經大狗一舔，整片劉海凌亂地外翻，滿臉口水，加上衣裳也全是腳印，讓人想忽視都難。

她從地上爬了起來，走到小溪邊蹲下，掬些清水將自己的臉使勁洗了幾次，直到感覺不到口水的存在才開始清理衣裙，此時身旁傳來聲響，她抬眼望去。

那位和自己年紀相仿的小公子也帶著大狗來到了溪邊，湯圓這才看清他的模樣。他長得真好看，五官精緻，像從畫裡走出來一般，只是周身圍繞著一股冷冽氣息，明明還小，卻讓人感覺不好親近。

「再看就把妳眼珠子挖出來！」一個眼神都沒分給湯圓便直接吐出這句話。

真凶！湯圓抿了抿嘴，不再看他，轉而看向同樣蹲在溪邊的將軍。

將軍很聽他的話，乖乖蹲在一旁注視著他，渾身散發股高興勁兒卻沒敢往他身上撲。

只聽少年強壓著煩躁，指著溪水對將軍說：「喝。」

聽到指令將軍馬上低頭喝水，舔了幾口後，伸長舌頭抬頭看少年。

「喝。」少年又下令。

將軍歪頭看了他一陣，繼續喝水，一人一狗就這麼來來回回好多次。

看著看著，湯圓忍不住揚起嘴角，雖然大狗看著威武，但是湯圓發誓在牠臉上絕對看到了無奈的情緒。

又反覆了幾次後，將軍不肯再喝了，牠的肚子都已經脹了起來。

湯圓沒抬頭去看少年的表情，只用餘光瞥見他來回走了幾步後也蹲了下來，擰著眉死死地看著將軍，最後，在她震驚的目光注視下，他一把抓住將軍的頭，用力地按進了水裡。

將軍懵了，想掙扎，卻聽見少年冷聲道：「不准動。」

命令一下，將軍就真的不動了，只能可憐兮兮地任由對方將自己按在水裡晃過來、晃過去的，像在替牠洗臉一樣。見到這景象湯圓忍不住想笑，可同時間腦中亦閃過個念頭——

他強行幫將軍洗臉，難道是因為將軍剛才碰過自己？而且他還命令牠喝了那麼多的水，難道是因為將軍舔了自己?!

洗了數次，少年終於放過將軍的頭，可旋即又將目標轉向兩隻前爪。將軍前面被整得暈乎乎的，自然更不會反抗了。他把兩隻爪子撥進水裡，分別抓著在水中划了幾下，才終於滿意不再皺眉。

好吧，湯圓確定，他確實是在嫌棄自己。

將軍已徹底沒了精神，蔫蔫的，雖然身上長毛依舊黑亮蓬鬆，可是整個腦袋瓜濕漉漉的，毛全都沾在了一起，瞧著和牠龐大的身子極不協調。

那名侍衛模樣的男子湊了過來，毫不猶豫地捧著肚子大笑起來。「哈哈哈，將軍你也有今天啊！看你以後還敢亂跑不！」

將軍十分不悅，直接將腦袋擱到地上，前爪搭在眼前。眼不見、心不煩！

「哈哈哈哈哈——」見將軍這副模樣，男子又發出了一陣大笑，待笑夠了才走到湯圓旁邊。「這位小姑娘。」

湯圓停下了清洗袖子的動作，抬頭直視對方，豈料男子一與自己對望又笑出聲來，這令湯圓很不高興，特別地不高興，甚至想學將軍直接把腦袋埋地上。

她默默低下頭，繼續打理自己。

「對、對不起啊小姑娘，我不是故意的，噗哧！哈哈哈——」想道歉，但從水中看見湯圓的倒影，忍不住又笑了起來。這姑娘的模樣太逗趣了，額髮濕答答地分成兩邊，再配上她認真的眼神，看來特別喜感。

湯圓不予理會，清理好一隻袖口就換另一邊，不經意地露出了手上的佛珠。

一見到佛珠，男子不笑了，眼裡閃過一抹瞭然；怪不得將軍那麼親近她，原來她也有這個，他轉頭看向始終沈默的少年。

少年凝神看著湯圓手腕上的佛珠，摸了摸自己的右手腕，跋扈地對著她喊道：「喂！妳手裡那串佛珠是誰給的？是不是慧真給妳的？」

湯圓沒回話也沒抬頭，只是一直埋首清理衣裳。

「喂！跟妳說話呢！」

見湯圓還是不答話，少年便伸手推了她一下。他下手真的不重，比剛才對將軍溫柔多了，可不料湯圓一直蹲在地上，腿早就麻了，加上因為梳洗微微探出了身子，如今他這麼一推，竟直接把她推下溪裡。

湯圓一頭栽了進去，還沒來得及反應，又被人拉著衣領從水裡提了起來。

幸好，水深僅及腰，她一把抹去臉上的水，看清提著自己衣領的，正是把自己推下水的罪魁禍首，不禁秀眉緊擰，一雙怒眸瞪視著對方。

「我不是故意的，哪知道妳這麼禁不起碰。」少年半身亦浸在水裡，提著湯圓衣領的手仍沒放，明明是在解釋，可這話聽著真讓人高興不起來。

湯圓一言不發，黑亮的眼睛始終定定地看著他。

「妳不是這麼小氣吧？我推將軍的時候牠可沒掉下去。」

現在是拿自己跟狗比了？湯圓更不願開口了，雙唇抿成了一直線。

她這副不合作的態度讓少年沒了耐心。本來湯圓穿著寬鬆衣裙，瞅著還挺可愛的，但現在經水一泡，圓滾滾的身子徹底暴露無疑。他勾起嘴角，湊近了臉，滿是惡意地看著湯圓。

「長這麼胖，下盤居然還如此不穩，看來給妳吃食完全是浪費啊！妳跟我說說，這些年妳浪費了多少糧食？」就不信妳一直不說話！

關於她的身材，連家人都不敢明說，但面前這位笑得囂張的少年竟如此直白地講了出來，被人這般當面嘲諷這還是第一次呢……心情一下變得奇怪，既無奈又慶幸。無奈的是他說得並沒有錯，自己確實是個胖姑娘；慶幸的是自己現在醒悟了，還有了挽救的機會。

他湊得極近，不放過湯圓臉上任一絲表情，意外發現這丫頭片子心理挺強大的，無奈僅閃現短短一瞬，若不是自己看得仔細，說不定就錯過了。他眉尖一挑，咧嘴笑了。「說話啊，在等妳回話呢！妳不是還學了狗叫嗎？裝什麼啞巴！」

所以一開始將軍撲來的時候他們就已經看到了？這兩主僕真的很無聊，既然早就在看戲，又何必裝出一副急忙衝出來的樣子？真是白白浪費了那副好皮相。

湯圓動了動肩膀，衣領還在對方手中掙脫不了，不滿地抿唇。「放手。」

「哦喲，終於捨得說話了？」少年笑得更開，惡劣地道：「就、不、放。」

湯圓深吸口氣，壓下上揚的火氣，然後開始動手解自己的腰帶。

「喂！妳要幹什麼？」手仍舊抓著湯圓的衣領。

湯圓不理他，直接解開腰帶，將外裳脫了下來，逕自轉身往岸上走。

少年怔愣地看著手裡的衣裳，而後趕緊回頭對同樣愣住的男子大喊。「看什麼看，還不快點把眼睛給我閉上！」

男子聞言立馬閉上了眼，甚至抱著將軍和自己一起轉過身背對湯圓。

湯圓走到仍暈著的紅裳身旁，伸手從她懷裡掏出信號彈，打開了火摺子點燃便往天上放。抬頭望去，信號彈在天上綻放出一個很漂亮的煙火，即使白天也看得很清楚，不料下一秒視線瞬間變黑——

她一把拉下突然罩在自己頭上的衣服。又是那個討人嫌的傢伙！

她瞪向少年，見他身上只剩雪白的裡衣，而外裳……正在自己的手上。

少年漂亮的眉皺成了結。「妳還是女人嗎？就算妳長得胖，沒人會對妳有非分之想，可隨意當著陌生男子的面脫衣裳就是妳的家教嗎？還不趕緊穿上！」

湯圓默默地把外裳套在了自己身上，抓著衣襟低下頭，衣服傳來陣陣好聞的青草香。她自己的已徹底濕透了，少年的這件還好，至少上半部是乾的，看來這人雖然嘴巴挺讓人討厭，但是，並不是壞人……

「嘖。」少年頭一撇，然後又斜著眼瞧向湯圓，怎知一看就樂了。

兩人年紀差不多，不過少年比湯圓要高一個頭，可是湯圓穿著少年的外裳居然還有點小，看起來有些緊繃。

「妳看看妳這一身的肉，身為一個姑娘，妳好意思嗎？不覺得丟人嗎？」

湯圓的頭埋得更低了，默默把心中剛萌生的一點點好感給掐死。

可湯圓不答不代表少年不問，他繼續道：「剛才問的妳還沒回我呢！妳這串佛珠也是慧真給的？他為什麼要給妳？他收了妳多少錢？」

也？湯圓聞言朝少年的手腕看去，脫了外衣便露出的腕上也戴著佛珠，和自己的一模一樣，只是他的那串珠子要大一些。

所以慧真大師您剛才那副心疼的樣子其實是裝出來的？這見人就給呀？

沒等湯圓回話，幾位穿著短打的武僧從旁而來，看見身披男服的湯圓和倒在地上的紅裳不禁有些詫異，行了一個禮道：「阿彌陀佛，小施主現在要回去了？」

湯圓回了一個禮。「是，麻煩師父了。」又指了指紅裳。「這是我的婢女，她暈過去了，也麻煩師父了。」

武僧點頭，其中一名脫下自己的外衣，將紅裳裹了起來，然後放到了另一人的背上。

「小施主，請隨小僧來。」

湯圓點了點頭，正要隨他離去，卻被人一下子抓住了手腕。

「妳這人怎麼回事！還沒回答我就打算走了？」

湯圓側過身，看著被抓住的手腕。少年的手骨節分明，白玉一般，指腹有些薄繭，但這人一看就知道是少爺，不可能做粗活，所以……也是個練家子了？湯圓胡思亂想，沒即時回話。

抓著湯圓的手更加用力，少年耐心已全耗盡了。「妳快說！」

「小施主是否需要幫助？」本已準備離去的武僧又回過了頭，走到湯圓身旁。

「沒事。」湯圓先對著武僧搖了搖頭，才轉頭回答少年。「這確實是慧真大師給的，我也不知道他為什麼會給我，但他問我爹要了十兩金子。」

「十兩金子?!」少年瞪大了眼。

湯圓不明所以地點了點頭。

一下甩開了湯圓的手，少年轉身朝將軍和同行的男子走去，邊走邊罵。「好啊，這回梁子結大了，給別人不過十兩，居然敢問小爺要了一千兩金子！」

一千兩金子……湯圓聽到了，突然覺得慧真大師肯定和自家阿爹感情不錯，不然怎麼會算那麼便宜呢？

「哈啾、哈啾！」慧真連打了幾個噴嚏，搓搓鼻子對著湯老爺問道：「是不是你在心裡罵老衲？」

湯老爺淡定地放下手裡的茶杯，眼皮都不抬。「我向來都是光明正大地罵，用得著在心裡罵你嗎？」

慧真一愣，跟著點頭。「也是，你都會當著面罵的，嗯……莫不是劉員外在罵老衲，昨天跟他要了一百兩銀子來著。」

湯老爺搖了搖頭，忍不住勸道：「其實你根本不必如此，這些錢你全用在那些百姓身上了，可他們不知情也不會感激你，你何苦操這些閒心，安生當你的住持不好嗎？」

這慧真實在是一個妙人。你說他貪財，他確實貪財，每個來這兒進香拜佛的官員都會被他拔去好些銀兩；你說他不貪財，他也不貪財，百姓上山參拜不須花一分一毫，甚至還免費提供香燭、齋飯。

慧真搖手，說得無所謂。「老衲只求問心無愧，其他的死後見了佛祖自有定論，反正那些人也不敢對老衲做什麼；倒是你那個女兒，今日一見，老衲覺得有些奇怪，似是和上回幫她批命時的情況不同了。」

「很不好嗎？」湯老爺一下坐直了身子。以前拿湯圓的生辰八字來算過，可當時慧真卻是搖頭不語。

慧真眉頭一皺。「其實……當時批的是死局，你女兒最多活不過二十五，而且還是自殺。反覆算了好幾次，加上聽聞你轉述她的種種事情，倒真像是可能自殺之人，所以沒敢告訴你。」

「那現在呢！見了本人，還是死局嗎？」湯老爺忙不迭地追問。

「你先別急。」慧真忙安撫了句，仔細想了想，開口道：「我今日觀她，與你先前描述的有些出入，後來心算了一番，發現她的命已改，如今是呈紫氣東來的大富大貴之相。」

第五章

回到院裡紅裳仍暈著，湯圓也是一身狼狽，甚至還穿著男子的衣裳，自然不可能瞞著湯老爺。湯圓只說紅裳是被嚇暈的，自己是失足掉進溪裡，並沒有提及過程中發生的那些事情，但也算是說了事實。

湯老爺倒也沒有多想。一來，湯圓雖然已經十歲了，但看著不過就是個孩子；二來，她身上這件男裳，推測主人頂多十一、二歲左右，兩個孩童又能發生什麼？

在寺裡簡單清理了下，因沒有換洗的衣物，只能快馬回府，畢竟現在天氣雖已不再寒冷，但是一直穿著濕衣裳也一定會得風寒的。

好不容易到了家，湯老爺先行下車吩咐府中下人來接湯圓，而他前腳下車，後腳紅裳就醒了。

紅裳愣愣地坐了起來，發了下呆才看向湯圓，發現湯圓竟一副狼狽相，甚至還穿著男子的衣袍，瞬間瞪大眼睛，臉上閃過好多情緒，最後定在了驚恐上。

「小姐，妳不會是被人非禮了吧?!」她抓著湯圓的手臂，皺著眉低聲問。

湯圓瞪圓了眼，還沒來得及回答，紅裳就已經哭出來了。

「嗚嗚，是奴婢不好，居然被嚇暈過去，都是奴婢沒用才害小姐受這樣的委屈……」她哭得梨花帶雨，異常順手地拎起湯圓身上披著的衣裳一角來擤鼻涕。

湯圓有些無奈，想起了那位少年，想起他強迫將軍漱口又洗臉的樣子，若是他知道自己的衣服被這般對待，估計會氣得跳腳吧？

她不禁抿起一抹笑，突然覺得心情好多了！

想想自己的手帕子也早就濕透了，湯圓伸手從紅裳懷裡掏出她的手帕子替她拭淚。「妳想到哪裡去了，不過是我當時也嚇著了，才掉到旁邊的小溪裡，這衣裳是那個狗主人的，阿爹也知道的，妳不用放在心上。」

紅裳接過手帕子給自己抹淚，抽抽噎噎地問：「嗝，真、真的只是這樣？」

「真的真的，妳看我這樣，別人也不可能對我有什麼想法啊！」湯圓聳聳肩。

聞言紅裳上下打量著湯圓。往常用來遮羞的全沒了，披頭散髮，小肚子亦光明正大地出來見客，還真不是一般的狼狽，令她不由得點頭。「也是，是奴婢想差了。」馬上就止住了眼淚。

湯圓覺得方才的好心情一秒便消失了。

這時綠袖趕了過來，後面跟著兩個小丫鬟，她接過小丫鬟手裡抱著的衣物，獨自上了馬車，一上車見到湯圓的慘況，沒多問什麼，快手快腳地和紅裳一起先幫湯圓把衣服換了再說。整理好衣服，又用乾毛巾替湯圓擦頭髮，這時才有空檔問出口。「小姐這一身是怎麼回事？」

不等湯圓回話，紅裳搶先說起今日的事，綠袖聽完可後悔了，早知道今天就不回家去，這樣自己也可以跟著去玩了！

綠袖指頭對著紅裳額頭一點。「妳真沒膽，一隻狗就把妳嚇暈，以後小姐還能帶妳出去嗎？什麼事都幫不上只會添亂！」她絕不承認自己是在遷怒。

紅裳有心反駁，但也知道今天確實是自己失職，只好嘟著嘴不再說話。

「好了。」湯圓摟住自己的身子。雖換了乾淨的衣裳感覺好多了，但腦袋卻悶悶的，或許已經染上風寒了。「回去吧，我有點不舒服了。」

紅裳伸手探向湯圓的額頭，發現溫度確實有些高，連忙扶她下車，同時不忘問綠袖。「薑湯可準備好了？」待綠袖點頭後又對湯圓囑咐道：「小姐待會兒喝上一碗，再好好地睡一覺就不會難受了。」

湯圓不愛喝藥，每次喝藥都跟要她的命似的，所以能不用藥就儘量不用。

下了馬車，主僕一行人快速地往前走。湯圓感到頭昏眼花，一路僅能靠著紅裳攙扶，不料在轉角處撞上了某人。

「要死了，懂不懂看路啊！」

湯圓勉強抬頭一瞧，是秋姑娘。

秋姑娘罵完才發現是湯圓，悠悠地笑了，福了福身。

「原來是三小姐，衝撞到三小姐倒是奴婢的不是了，想必三小姐一定不會跟奴婢計較的？」話剛說完，沒等湯圓回話便逕自站起身，捋了捋頭髮，就這麼斜眼看著湯圓一行人。

綠袖眼睛一瞪就要上前，紅裳即刻將她拉住，示意她看看湯圓。綠袖轉頭看去，發現湯圓臉色變得慘白，上前摸了摸她的額頭，發現更燙了，顧不及還在一旁的秋姑娘，冷哼了一聲，就和紅裳一起扶著湯圓離去。

秋姑娘笑著退讓到一旁，待湯圓一行人走後瞬間變了臉色。「呸！不過就是投了個好胎而已，這樣的懦弱性子，若非夫人護著，哪能長這麼大！」罵完，扭著水蛇腰離開了。

而另一頭，一行人回到了湯圓的小院，紅裳先去鋪床，綠袖連忙端來薑湯，遞到湯圓手邊。「小姐喝完這個就趕緊歇息吧。」

湯圓垂著眼簾沒有說話。

綠袖接著勸道：「小姐何必為那種人置氣，不值得。來，快把薑湯喝了吧。」

湯圓這才回神，沒多作解釋，仰頭把一碗薑湯全喝了下去，嘴裡辣辣的，肚裡熱熱的，臉色終於變得紅潤了些。此時紅裳也鋪好了床，便與綠袖兩人一同服侍湯圓躺上去，再仔細地把被角理好。

「妳們下去吧，不用守著。」湯圓只露出了一張小臉。

「是，小姐醒了再喚我們吧。」紅裳和綠袖一起福身，將床幔放下後就去了外間。

頭很悶，腦子很亂，明明感到疲憊可是湯圓卻一點睡意都沒有，睜著眼木然地看著床頂，腦子裡轉的全是秋姑娘的事。

府裡一共有四位姑娘，名為春夏秋冬，全都是京城的祖母送過來的，她們名義上是婢女，但是各個容貌出眾、身段纖細，想也知道祖母的用意；而娘親她本就有為父親納妾的打算，自然不會為難她們，只是，想是一回事，真正要把夫君推出去又是另外一回事，對此她只好叫自己不看不理。

不過阿爹雖阻止不了祖母送人來，但也沒順她的意，他一位都沒碰，也沒讓她們真的當奴婢，而是將四人全放在同一個院裡好生伺候著，府裡一干上下稱她們為「姑娘」。可也不是沒出過么蛾子，因阿爹要麼待在娘親的正房，要麼就直接去書房，書房又不許人進去打擾，她們便玩偶遇，沒想到卻被阿爹狠狠責罰，只好安生在自己的小院裡待著，至今相安無事，但這般平靜的日子也就到此為止了，剛才一撞到秋姑娘，湯圓馬上想起來了——

秋姑娘快死了，而且是淹死的，據聞她是失足落水，還是跟下人幽會時不小心跌下去的，而那名下人怕事情鬧大，沒有救她，就這麼獨自跑了。

湯圓知道自己的腦子不像姊姊們靈活，管好自己就已相當艱難，這輩子只希望家人能夠平安喜樂，其他的事情，她真的無能為力……

強迫自己把秋姑娘的事情拋到腦後，努力去想娘親提過的請外祖母幫著找嬤嬤一事，想自己該如何努力堅持下去，東想西想了大半天才迷迷糊糊地睡去，再睜眼時，外頭已點亮燭臺，她隔著床幔，看向朦朧的燭光，腦袋還有些混沌。

此時屋外有些喧鬧，隱隱有婆子的聲音傳來。「嚇死人了，那秋姑娘撈起來的時候身子都已經泡白了，妳說好端端的她怎會落水呢……」

湯圓側過身子，額頭抵著手腕上戴的佛珠。阿爹說這是千年沉木所製，且在佛前開光供養了數百年，最能寧神靜氣，千金不換。

湯圓坐在浴桶裡玩著水上漂著的花瓣，臉上是異樣地天真。

紅裳、綠袖對望了一眼，最後綠袖開了口，滿臉掩不住的快意。「小姐，下午咱們碰著的那個秋姑娘死了，是落水淹死的。」哼，惡人自有天收！

湯圓的手一頓，眨眨眼睛道：「我們管好自己就可以了，別人的事不要在意，也不要多費唇舌，娘自會料理的。」

「是，以後不會再提了，那種人確實不值得！」綠袖吐吐舌頭應了。

「嗯，也記得提醒下面的人，別人我管不著，但我這兒的人，要是發現誰亂傳這件事，一律交由娘處置，絕不留情。」

察覺到湯圓對此事的興致並不高，而且不僅不好奇，甚至隱隱還有些生氣，紅裳和綠袖不禁正經地福了福身。「是，奴婢省得。」

不敢再提秋姑娘，紅裳換了個話題。「對了，下午的時候夫人派紅珠姊姊來傳了話，讓姑娘晚上去正房一起用膳。」

湯圓向外看了看，天色已晚。她點點頭道：「那動作快些吧，別讓娘久等了。」

梳洗完畢去到正房時，同樣是紅珠在門口等著，見湯圓過來了，她連忙上前請安。「三小姐。」

湯圓扶起紅珠，見紅珠似是有話想說，便停在門外等著她開口。

紅珠看著湯圓懵懂的眼睛，幾番猶豫後還是把話給嚥了回去，笑著掀開了簾子道：「三小姐快些進去吧，夫人都等您好久了，這晚飯的時間早就過了，三小姐可得勸夫人多用些，現在夫人可是雙身子呢！」

湯圓笑著點了點頭，徑直走了進去。

柳氏小腹覆著薄毯，沈著一張臉半靠在榻上。

湯圓直接走到榻邊坐下，伸手拉起柳氏的手搖了搖。「娘，您怎麼了？」

柳氏回過神，微微坐起了身子，臉色仍是不悅。她手探向了湯圓的額頭，發現溫度正常才道：「妳這孩子，明明已發燒卻不願吃藥，這次就算了，下次可不行，一定要吃藥才成。」

湯圓討好地搖著柳氏的手，撒嬌說道：「娘您別皺眉了，再這樣皺下去，弟弟生出來肯定是一個小老頭呢！」

柳氏不優雅地翻了一個白眼。「當初妳出生時像隻小貓似的渾身皺巴巴，比小老頭還難看，現在居然嫌棄起娘肚子裡這個了。」突然想起一事，看向後方的紅裳問道：「對了，那件衣服妳們是怎麼處理的？」

千佛寺發生的事情，柳氏已經清楚。

紅裳福身。「回夫人的話，小姐沒交代，奴婢就自己做主把衣服洗了，現在正晾著，準備等衣服乾了之後再來問夫人。」

柳氏點了點頭。「暫且收著吧。」

現在也不知該如何處理，老爺那邊還沒有消息。隨後柳氏的眼神又轉回湯圓身上，湯圓見狀立馬坐直身子，拉著柳氏的手再次撒嬌。

「娘，我肚子好餓，先開飯吧，弟弟一定也餓了。」怕柳氏不信，湯圓還捣著肚子，擰著小眉頭可憐兮兮地望著她，一副被餓狠了的模樣。

「噗哧！」柳氏被湯圓給逗樂了，不知道的看了還以為自己虐待小女兒呢！伸出指尖點了點湯圓的額頭。「就知道吃，等嬤嬤來了再收拾妳！」

湯圓吐了吐舌頭。下定決心的事情自然不會更改，但在嬤嬤來之前先讓她歡快兩天吧！

她扶著柳氏從榻上起身，坐到桌前。丫鬟們已擺好桌，菜餚同樣清淡，肉類只有少許幾盤。食不言、寢不語，湯圓默默吃著眼前的青菜，時不時用公筷為柳氏挾些肉食，吞著口水看著柳氏吃下去後，再繼續埋首啃自己碗裡的菜，如此反覆了幾次，柳氏的心情徹底轉好，她打趣地看著湯圓，突然開口。

「秋姑娘死了，這事妳知道嗎？」

湯圓頭也沒抬地點頭。「嗯，知道，綠袖已經告訴我了，說是落水死的。」

「喔？那妳就不好奇她怎會落水嗎？」這也是柳氏煩心之處，既然鬧出了人命，就算再不想管那幾個人也由不得她了，可沒想到追查下去，結果出乎她的意料——

那秋姑娘竟已非完璧之身！

她與下人苟合幽會這事自然不能鬧出來，畢竟名義上那四人確實是送來給老爺當小妾的，即使老爺沒碰過她們，也算是另類的戴綠帽了。想到這柳氏根本就不敢把真相告訴湯老爺，只說秋姑娘是失足落水，並暫且暗自囚住那名下人，可想了許久仍不知該如何是好。

秋姑娘可是京城那邊送過來的，老夫人本就埋怨自己沒生兒子，現在又死了人，肯定更怨自己了，往後若是借題發揮，她究竟該怎麼辦？真是鬧心！

湯圓咬了咬唇，如今苟合之事尚未傳出，想必是娘先按住了，可惜，後來還是鬧出來了，而且是當著祖母的面……

「非禮勿視，非禮勿言，此事我並不知道始末，所以沒有評論的資格。再者，雖然我們同住一個屋簷下，但生活並沒有交集，對我來說，那只是個名字而已，我們甚至談不上認識，那麼她的生死我為什麼要關心？」她抬頭看了柳氏一眼，有些嗔怪地道：「娘也真是的，就為了這件事心情不好嗎？難道娘覺得她比肚子裡的弟弟還要重要嗎？娘的心情不好，弟弟在肚子裡也會不高興的。娘，您要記得，現階段弟弟才是最重要的。」

真是一語驚醒夢中人！

是了，自己肚裡還有一個呢！如果真如湯圓所言是兒子，那麼秋姑娘是如何死的，老夫人必定不會在意了；再退一步來說，如果這胎依然是女兒，至少自己懷胎這十月都持有免死金牌，待產後老夫人再想發作，也晚了。想通後柳氏心情變得格外舒暢，笑著摸了摸湯圓的包包頭。

「原來我們湯圓不傻，是大智若愚，比娘還聰明呢！」

湯圓露出一口小白牙憨憨地笑了，乘機討好地看著柳氏。「那……娘，我可不可以吃塊肉？」一吞了吞口水，眼神不斷往肉瞄。

柳氏失笑搖頭。小女兒永遠都是如此，正被感動時她又變回那副嬌憨的模樣。她伸手挾了一大筷子的肉放進湯圓的小碟子裡，笑著說道：「吃吧。」

湯圓如獲至寶般地吃著，待用完飯後，陪著柳氏又說了好一會兒的話才回房練字，可是剛剛寫不到兩篇，湯老爺就派人來傳話，讓自己明天跟著去千佛寺一趟，說要向人當面道謝。

自己可是個未出閣的女孩兒，道謝哪須她出面，這要求未免太過無禮；但一想到那張跋扈的臉，一切便清楚了，想必又是他的意思吧，只是不知道他到底是何身分，居然能讓阿爹同意了？

想起那名少年，她撇撇嘴。這人太不好相處，希望明天別再出什麼亂子。

第六章

翌日，父女倆再次上山已不復先前的歡快。湯圓抿唇思考著那名少年又會如何刁難自己，不料一看到慧真就樂了。

慧真大師您的鬍子怎麼沒了？而且下巴一片紅腫，難道是被人給硬生生拔掉的?!

湯圓心中滿是疑惑，雖沒敢問出口，但就這麼站在慧真面前，瞪大眼睛直盯著他的下頷，湯老爺倒是不意外，在一旁摀嘴偷笑。

「咳。」慧真習慣性地想摸摸自己的鬍子，結果卻撲了個空，老臉一紅，對著湯圓解釋。「老衲這鬍子可值錢了，一千兩金子呢！這還是多虧了小施主。」

湯圓懂了，原來是那名少年拔的，還是自己惹的禍呢！她快速低頭不敢再看，默默地挪動小身子躲到了湯老爺的身後。

慧真也並非真要跟湯圓計較，本來就是自己讓她去後山玩的，只是沒想到事情會如此發展罷了，他看著湯圓說得真切。「小施主請放心，他只是行事有些違背常理，絕非奸詐惡毒之輩，這點老衲可以保證，妳只管過去便是，不會有事的，且這件事也絕不會有外人知曉。」

聽了慧真的話，湯圓看向湯老爺，湯老爺點了點頭，湯圓才跟著旁邊的小和尚離去。兩人走了一段長長的山路，約莫過了半刻鐘，小和尚轉過身對湯圓行禮。

「女施主順著這條小路，一直走到盡頭即可。」

湯圓依照指示繼續走向前，轉過一個彎後就看到少年獨自站在山頂。

黑衣少年站在懸崖邊上，山風獵獵，清瘦的身子佇立不動，衣袍翻捲。

湯圓捏了捏手裡的包袱，裡頭裝的是少年昨日那件衣裳，她鼓起勇氣走上前，把包袱遞了過去。「昨天謝謝你了，衣服已經洗乾淨了。」

少年轉身。「妳叫湯圓？」話裡並沒有嘲笑的意思，有的只是特別詫異。

湯圓不明所以地點了點頭。難道她不能叫湯圓嗎？

少年扭過頭，暗罵了兩句，而後接過湯圓手裡的包袱，看也沒看就扔下山崖。

「別人碰過的東西我不會再要。」精緻的鳳眸微挑，看著湯圓的眼神很是複雜。「慧真說妳是有慧根之人，才能得仙人托夢；可是我從來都不信這個，且妳長得這麼胖，名字還這麼難聽，怎麼可能會有慧根！」

湯圓瞪圓了眼睛。她長得胖沒錯，可自己的名字哪裡難聽了！

「柳氏多年未孕，妳是如何得知她懷上的，還一口咬定是男胎，妳是不是有什麼特殊能力，能預見往後的事？」他問一句就靠近一步，眼睛死死地盯著湯圓。

湯圓被迫退了好幾步，身後已是懸崖，她垂下眼眸，不敢對上少年的眼，他的眼神太銳利了，彷彿能洞察一切。

少年倒也沒把湯圓逼得太緊，好整以暇地站定在她面前，翹起了嘴角。

過了好一會兒，湯圓耳邊又傳來了少年清冷的嗓音。

「真的不說？」

她死死咬著唇，最後抬頭回望這比自己高一顆頭的少年，強作鎮定。「你既然不相信這些，那為什麼要讓慧真大師給你這串佛珠呢？這肯定不是大師自願給的，不然也不會要你一千兩金子。」

「很好。」少年也不惱，甚至笑著點了點頭表示贊同。

怎知下一秒他瞬間變臉，使勁推向了湯圓。湯圓身後就是懸崖，她驚恐地瞪大了眼，向後方倒去，她完全沒想到少年居然會幹出這種事，根本來不及防備，只能死死閉上眼——

意外的，她的身子並沒有下墜。

睜眼一看，少年單手抓著自己的腰帶，將她半個身子懸在崖邊，正想掙扎，少年又道：「不准動，動了我馬上鬆手。」而後皺緊眉頭，一臉嫌棄地道：「妳怎麼這麼胖，我剛才差點拉不住！」

這話一出，湯圓被氣得一口氣差點提不上來，小臉脹得通紅。

可顯然少年誤會了，以為她是因害怕才變得如此激動，他笑著湊近了幾許。「害怕就老實交代，別拿仙人托夢這套來糊弄我，我是絕對不會信的，說實話我就讓妳上來。」

湯圓撇過頭，強迫自己瞥了身後一眼。腳下並非真正的絕壁，在她正下方其實突出了好大一塊平地，距離並不高，摔下去可能會受點傷，但絕對不會死，反正阿爹見她長時間沒回去，一定會來尋她的，屆時她只要乖乖等待就行了。

心一橫，伸手去掰少年那抓著腰帶的手，結果吃奶的勁兒都使上了竟還掰不動，這讓湯圓的臉更紅了，不過這次是尷尬羞紅的。

這丫頭剛才不是怕得很，甚至不敢回頭看，這會兒掰自己的手是想做什麼？少年的話還沒問出口，湯圓接下來的行為便將他徹底震住——

她毅然決然地微微向後一跳，身子後仰騰空。

沒料到湯圓會這麼做，少年毫無防備地被帶了下去，兩人雙雙往下墜——

仍在半空中的湯圓現在後悔了，整張臉皺成了包子。

她本倚仗著少年應該不會無聊到跟著跳下來，豈料他居然至今都未鬆開自己的腰帶，甚至牢牢地抓著，她獨自摔下去還好，但現在上面又壓了一個人，肯定會被壓成肉餅的！

兩人視線相交。跌落時少年也看清了下面的情形，自然猜到了湯圓的打算，見她因懼怕而臉色發白，他咧嘴笑得特別得意，特別惡劣。

離地面越來越近，湯圓已分不出心神想其他的事，滿腦子都是自己快變成肉餅了！

突然，腰間扯過一陣力，湯圓眼睜睜看著少年在空中和自己調換了位置，她詫異地望著他，少年卻別過了頭。

砰地一聲，兩人一同落地，湯圓沒感覺到疼痛，但卻清楚聽見少年發出一聲悶哼，她連忙從少年身上爬起，蹲在一旁擔心地看著他。

少年摀著胸口，雙眸緊閉，漂亮的五官皺成了一團。

她再仔細瞧瞧他的嘴角。還好，沒被自己壓到吐血，這應該就代表不嚴重吧？

「你……你沒事吧？」她小心地詢問。

可少年還是沒有睜開眼，亦沒搭理湯圓。

湯圓不敢再煩他，便蹲坐下來等著少年起身。阿爹說過，對待受傷之人，如果自己不懂就不要輕易去碰，否則可能會害對方傷得更重。

過了一會兒，少年仍是沒反應，湯圓無聊地打量起他的穿著打扮。昨日她就知道了，這名少年肯定非富即貴，衣袍料子看起來質地上好，都是自己不曾見過的，而且雙方約見面連阿爹都遮遮掩掩的，想必他是京城裡的人了，可他為什麼會來揚州呢？

視線不自覺被一抹綠吸引，她轉頭望去，原來是少年掛在腰間的玉牌，可是已經碎成了三塊。她小心翼翼地拿了過去，將玉牌拼好，見表面雕的似是一隻動物，奇形異狀的，卻非龍鳳麒麟之流，再翻過玉牌，背面一片光滑，只在右下角刻了兩個小小的字，仔細一看，愣然發覺竟是「元宵」！

湯圓愣愣地瞧著那兩個字，隨後看向仍閉著眼的少年。

「你叫元宵？」和當初少年詢問湯圓名字時一樣訝異。

聞言少年立即睜開了眼，驚詫地看著湯圓，餘光瞥見湯圓手裡的玉牌，不禁愣住了，沒有否認。

捧著玉牌，湯圓木著一張小臉繼續說道：「嗯，你說的沒錯，湯圓這個名字確實挺難聽的。」

元宵起身搶過玉牌，惱怒地瞪著湯圓。湯圓默默站起身，也不敢再得罪他，萬一他又發狠把自己往下推怎麼辦。

元宵瞪了湯圓良久。他也不過只是好奇，想知道她是否真有預知能力，沒想到這人倔強到這個地步。瞧見湯圓垂著腦袋看似乖巧的模樣，他扶額無奈地嘆了口氣。罷了，不問了！

「就沒見過像妳這麼蠢的人，一個人蠢也就罷了，怎知一家子都蠢！妳父母雖沒大肆宣揚此事，但也絲毫未隱瞞，有心人隨便都查得到。妳既然堅持不說，那希望妳以後也是如此，不然怎麼死的都不知道！」一口氣快速說完後，元宵也不看湯圓是怎樣的表情，迅速攀上崖，消失在她面前。

湯圓抬頭盯著空無一人的上方，突然想起了慧真大師對自己的保證。

大師，您說的沒錯，他確實算不上壞人，但看來也不是什麼好人……

元宵拋下自己離去後，湯圓還以為要等上好一陣子才會被人發現，結果不到一刻鐘就看到湯老爺焦急地在崖邊探頭探腦，她不禁默默在心裡把對少年的印象往好人那頭撥了一點點。

回府的路上，湯老爺把湯圓從頭到腳仔仔細細地檢查了一遍，發現除了衣服有些髒污外，身上並沒有傷口，這才徹底地鬆了一口氣；可他一開口並沒有詢問湯圓是如何墜崖的，而是反過來向她保證。

「這件事是爹思慮不周，一開始就沒想過要防範，以後再也不會了。」

湯圓一下子就明白了，阿爹指的不是元宵，而是元宵最後提的那件事。她搖了搖頭表示沒事後，亦沒有再深問，把一切都交給了湯老爺處理。

唔，默默地再把少年往好人的方向挪動了一些些。

第七章

這幾天，湯圓一如往常地數著日子，等著嬤嬤的到來。大姊、二姊已經回府，聽聞湯圓最近的趣事，成天往她的小院裡跑，每次都帶著不一樣的吃食。這日更是齊整，兩人一大早就來待著，只因嬤嬤今日就會到了。

大姊叫湯慕青，二姊叫湯醉藍，兩位姊姊的名字都這麼好聽，她也曾困惑為何只有自己叫湯圓，結果娘親說，當時她太小了，大夫都說很可能養不活，因此就取了一個圓字，希望自己長胖一點，能健康長大。她無從抗議，只能說——

娘，您成功了，真的圓了。

兩人一左一右地坐在湯圓旁邊，容貌一樣出色，體態更如弱柳扶風。坐在中間的湯圓瞅瞅這個，再瞄瞄那個，抿了抿唇，決心更甚。

不能拉低水準！

湯慕青伸手捏了捏湯圓的小臉。「等下嬤嬤可就到了，妳想反悔也不行了，以往是咱們自家的事，娘依著妳也就罷了，可現在這個嬤嬤可是外祖母從京裡找來的，由不得妳胡來，哭也是不管用的。」說完便摀著嘴笑了起來。

小妹最好玩了，能為了一盤點心哭暈過去。不過這幾天她好像真的已下定決心，自己帶了那麼多她愛吃的東西，居然連碰都沒碰，希望這次她真能堅持住。

「就是。」二姊湯醉藍在旁點頭認同，也伸手捏了湯圓的小臉一把。

包子臉皺成了苦瓜臉。大姊、二姊最喜歡捏自己的臉了，是有那麼好捏嗎！

嬉鬧一陣後，三姊妹便一同前去正房，進門即見柳氏身旁站著一名嬤嬤，湯慕青和湯醉藍不著痕跡地皺了皺眉。這嬤嬤雖然看著容貌近人，氣質也還不錯，見三人進來後馬上微微低頭，卻又不會令人感覺低人一等，最重要的是，她沒有即刻盯著湯圓看。

只是……找嬤嬤來是為了助小妹瘦身的，這嬤嬤瞧著體態亦相當豐腴，她真的能幫上忙嗎？

柳氏看三個女兒都到齊了，便指著那名嬤嬤道：「這位是竹嬤嬤。」介紹完她微笑看著三人，其餘什麼都沒說。

竹嬤嬤走上前，正正經經地行了一個禮。「老奴竹青，見過三位小姐。」

三人回以半禮。

身為長姊的湯慕青率先上前一步，嘴角彎起一抹溫婉的笑。「不知竹嬤嬤在宮裡侍奉的是哪位主子呢？」剛才竹嬤嬤行的是宮禮，外祖母找的人可真不一般。

竹嬤嬤依然低著頭，態度不卑不亢。「回大小姐的話，老奴先前服侍的是先太后，先太后去世後，老奴得了恩准出宮了。老奴家中無人，幼時和老夫人倒有一些交情，承蒙老夫人關照，這次是老奴自請前來照顧三小姐的。」

竹嬤嬤口裡的老夫人，指的即是湯圓的外祖母，鎮國將軍府的老夫人。

湯慕青淡笑點頭，又接著問道：「那不知竹嬤嬤當年侍奉先太后時主要負責哪一個部分呢？」

「老奴不才，專管先太后膳食。」

湯慕青柳眉一蹙，不再說話了。

見狀湯醉藍上前一步，直接問了出口。「若我記得沒錯，先太后的身子一直都不好，湯藥從不離身，所以才會這麼早辭世，而嬤嬤妳負責的正是先太后的膳食，這讓我們怎麼相信妳能照顧好小妹？」

竹嬤嬤臉色沈靜，先對湯醉藍行了一禮。「雖然先太后已逝世多年，且這兒是二小姐自己家裡，但太后就是太后，不是二小姐可以隨意評論的，還請二小姐往後慎言。」又微微低下了頭接著說道：「當然，無可否認先太后身子確實不好，只是那其中有很多因素亦不是老奴能夠隨意妄言的；可既然老夫人肯讓老奴前來，自是相信老奴，老奴也有自信，一定能讓三小姐改頭換面。」

聞言湯醉藍倒沒生氣，反是點頭應道：「嬤嬤說的是，是醉藍失禮了。」

柳氏坐在上位滿意地笑了。大女兒一直都很優秀，剛才的表現也很得體；二女兒雖然性子急了點，說話過於直來直往，但好在眼力不錯，認錯也痛快；至於小女兒，不知道她又會有什麼反應呢？

湯圓走到竹嬤嬤面前，抬頭直視著她，烏溜大眼清澈見底。看了好一會兒，她在眾人目光注視下問出了第一句。「嬤嬤既然是管膳食的，那妳會做吃食嗎？」

竹嬤嬤愣了下，有些莫名地回答。「老奴會一些。」

湯圓的眼睛一下子就亮了，快速地問道：「那嬤嬤妳會做能填飽肚子又不長胖的吃食嗎？」餓肚子的感覺實在太難受了，讓人睡不著覺啊！

所有人徹底無語，柳氏直接扭過了頭，不忍再看下去。小女兒完全沒救了！

竹嬤嬤傻住了，總算明白老夫人為什麼對這位三小姐這麼無奈，甚至用缺心眼來形容她了。回過神，她笑著點頭。「老奴會做，畢竟吃飽了才有力氣瘦身，三小姐您說是不是？」

湯圓興奮點頭，能吃飽又能瘦身是最好不過的！

竹嬤嬤在湯圓的小院內安頓了下來。紅裳、綠袖很有自知之明，雖然自己是三小姐的大丫鬟，但年紀尚幼，根本不懂管事，過往三小姐院內的一應用度仍是由夫人出面處理，這次竹嬤嬤一來，夫人就全交給了她，態度如此明顯，她們當然不會趕著去給人下馬威，這可是夫人看中的人呢！

「小姐您不知道，老奴出發時老夫人可是下了死命令的，若是老奴不能讓小姐改頭換面的話，以後回京都不用去拜見了。」

臉上一本正經，偏偏又說得可憐兮兮，湯圓被竹嬤嬤給逗笑了。

「嬤嬤放心好了，妳怎麼說我就怎麼做，不會讓妳失望，也不會讓外祖母失望的。」

竹嬤嬤卻是搖頭。「這個不急，小姐如今年紀尚小，慢慢來即可。」

湯圓這會兒坐在書桌前練字，因抬頭搭話沒寫字，姿勢不知不覺就歪了，在竹嬤嬤眼中看來毫無儀態，但她卻沒點出來，只是笑道：「小姐想必身子有些乏了，奴婢在宮裡跟人學過一些按摩的法子，可舒緩疲憊，小姐要不要試試？」

湯圓從不知矯情為何物，直接大方地點了點頭，起身坐到旁邊的小榻上，擺好姿勢等著竹嬤嬤。

「這法子不是這樣按的，而是在沐浴時加入一些特殊香料，接著再按的話，膚色會更白、更光滑。」這樣她也可以具體知道三小姐若要瘦身該著重哪些地方了。

湯圓聞言看了看屋外。又不是盛夏，白天沐浴似是有些奇怪，不過想到這竹嬤嬤是外祖母推薦的，做事自然有她的道理，點了點頭就吩咐紅裳、綠袖去準備。

湯圓自小被人服侍慣了，在貼身婢女面前赤身裸體也不覺得羞澀，可今日在竹嬤嬤的目光注視下倒感覺有些不自在了。她一脫光衣服便奔向浴桶，將整個身子都埋進了水裡，只露出一個小腦袋看著竹嬤嬤。

竹嬤嬤經驗老道，眼光何其毒辣，目光一掃就看出了湯圓的毛病。她渾身圓潤，雖然骨骼小看著還不明顯，但是，已經微微駝背了，這是肥胖的通病，若任其發展，日後身形可就醜陋了。不過竹嬤嬤有些不解，怎會身上這麼多肉，該長的地方卻一點都沒長，一馬平川？

雖說三小姐才十歲，但這也得注意了。

只是看著湯圓望著自己的乖巧模樣，竹嬤嬤的心不自覺軟了些。她從小就進宮，見過的主子一個比一個難纏，從未遇上像三小姐這般天真的。可女子總歸要嫁人，柳氏不可能護她一輩子，所以她至少要學會看人臉色，且外貌必須出眾，才有本錢抓住夫君的心，這樣，日子也能好過一些。

打定主意，竹嬤嬤站在浴桶旁，將雙手洗淨後，開始替湯圓按摩。

湯圓歪著腦袋感受了一番。竹嬤嬤的手上有些粗繭，可並不覺得難受，反而還挺舒服的，而且只是按了幾下，她就已經掌握住最佳力度，令湯圓不禁有些昏昏欲睡，眼皮亦越來越重，不料此時竹嬤嬤突然用力，力氣之大讓湯圓叫出了聲。

「嬤嬤，疼！」

竹嬤嬤卻沒有收手，還加重力道揉捏湯圓的肩膀。「疼就對了。小姐是否時常覺得這個位置有些痠痛，自己按著也會疼？」

湯圓疼得整張臉都皺成了一團。「嗯，特別是這幾天開始練字之後，總會覺得疼。」想忍住不掙扎，卻總不自覺地扭動身子。

竹嬤嬤沒制止湯圓，反正她動她的，自己照按不誤，動作間仍不忘指出癥結點。「那是因為小姐平日姿勢不正確，這幾天突然糾正當然會不習慣了，但如果小姐您不改正，以後會變成駝背的。小姐，您想當駝背之人嗎？」

湯圓身子一僵，趕緊端端正正地坐好，疼得齜牙咧嘴也沒再吭聲。竹嬤嬤這才滿意，更加賣力地為湯圓按摩肩膀。

按了一會兒，竹嬤嬤扶著湯圓起身，沒去看她還皺著的一張小臉，便讓她躺到了旁邊的木榻上，並用大毛巾蓋住她的上半身，再拿過一個小瓶子，倒了些液體在自己的掌心，雙手合攏揉搓一陣後，輕輕覆在湯圓的兩條腿上。

湯圓動了動肩膀，覺得不那麼疼了，才有餘力分神去看竹嬤嬤的動作。

只見竹嬤嬤替自己抹上瓶裡的東西後，又把雙腿一處不漏地按了一遍，她雖剛剛從浴桶裡出來，渾身熱燙，可仍能感覺到竹嬤嬤掌心所碰之處都在發熱，兩條腿甚至已變得通紅。她坐起身，鼻子湊近嗅了嗅。這個味道很好聞，有些誘人卻不醉人，若隱若現，像深谷的幽蘭，雲閉時消失，雲散時出現。

「嬤嬤，這是用什麼做的？它的效果是什麼？」湯圓好奇地問。

「這是宮裡的法子，小姐若是有興趣，以後老奴教您做就是了；至於效果，自然是滋養肌膚了，如果持續做，想膚若凝脂是絕對沒問題的，甚至還會自帶體香。」想了想，竹嬤嬤看著湯圓，一臉認真地道：「其實這法子很多大家小姐都知道，只是得堅持下去才能有成效，很多人試沒幾次就草草結束了。」

「雖然看著有些麻煩，但別家小姐也是有人服侍的，只要躺著就好，為什麼不能堅持下去呢？」湯圓有些不明白。

「哪有這麼容易，這只是第一步而已，是小姐的皮膚還算好，而且今兒個是第一次，所以步驟簡化了些，待小姐適應以後，老奴就會改做全套了。再者，這種香味只是暫時的，若想長久自帶體香，那還得配合吃食呢！」竹嬤嬤拿起一旁的小瓶子晃了晃。「這東西是用花做的，吃也要吃這些花才可以，吃個三年左右，就能真正成為自帶體香的香美人，往後就算斷了此法，這香味也不會斷，因為它已經融入您的身體了，渾然天成，絕非外頭那些熏香、脂粉香可以比擬的。」

黑葡萄似的圓眸快速眨了幾下。原來光是一個味道就這麼講究，還得吃幾年花才行！

竹嬤嬤手裡的動作未停，抬頭笑問：「這種法子出來以後嘗試過的人很多，但是真正堅持下來的寥寥無幾，小姐想成為其中一位嗎？」

湯圓望入竹嬤嬤的眼底，裡頭只有笑意，可她總覺得竹嬤嬤話中有話。垂眸想了一陣，而後詫異地瞪圓雙眼。「傳聞，先太后身子固然孱弱，但是她有一張極美的臉，先帝寵愛至極……」

竹嬤嬤點頭，意味深長地接道：「不僅是臉。」

湯圓看著繼續低頭為自己按摩雙腿的竹嬤嬤。她的目標很明確，顯然光瘦下來她是不會滿意的，她想讓自己從內而外全數改變。

香美人和胖姑娘，這兩種結局要選哪一個自是不言而喻。

湯圓結結巴巴地開口。「可是嬤嬤，我小時候偷偷吃過花瓣，味道可苦了！」

聽湯圓已給出了答案，竹嬤嬤真心地笑了出來。「小姐忘記奴婢以前是幹什麼的了？絕不會苦的，和尋常吃食沒兩樣。」

三小姐果真沒讓自己失望，她相信這世上永遠沒有醜姑娘，只有懶姑娘！

第八章

等竹嬷嬷將湯圓全身都按摩過一次，已是一個時辰後，全程湯圓只感到無比舒服，甚至差點睡著，中途只做過一個動作，就是翻了下身方便竹嬷嬷能按到背後。

整理完後，湯圓在自己身上嗅來嗅去。果然，全是這個味兒，而且變淡了些，聞著剛好適合，挺舒服的；再伸手上上下下摸了摸，好像真的比以前滑了點。

「因為是第一次，所以一下便有效果，以後就是慢慢改變，不會那麼明顯了。」竹嬷嬷一邊伺候湯圓更衣，一邊笑著說道：「往後胭脂、熏香那些小姐都別用了，免得影響您自身的味道；而且您也不必過於節食，現在正是長身子的時候，若有不慎可會影響一輩子的，您如今年紀尚小，我們還有很多時間可以慢慢來，在小姐訂親之前，一定能讓所有人都滿意。」

聞言湯圓眼睛一下亮了起來。「所以我可以想吃什麼就吃什麼嗎？」

這點竹嬷嬷絕不會妥協。「那可不行，小姐您必須聽老奴的。」沒等湯圓癟嘴，她又笑著說道：「一定會讓小姐吃飽就是了，但是得老奴說可以，小姐才能吃，老奴說不行的，絕對不能碰。」

「好吧……」湯圓撇了撇嘴，能吃飽就很不錯了。見時辰還早，她又興沖沖地看著竹嬷嬤。「那嬤嬤打算用什麼法子讓我瘦身啊？」

竹嬤嬤拉起湯圓的手，帶著她到牆邊，輕輕推了下，要她背靠著牆面站好。

「抬頭，挺胸，收腹，提臀。」

話音一落，尚未搞清楚狀況的湯圓便反射性地做了出來。

竹嬤嬤看了一圈，伸手在湯圓腰上按了按，示意她繼續收腹，又壓了下湯圓的背，讓她死死緊貼著牆，接著再拍拍她的後腰，見腰部離牆有半拳的距離才收了手。「嗯，就這樣，每天站半個時辰。」

說完竹嬤嬤直接端了張凳子，坐在一旁監視，見湯圓稍有鬆懈便馬上糾正。

維持這個姿勢不過短短幾個呼息湯圓就覺得好累，可是嬤嬤就在旁邊看著，她只得努力吸氣，憋著一口氣詢問。「嬤嬤，為什麼要這樣站著啊？好難受……」小臉擰成了一團，看起來可憐兮兮的。

「小姐認為什麼樣的人才算得上是真正的美人？是身姿窈窕，還是容貌出眾？」竹嬤嬤直問。

「那可算不上是美人，頂多賞心悅目罷了。」湯圓直覺答道，好像明白了些什麼，但又抓不住。「可是，我腦子笨，學不會其他的……」

竹嬤嬤相信自己看人的眼光，湯圓只要維持她的本性就可以了，其他才藝不重要，學成了也不過是錦上添花。

湯圓最大的缺點就是思想太天真也太直接，但這也是她最大的優點，這種懵懂純真，對男子而言極具誘惑，一旦拿下男子的心，什麼後宅私鬥都輪不到她操心，所以，竹嬤嬤不會試圖改變湯圓的本性。

她伸手在湯圓有些放鬆的肚子上拍了拍，讓她收回去後，對著一旁的紅裳、綠袖問道：「小姐平日裡都做些什麼？最喜歡做什麼？」

紅裳瞅了眼明顯已快堅持不住的湯圓。「以往小姐除了吃，就是在夫人的正房玩樂，最近則用過飯後就會回房練字，沒有其他嗜好了。」

竹嬤嬤點點頭，站起身，在湯圓身上東捏西捏了幾把，微微皺眉思量了下，笑著對湯圓說道：「小姐喜歡舞蹈嗎？要不要學舞？」

「學舞？」湯圓不明所以。

綠袖在旁搭腔。「小姐現在學舞晚了些吧，一般人都是自幼便開始接觸，但最重要的是，那不是正經人家的姑娘該學的，會被人瞧不起。」那可是戲子才會做的事，自家小姐怎能學這個呢！

「那不一樣。」竹嬤嬤搖了搖頭。「老奴沒說要小姐去跳給別人看，只是讓小姐學些基本功，多活動活動，這樣也能瘦得快一些。」沒說出口的是，她最主要是想讓湯圓身子變得柔軟些，成親後好處多著呢！

聽到可以瘦身湯圓連忙點頭。「好，我學就是。」然後在竹嬤嬤嚴肅的眼神注視下，努力維持站姿，小臉脹得通紅，虛汗都冒出來了。

又過了半刻鐘，湯圓實在堅持不下去，整個人漸漸癱軟。

竹嬤嬤不冷不熱地問了一句。「小姐，您打算放棄了嗎？如果真是這樣，老奴現在就可以收拾東西回京城。」

湯圓深吸一口氣，又挺直了背，把小肚子也縮了回去。

紅裳、綠袖在旁邊看得心疼，但勸解的話也說不出口，只得拿出帕子擦去湯圓臉上的汗水。這都是為了小姐好，小姐好不容易下定決心，她們可不能扯後腿。

見湯圓如此聽話，竹嬤嬤感到相當滿意，她緩下臉色道：「這也只是開頭難罷了，只要小姐堅持一個月，身子自然會習慣的，往後就不須刻意收腹挺胸了。」

湯圓沒有回話，只是緊抵著唇靠牆站好，一旦興起了放棄的念頭，就想想那個胖姑娘受過的屈辱。好不容易熬過半個時辰，竹嬤嬤終於發話說可以了，湯圓已覺得整個人都不對勁了，沒想到光是站著就這麼讓人難受。

紅裳和綠袖連忙扶住她，打算攙她去旁邊的椅子上坐下。

「等等，先扶著小姐在房裡走幾圈，不能馬上坐下來。」竹嬤嬤出聲阻止。

湯圓又乖乖走上幾圈，得到竹嬤嬤首肯才坐下。

竹嬤嬤來到湯圓身旁仔細瞧她的臉色，很疲憊、很不舒服，卻沒有一絲怨懟，代表她真是心甘情願的，這才在心裡鬆了一口氣。她搬了張小凳子坐在湯圓的腳邊，伸手將她的雙腿放在自己腿上，替她按摩小腿。

不久湯圓就覺得舒服多了，抿起一抹笑真心地道：「有勞嬤嬤。」

「這都是老奴該做的。」

紅裳和綠袖對望一眼後，仔細盯著竹嬤嬤的動作。總不能讓嬤嬤一人負責所有的事吧，她們也得跟著好好學，往後才能幫得上小姐！

元宵盤腿坐在千佛寺後山的崖頂，即上次和湯圓一起掉下去的地方，翹著嘴角，精緻的眉眼卻是百無聊賴。

他伸手撫摸將軍背上的毛，將軍舒服得發出了呼嚕聲。本來一切挺好的，怎知他突然不高興了，伸手揪住將軍身上的毛，將軍嚇得跳了起來，不敢對著元宵凶，只是離得遠了些，不肯再親近他。

元宵也不在意，自言自語地道：「這丫頭天天在家裡做什麼呢，難道不覺得無聊嗎？也沒聽說她出門啊……」臉色一變，又憤憤地道：「怪不得那麼胖！哪家小姐像她這般能大半個月都不出門。」

突然間，他彷彿想到了什麼，情緒一下變得激動，甚至站起了身，不顧將軍的反抗一下子捏住了牠的雙頰，一臉興奮。「那丫頭遇事一點也不驚慌，我還真想看看她變臉的樣子，你說，讓她哭出來怎麼樣？」

現在湯圓真的很滿足，竹嬤嬤做的飯菜實在好吃，而且她也不會讓自己餓肚子，果然是個好人！

看著湯圓吃飽了就洋溢著幸福的小臉，竹嬤嬤無奈地搖頭，轉身吩咐紅裳。「既然小姐習慣每日都要喝牛乳，以後照舊就行了，但是要加些木瓜進去，清蒸後搗碎了混在牛乳裡即可。」

「為何要加木瓜進去？難道我洗澡擦的那個裡面也有木瓜嗎？」湯圓沒忘記嬤嬤說過的，要配合著吃食，雙管齊下。

竹嬤嬤見湯圓問得純真，一旁的紅裳、綠袖也是一臉不解，最後還是不忍心說出實情，只是笑著道：「嗯，確實加了，這個小姐記得每日都要喝，可以早晚兩次。」希望這樣能拯救小姐的胸。

說話間，紅珠突然來到湯圓房裡，湯圓轉頭望去，原本明媚的小臉瞬間布滿烏雲，既害怕又忐忑。

紅珠手上拿的是一張花簽，這東西湯圓見過很多次，每次姊姊們都是拿著那個出門赴約的，而自己的那一份總是被退了回去，今天紅珠怎麼給自己送過來了？

紅珠抿著唇走到湯圓面前，行了一個禮，遞上花簽，湯圓沒接，她只好放在一旁的小桌子上。「三小姐，這是夫人讓奴婢送來的，說這個……不能退。」

不能退？湯圓腦中瞬間一片茫然，完全無法思考。

竟然得出門見人了，就在自己剛下定決心瘦身的時候?!

竹嬤嬤聞言皺起眉頭。決定來揚州時，她便已事先打聽過這邊的事情。

「是永安老王妃下的帖子？」她想了一下直接開口問道。湯老爺是揚州知府，這裡的官員職位都沒有他高，柳氏不能退的，也只有這位了。

前任永安王已經去世，永安老王妃極愛揚州景色，不喜待在京城，便在揚州買了處宅子養老，多年來雖偶有聚會，但畢竟人已上了年紀，不愛鬧騰，所以近來亦較少聽聞她的消息。

總覺得事有蹊蹺，竹嬤嬤直言再問：「有說是什麼緣故嗎？有哪些小姐得到帖子？」

「全揚州十歲以上的小姐都收到了帖子，只說三日後到王府別院一聚，再無其他。」紅珠頓了頓，又接著說道：「可坊間有傳聞，說是世子爺來了，老王妃是要給他選世子妃或側妃呢！」

這消息一出，好多人的春心都按捺不住，雖然誰也沒見過這位永安世子爺，但是，誰不想登上枝頭當鳳凰呢？

聽到這個原因，竹嬤嬤反而鬆了一口氣。那位世子爺都快十六了，怎麼可能等三小姐出嫁呢，估計三小姐只是順帶的，大小姐倒有可能。她回頭見湯圓仍愣在一旁，笑著蹲到她面前，拉著她的手安慰道：「小姐不怕，有老奴在呢！這次會送帖子來，大抵也只是因為您從未出過門，所以老王妃有些好奇而已。您放心，老人家最喜歡您這樣的孩子，不會為難您的。」

湯圓只是看著那張花簽。

因為是給姑娘家的，所以做得非常漂亮。華美的粉色秋牡丹旁，襯著暖紅色雲紋，既典雅又不失俏皮。

上輩子大姊確實嫁給了世子爺，婚後也很和睦，可絕對沒有這場宴會！所以，自己重來一世改變了很多事情？

但湯圓這念頭僅是一閃而過，畢竟上輩子也沒有竹嬤嬤呀！

放下困惑，恐懼再一次襲來，不過……她怕的並不是老王妃，而是其他人。

她清楚自己很有長輩緣，像祖父、祖母和外祖父、外祖母就都相當喜歡自己，可是她也清楚，他們越喜歡自己，那些表姊、堂姊就越不高興。親戚尚且如此，更何況是毫不相識的小姐們呢？

以往是不在乎才裝作沒看見，可現在，她已太過在乎了……

而且紅珠也說了，傳聞這次是選世子妃呢！揚州才女何其多，自己並無一技之長，甚至還胖得不敢出門見人，若真得到老王妃的喜愛，那麼，處境一定會變得更加艱難，想到那些難堪的場面，她不禁憶起了前世上吊自殺時的絕望。

她一下抓住了竹嬤嬤的手，說話時隱隱帶了些哭腔。「嬤嬤，我不想去，我不想去見那些小姐，我……我不想丟湯家的臉……」

這還是竹嬤嬤第一次見到湯圓的脆弱和自卑。她抓緊了湯圓的手，看著她泛紅的眼眶說得認真。「小姐您冷靜點，聽老奴說。第一，目前看來這次的重點是選世子妃，跟您沒有太大關係。第二，老爺目前才三十出頭已是揚州知府，未來只要仕途順暢，當上一品大員是鐵板釘釘的事，況且京裡還有湯國公坐鎮呢！您的身分比其他小姐都要尊貴，就算她們有什麼怨言，也絕不敢表現出來。」

這也是為何之前柳氏回絕所有邀約也沒人敢亂傳些什麼，因為別人得罪不起。

「第三，人生在世，很多事情都是身不由己，咱們只能選擇去適應。最後，」竹嬤嬤笑著反問：「小姐難道忘了老奴是來做什麼的？絕不會讓您丟臉，您這次只管放心大膽地去。」

竹嬤嬤的一番話讓湯圓的心稍稍放寬了些，可不一會兒她又緊張了起來。「可三日後就得去赴約了，三天時間能做什麼呀？三個月還差不多。」垂頭喪氣地看了自己圓滾滾的身子一眼，難不成一刀把多餘的肉給砍了？

「您放心。」竹嬤嬤說得胸有成竹。「本來想循序漸進，但是現在情況特殊，自然也有特殊的應對辦法，小姐只管放寬心就是。」

「嬤嬤打算怎麼做？」

竹嬤嬤搖了搖頭。「別急，現在時辰已經有些晚了，小姐該做的是讓老奴給您沐浴按摩，然後上床睡覺，其他的事我們明早再談。」

接下來不管湯圓怎麼問，竹嬤嬤就是不說，湯圓只得強壓下心中的急切。

按摩完後，她喝了滿滿一碗的木瓜牛乳便乖乖上床去了，本來以為自己會睡不著的，但是沒過多久就覺得睏了，漸漸地睡了過去。

原來是竹嬤嬤讓人在牛乳裡加了些安神助眠的東西，見湯圓真的睡著後，她放下簾子，召了一個小丫鬟在旁邊守著，自己便帶著紅裳和綠袖去了隔壁的小耳房內。

今晚是不能睡嘍！這不僅關係著湯家的臉面，更是湯圓第一次面對外人，如果對她的心性有了影響，以後再想改就真的難了，所以這次絕不能失敗，一定要設法瞞過所有人才行！

第九章

湯圓這一覺睡得無比舒服，睜眼時天已微微亮了。她好久沒睡得這麼安穩，前些時日都會在半夜餓醒，只能摀著肚子強迫自己睡著，那滋味真的太難受了，忍不住幸福地在被窩裡滾了滾。

「小姐醒了？睡得可還好？」竹嬤嬤察覺到動靜，笑著把簾子掀開掛在了鉤上，紅裳、綠袖也站在一旁。

湯圓一下子坐起了身，甜笑著道：「嗯，睡得可香了，果然吃飽再睡是最幸福的事了！」看向三人，笑容頓時僵住。

雖然三人的精神瞧著還好，甚至滿臉笑意，但是根本就掩蓋不住眼底的青色。紅裳、綠袖年紀輕，只是看來有些疲倦而已，可竹嬤嬤都已是五十出頭的人了，熬了一夜，感覺就老了好幾歲。

湯圓既感動又愧疚，揪緊手裡的被子，低頭保證。

「嬤嬤放心，只要是妳說的，我一定會努力做到。」又看向紅裳和綠袖。「我答應過妳們，要帶妳們看盡揚州風景，這我也會做到的，不會讓妳們白來一趟。」

「嗯，我們都相信小姐會說到做到。」紅裳點頭，心裡對竹嬤嬤佩服極了。

本來她和綠袖還想抹些胭脂添氣色，卻被竹嬤嬤給攔住了，當時還有些不悅。身為下人，為主子分憂那是應當的，不該以此邀功才對，可現在看來，薑果真是老的辣，小姐的心彷彿更堅定了。

雖然相處的時日很短，但竹嬤嬤基本上已看清湯圓是怎樣的人了，她表面上裝作不在乎，心裡卻相當在意他人的目光，所以她想瘦身、她想改變，可這不僅是為了自己，更是為了保全湯家的臉面，因為在她心中，親人永遠是首位。而且依竹嬤嬤觀察，湯圓也非常在乎平日真心待自己的人，因此才故意做給她看，就是要讓她看到，為了她，周圍的人是多麼努力，所以她也必須振作才行，如此，接下來的一切才得以順利進行。

「嬤嬤妳們昨晚做了什麼嗎？」不然怎會整晚沒睡。

竹嬤嬤伺候湯圓坐好後，對她提了個莫名的要求。「小姐，您看看我。」

湯圓不明所以地看著竹嬤嬤，眼神一如既往的清澈，想法完全表露無遺。

竹嬤嬤無奈搖頭，閉起眼一會兒，再睜眼注視湯圓時，湯圓整個人都愣住了。

原來眼神就可以讓一個人的氣質變化這麼大！

竹嬤嬤表情不變，只是眼底沒有任何情緒，就這麼靜靜地看著湯圓，卻令湯圓不知怎的就想從位置上站起身來。

見狀竹嬤嬤伸手把她按了回去，恢復原本的樣子，微笑看著湯圓。「小姐您想想，如果用剛才那眼神看著您的是皇后或者太后，您會怎麼樣？」

「當然是低頭迴避了。」湯圓毫不猶豫地回答。

「這是自然的。其實這就是上位者的威勢，身處高位久而久之便會培養出來，老奴只是因為在宮裡伺候了許多年，所以學到了些皮毛，若是學有所成，小姐肯定馬上就站起來，斷不會猶豫的。」小小地開了個玩笑後繼續道：「雖然咱們不能跟皇族比，但是小姐千萬要記得，您祖父是湯國公，外祖父是和先帝一起打江山的鎮國大將軍，這兩位老爺子任何一位出了事，連皇上都會震怒的，所以在其他姑娘眼裡，您的身分比她們高太多，毫不誇張地說，她們的才藝再出色，如果沒什麼奇遇，是一輩子都無法跟您相比的。」

湯圓似懂非懂。「那為什麼嬤嬤剛才要做出那個眼神來呢？」

「假如，您被皇后這麼一望，您還會記得之前想做什麼、想說什麼嗎？」竹嬤嬤反問。

湯圓馬上搖頭，那種時候肯定會緊張得腦筋一片空白呢！

竹嬤嬤點頭道：「這就是了，雖然您的身分沒那麼高，但別的姑娘多少也會有些畏懼，所以她們一定會來討好您，然後在不知不覺中下套，想試探您到底是什麼樣的人。」這種笑裡藏刀的事情竹嬤嬤見多了，笑得越暖心的人，捅刀子就越厲害。「如果到時大小姐、二小姐皆不在您身邊的話，您大可直接這樣看過去，對方應該無法反應，至少可以解燃眉之急。」

這麼做或許會讓人覺得不好親近，但那又如何？總比讓人知道湯家三小姐原來是個直腸子來得好。

湯圓眼珠子動了動，突然間想到了元宵。他明明五官很好看，但就十分難親近，特別是他斜眼看人時，雖面無表情，卻能讓人感覺到他根本就沒有把自己放在眼裡，這樣哪裡還會想問他什麼，躲都來不及了。

不過……也不知道他怎麼樣了，那天到底有沒有被自己壓傷呢？她不敢對阿爹說那件事，自然也不能從阿爹那兒得知他的消息了。

見湯圓想得出神，竹嬤嬤彎身在她面前揮了揮手。「小姐，怎麼了？」

「啊？」湯圓一下子回過神，搖搖頭道：「沒事，在想嬤嬤說的話呢，嬤嬤繼續說吧。」

仔細察看湯圓的臉色，發現確實沒有什麼，竹嬤嬤才又開口道：「大小姐、二小姐會帶著您認識其他姑娘，到時您跟著行禮就可以了，不必多說，多說多錯。」

「好。」湯圓點頭表示知道了，而後眼神飄向了鏡子的方向，不知道自己做出那般眼神時，會是什麼模樣呢？

竹嬤嬤順著湯圓的目光看去，了然一笑。「老奴昨晚和紅裳、綠袖給小姐連夜趕了一套衣服呢！我們先去內室等著，小姐好了就進來換上吧。」

湯圓走到鏡子前坐下，學著元宵斜睨著眼，眉心微蹙，但根本就沒有那種感覺，自己的臉太圓了，擺出這副模樣，反倒像個得不到糖吃的孩子似的。接著又學竹嬤嬤，面無表情地瞪著鏡子，可是怎麼看都覺得不對勁，只像小孩子鬧脾氣，完全沒有竹嬤嬤所說的震懾。她越湊越近，眼睛越瞪越大，最後……

終於把自己瞪成了鬥雞眼。

甩甩腦袋又坐直了身子，伸手理了理被甩亂的劉海，驀地，她想到了一件事情，垂著頭好一陣子，才慢慢地抬起頭，冷冷看著鏡裡的自己。

原來，自己看自己也可以感到那麼陌生。

鏡中人容貌相同，只是眼神變了，變成了當初看秋姑娘的眼神。明知道她將踏上死路，自己卻沒出聲提醒……

一樣的天真，卻摻雜著冷漠。

是自己太笨，其實根本不用嬤嬤教，她早就會了，只是沒想到那裡去而已。

再次晃了晃腦袋，一下站了起來，把這些不願深想的事全數拋在腦後。多想無益，反正不管發生什麼事，只要沒牽扯上至親之人，好的、壞的，全都當作沒看見就好了。

待湯圓走到內室時，竹嬤嬤和紅裳、綠袖已在裡頭等著了。湯圓一眼望去，一件很漂亮的衣裳平展在床上，且旁邊擺了件從未見過的東西。

這是什麼？

臨行前，湯慕青、湯醉藍終於見著了幾天都沒有現身的小湯圓，兩人不禁睜大了眼、張大著嘴，一左一右地站在湯圓面前死死瞅著。

湯圓今日一身鵝黃廣袖束腰羅裙，上面星星點點地散著銀藍色的小花，看來可愛俏麗，最重要的是——還能顯現腰身。

湯醉藍不可置信地伸手戳了戳湯圓的腰，傻乎乎地問道：「小妹，妳的肉呢？怎麼幾天就沒有了？」眉頭一擰。「這不對啊，就算妳三天都沒吃飯，也不可能馬上就有效果呀！」

湯圓還來不及回答，湯慕青便上前一步捏住湯圓的下巴，左右看了看。「還有妳的臉，怎麼覺得小那麼多呢？」

湯圓抿著淺笑，看向了竹嬤嬤。

「三小姐裡面穿了件外藩傳來的物件，西洋人稱它為束腰，只要緊緊綁在女子腰間，就能暫時達到收腰的效果。」竹嬤嬤笑著彎身回話。「至於三小姐的臉，老奴早前跟人學習了一些化妝之術，能讓人看著覺得臉小一些，可這也只是暫時的，洗掉就沒有了。」

湯圓原本就沒有胖到非常誇張的地步，只是整體看著圓潤，其實還挺可愛的，如今經過竹嬤嬤這麼一弄，便真的是可愛極了。

湯醉藍上前盯著湯圓，臉頰沒有上胭脂，只是兩邊的顏色比中間稍暗一些，仔細看才能看出來。她退後兩步再看，確實覺得臉瘦了很多，柳眉一挑，伸手就想去捏。

竹嬤嬤連忙出手制止。「二小姐可不能捏，捏了就得重新上妝，已經該出門了，不然得晚了。」

湯慕青也開口提醒。「醉藍不要胡鬧，今天妳有任務的，要牢牢跟在小妹身邊，別讓人欺負她，可不能又由著性子亂跑了。」

湯醉藍在幾人不悅的目光注視下，悻悻然地收回了還停在半空中的手，討好地對著也沈著一張臉的柳氏笑了笑，而後拍著胸脯保證。「娘您放心好了，我一定會好好看著小妹的！」

柳氏無奈搖頭，醉藍的性子向來如此，若能改早就改了。她笑著上前一步，摸了摸湯圓的頭。「別怕，不管誰說了妳什麼，不用顧慮，直接回擊就是，萬事有娘給妳擔著呢！」

湯圓重重地點了點頭。「娘您放心，不會有事的。」又摸了摸柳氏的肚子道：「弟弟在娘肚子裡要乖，不要胡鬧，姊姊出門去玩一天就回來。」

柳氏再囑咐了一番後，湯慕青、湯醉藍一左一右牽著湯圓上了馬車，三人的丫鬟則坐上後頭那輛，兩輛車齊齊離開湯府。

柳氏看著馬車離去才對著竹嬤嬤道：「有勞嬤嬤，我這個小女兒一切都靠妳了。」竹嬤嬤低頭回得謙虛。「這都是老奴該做的，是老奴職責所在，當不得夫人誇獎。」

柳氏搖了搖頭。「妳放心，妳所做的一切我都看在眼裡，等到湯圓出閣的那一日，我是不能夠再管她了，湯圓的一輩子……全交在妳手上了。」

這是要讓湯圓給竹嬤嬤養老的意思了。竹嬤嬤在宮裡待了許多年，稀奇東西見過不知凡幾，自然無法用尋常之物打動她，她本身什麼都不缺，就缺一個真心待她、能照顧她終老的人。

「老奴一定不會讓夫人失望，三小姐以後的日子，一定會過得無比舒暢。」竹嬤嬤直接做了保證。

姊妹三人一路閒聊嬉鬧，很快就抵達王府別院，一下車，湯圓立即大大地吐了一口氣，雖然腰上仍纏得緊緊的，但是站著比坐著舒服多了。

「老奴見過三位小姐。」

一名大約六十多歲的嬤嬤迎上前來，湯圓環顧四周，並未發現其他輛馬車。

看出三人眼裡的疑惑，那名嬤嬤笑著回答。「其他小姐都已經進了院子，老奴是專門在這裡等著三小姐的。」她看向湯圓。「老王妃請三小姐過去一趟。」

請自己過去一趟？湯圓牢記著竹嬤嬤的話，多說多錯，因此僅是看向了旁邊的湯慕青，藏在袖裡的手捏成了拳。

湯慕青臉色未變，笑著問了一句。「不知老王妃單獨召見小妹所為何事？」

身旁的丫鬟自動向嬤嬤遞上了一個鼓鼓的荷包。嬤嬤並沒有推辭，直接收下了，令湯慕青心裡鬆了口氣，說明這不是壞事。

「老奴也不清楚，或許老王妃只是想先看看三小姐而已。」

嬤嬤雖然用的是疑問口氣，但是表情一本正經，想來是八九不離十了。

湯慕青點了點頭，對著湯圓道：「去吧，姊姊在前面等妳，不要怕。」

湯圓順從地點點頭，跟在嬤嬤身後，步伐沈穩地離去了。

湯慕青和湯醉藍對望一眼。竹嬤嬤真是太神奇了！幾天時間就讓小妹徹底改頭換面，彷彿變了一個人似的，還以為她會哭鬧著不肯去呢，那可真的是剛進門就丟大臉。

此時另一頭的湯圓垂著眼簾，靜靜地跟著嬤嬤，沒敢四處張望，心中牢記著竹嬤嬤日前的教導，若有還無地彎著嘴角，看起來有些信步而行的悠閒。

嬤嬤領先了半步，彎身在前方帶路，不著痕跡地打量著這位傳說中的三小姐。雖然她如今年紀尚小，看著不如大小姐、二小姐出色，但是小小的人兒遇事一點都不驚慌，也沒有東問西問，已表現得十分穩重了。

不愧是湯家，教養果然極好，嬤嬤的身子不自覺地更加彎了些。

約略走了小半刻鐘，嬤嬤突然停住腳步，指著前方低聲道：「三小姐順著這條路過去便是了。」

湯圓點了點頭，嘴角幅度彎得更深，直視嬤嬤的眼睛道：「有勞嬤嬤了。」

嬤嬤有些受寵若驚地彎身回話。「您太客氣了，這是老奴的職責，小姐快些過去吧。」

湯圓再次點頭，順著嬤嬤的指示向前，蓮步輕移，不疾不徐。

我祖父是湯國公，我外祖父是鎮國大將軍……湯圓覺得她的心跳聲好大，心臟彷彿都快跳出胸膛了，只好不斷在心中替自己壯膽。

嬤嬤看著湯圓離去的背影，心裡不禁讚嘆。三小姐家世好，且小小年紀就已懂得謙遜，說不定往後會比兩位姊姊更加出色呢！想到這兒，下一秒嬤嬤的表情卻瞬間愣住了——

湯圓心裡想著事，根本就沒注意到有階梯，一個踩空，身子一歪，差點摔跤。她吞了吞口水，不敢回頭看有沒有被人瞧見，強自鎮定地整理了下裙襬，挺直背脊，踩著依舊穩重、只是速度加快了些的步伐，不一會兒就消失在嬤嬤眼前。

嬤嬤失笑搖頭。果然還是個孩子，不過如今這表現已非常不錯了，是個很可愛的姑娘呢！

第十章

湯圓不想去思考自己方才的窘樣有沒有被那名嬤嬤看到，一鼓作氣地走到小路的盡頭，遠遠看見前方有座亭子，可是裡頭並沒有老王妃，反而見到一名男子的背影，瞧著似乎有些眼熟。

還沒來得及深思便有了答案，看著迎面撲來的大狗，湯圓瞬間明白那人是誰了，同時也想起了大狗的熱情她根本無力反抗，只好拿起袖子先遮住臉再說，今天可不能讓將軍舔自己的臉了。

不料預想被撲倒在地的情況並沒有發生，將軍只是蹲在了湯圓旁邊。

此時元宵也來到湯圓的面前。「怎麼？十多天不見，妳這張臉醜得越發不能見人了？」狐疑地打量著湯圓，這丫頭怎麼瘦了這麼多？

湯圓放下了遮住臉蛋的手，看著眼前的元宵，並沒有因為他的話而影響心情，反而用心察看他的臉，發現他面色紅潤，不由得鬆了一口氣。還好，他真的沒有被自己壓出什麼毛病。

湯圓的臉一露出來，元宵更加詫異了，挑高了眉仔細地盯著湯圓，甚至還繞著她走了兩圈。

「人們常說女大十八變，我現在真有些相信了，不過……」他站定在湯圓的面前，眼底笑意明顯。「妳這可有點假了，距離上次見面還不到一個月，妳哪能變成現在這模樣！臉上有東西吧？身上也有東西吧？」

對於湯圓短時間內的變化，元宵大感興趣，眼睛一瞄，看著她的腰間，興致一下子就來了。

「讓我看看妳裡面穿的是什麼！」

聞言湯圓瞪圓了眼，小小後退一步，雙手擋在胸前有些防備地看著元宵。

「喂！妳這是什麼意思？」元宵立即跳腳大喊。

湯圓不說話，默默又退了一步，拉開兩人的距離，清亮大眼定定地看著他。

見狀元宵一個跨步就來到了湯圓的面前，低頭俯視著她。「憑妳這副身材，妳覺得我會對妳有意思？妳未免太有自信了！像妳這樣的，就算脫光了送到我面前，我也不會多看一眼！」

湯圓小臉一怒，袖子裡的拳頭也捏得緊緊的，即使脾氣再好，也不能由著元宵一而再、再而三地羞辱自己，哪怕他是有口無心！她裡面穿了什麼與他何干？男女授受不親他不知道嗎！

此刻兩人靠得極近，元宵原本亦是死死瞪著湯圓的，不料鼻間意外竄入一股撩人氣息，令他忍不住低頭嗅了嗅。怪了，這丫頭身上是什麼味道？若有還無的，更重要的是，他聞著居然不討厭……

元宵一直都對氣味敏感，最厭惡女子身上濃重的脂粉香，所以上次看到將軍舔了湯圓時，才會強迫將軍喝了一肚子水，否則要是將軍沾上了那種味道，他絕對不會准許將軍近身。

正當元宵還在試圖分辨那氣味時，湯圓一下子抬起了頭，罕見地揚著惡劣的笑意，在元宵不解的眼神中，拋下驚人之語──

「你打算什麼時候娶我？」

元宵覺得自己完全跟不上湯圓的思維了，什麼叫打算什麼時候娶她？自己什麼時候說過要娶她了！

歪著腦袋，湯圓還小小地抿起一抹笑，說得無比天真。「我娘說過，女子的身體只有自己的夫君才能看，如果未婚前被其他男子看見的話，就一定要嫁給他，所以啦，你什麼時候才會上我們家提親？」一邊說一邊低頭作勢解開自己的腰帶。

元宵猛地連退好幾步，甚至背對湯圓不敢再看她了，他側著身，手指著湯圓。「妳、妳、妳、妳簡直不可理喻！我就沒見過像妳這麼不知羞恥的姑娘，居然在光天化日下當著男子的面脫衣裳！」

湯圓搗著嘴不讓自己笑出聲來。這是她第一次捉弄人呢！沒想到還挺好玩的，看來自己還是挺有眼力，元宵果然不是小人，他純粹是嘴巴毒了一點，其實人並不壞。

「是你說要看看我裡面穿的是什麼，我只是照你的意思做罷了。」

元宵剛才只是一時太過驚訝，這會兒他馬上就反應過來了，一下子扭過了頭，看到湯圓衣衫完整地站在後面，大眼笑成了彎月，亮晶晶的，像極了偷著東西吃的小奶貓，頓時覺得自己腦子裡的一根弦綳地一聲斷了。

居然被這麼一個蠢丫頭給耍了！

他眯著眼，面無表情地看著湯圓。「是妳逼我的。」言畢，不顧湯圓滿臉疑惑，直接轉身離開，將軍見狀對著湯圓汪了一聲也跟了過去，一人一狗很快便消失了。

湯圓呆站在原地。她逼他什麼了？低頭想了好一陣子也想不明白，索性放棄，現在最重要的是，周圍一個丫鬟、婆子都沒有，自己該怎麼離開這裡？

過了一會兒，剛才那名嬤嬤又出現在湯圓面前。

嬤嬤笑著走近後彎身道：「老奴剛巧有些事情，讓三小姐在這裡等了一會兒，想必三小姐是不會怪罪的？老奴這就帶您去見老王妃。」

對方既然都這麼說了，湯圓自然不會把話戳破，她揚起一抹笑容。「如此，就有勞嬤嬤了。」心中疑惑更甚，顯然元宵已經打點好一切，可是他到底是誰呢？竟連永安王府裡的人都可以自由吩咐。

嬤嬤又帶著湯圓走了一段路，這次遠遠便見著一堆丫鬟、婆子圍了一圈，看來真的是老王妃了。眾人見湯圓兩人過來，紛紛低頭讓出了一條道。

湯圓深吸了一口氣，走上前福身請安。「湯圓見過老王妃。」

行完禮就有一雙滿是褶子的手扶起自己，湯圓順從地起身。

老王妃已滿頭銀髮，五官很是慈祥，一點架子都沒有。她笑著將湯圓上下打量了一番，最後注視著湯圓的眼睛良久才道：「妳叫湯圓？很可愛的名字呢，和妳很配。」

想和湯圓多說幾句也沒時間了，老王妃站起身，拉著湯圓的手仍是沒放。

「走吧，別讓其他姑娘等急了，不然到時候該說我這個老婆子招待不周了！」老王妃看出了湯圓的緊張，小小地開了一個玩笑。

湯圓抿著一抹笑沒有說話，只是從老王妃手裡把自己的手抽了出來，改而扶著老王妃，慢了半步與她一同往前走。

顯然，老王妃很滿意湯圓的舉動，將另一隻手也搭在了湯圓扶著自己的手上，輕輕地拍了幾下，目視前方。「雖然他的行事章法和別人有些不一樣，但絕不是什麼大奸大惡之人。」

聞言，湯圓嘴角的幅度更彎了些，抬眼笑看著老王妃，眼底依然清澈。老王妃也笑著回望湯圓一眼，沒再多說什麼，可覆住湯圓的手卻沒有收回去。

如今正值暮春之際，天氣正好，是揚州風景最美的時候，園裡各色花卉競相開放，可最美的卻不是花，而是站在院子裡的姑娘們，一個個精心打扮，約有十多位，真真是人比花嬌。

湯慕青和湯醉藍並肩而立，並不像其他姑娘那樣賞花玩樂，心裡都非常擔心，不知道小妹那邊怎麼樣了。

「老王妃到——」一名嬤嬤高聲唱道。

所有姑娘紛紛挺直腰桿，有些還低頭整了整衣裳，或者詢問友人自己的妝容是否還精緻，同時挪動腳步，以湯慕青為首，依次按著家世整齊地站了一列。待站定後，眾人抬頭直視前方，餘光瞥見兩道身影，視線不禁轉移。

扶著老王妃出來的那位是誰？

腦子轉得快的已經猜到了，聽聞湯家三小姐這次也會來，莫非，那就是她本人？

縱使心下思緒千迴百轉，各家小姐面上仍維持著得體的笑容，齊齊福身。「給老王妃請安。」

湯圓扶著老王妃上座後，也退後兩步福了福身。

老王妃笑著點點頭，溫聲道：「都起來吧。」

約略將底下的姑娘審視一遍，她頗有些感慨地道：「揚州果然是個好地方，這裡的姑娘各個如花似玉。老身待了許久，雖然喜歡這裡，但是人老了就不愛出門了，所以今兒個只好煩勞妳們來和我這個老婆子聚聚。」

老王妃的話剛落，就有一群與在場姑娘同數的嬤嬤們走了過來，手上全端著一個精緻的盤子，分別送到了每位姑娘面前。湯圓眼前自然也有一個，仔細一瞧，是一柄象牙玉扇，伸手接了過來，一拿在手裡就聞到一股清香，而且觸手生涼，夏天用肯定是最好的。

老王妃果然出手不凡，見面禮就這樣貴重。

見所有人都拿到東西後，老王妃才又笑著道：「這玩意兒還是年輕姑娘們拿著最合適，擱我這兒反倒糟蹋了。」

眾人齊齊彎身。「謝老王妃賞賜。」

「不必這麼拘束，就當這裡是自己的家，怎麼玩都可以，年紀大了，就喜歡熱熱鬧鬧些。」

話雖如此，但是底下卻沒人敢動，全安靜地站在原處。若是平時，或許已有幾個拔尖的這會兒已經出聲搭話了，可是湯圓還沒發話呢，她們若是隨意攀談，令老王妃留下爭寵的印象可不好。

誰讓剛才是湯圓扶著老王妃出來的呢？

湯醉藍嘴巴一張就要救場，湯慕青卻輕輕拉了下她的袖子，示意她別輕舉妄動。目前的狀況極其平常，只須延續話題而已，若是小妹連這都應付不來，那以後面對更棘手的情況又當如何？萬一家人都不在身邊，她又能靠誰？

場面一下子凍結了，可老王妃也不惱，只是哀怨地看了湯圓一眼。「唉……我知道，妳們都嫌棄我這個糟老婆子，不願意同我說話。」說完還調皮地對湯圓眨了眨眼睛。

這一刻，湯圓完全體會到什麼叫如芒在背。

她深吸了一口氣，揚起甜笑看著老王妃，遙想自己以前和祖父母相處時的情境，嗓音清亮，帶著小女兒的嬌羞和俏皮道：「您說的是什麼話，什麼叫糟老婆子？您這可是福壽雙全的安逸人生呢！」而後又癟著嘴道：「別人都羨慕不來了，您還這樣說，若您覺得這日子真的不順心，那湯圓跟您換換如何？」

「哈哈！」老王妃瞬間笑了出來，伸手把湯圓拉到自己跟前，讓她坐到身旁，半攬在懷裡揉搓一頓。「妳這孩子，說的話怎會讓人那麼高興呢！妳要換我還捨不得呢，花一樣的年紀，哪能說換就換的。」

湯圓靠在老王妃的懷裡，仰著小臉說得認真。「我真是這樣想的！如果您高興的話，換換也可以啊！」然後小聲嘀咕。「這樣就沒人管我了，想做什麼就可以做什麼……」聲音很低，只有老王妃能聽到。

聞言老王妃更是樂不可支，果然是小孩子心性！她直把湯圓抱在懷裡，兩人親熱非常，不知道的還以為是親孫女呢！

老王妃一笑，底下的人自然也都跟著笑了，可是只有湯慕青和湯醉藍是出於真心，其他姑娘們則是拿著手帕摀著嘴角，笑意卻未達眼裡。

老王妃又低著頭跟湯圓說了幾句悄悄話，才笑著抬頭道：「三小姐的魅力今兒個我可是見識到了，不知湯家另外兩位小姐又是怎麼樣的？上前來讓我看看。」

此話一出立即坐實了坊間的傳聞，看來這次確實是為了替世子爺選妃，不過這正妃嘛，只能從湯家的兩位嫡姑娘中挑選，其餘的姑娘頂多是訂下側妃而已。

湯慕青和湯醉藍攜手向前，柳氏早已告知她們選妃一事，兩人落落大方地走到老王妃面前，微笑福身。「湯慕青、湯醉藍，見過老王妃。」

老王妃仔細打量兩人，眼底浮現一抹滿意之色，笑著對懷中的湯圓道：「妳娘是怎麼教導妳們的？不僅把妳教得這麼可愛，連兩位姊姊都這麼出色，我都不知道該誇哪個好了。」

「那就兩個都誇呀！」湯圓眨巴著眼睛，毫不猶豫地答道。自己重生後已意外改變了些事情，往後可得小心，因此這次就算心裡知道會是大姊中選，亦不敢透露半分，只能如這般打太極，誰都不偏袒。

兩位姊姊一下就被湯圓給逗樂了，人家這是客套話，偏偏小妹還當真了！

老王妃也失笑地搖了搖頭，伸手拍了拍湯圓的小腦袋。「好，那就兩個都誇，兩個都賞！」轉頭對一旁的嬤嬤點了下頭。

嬤嬤點頭退了下去，很快地又端了一個盤子回來，上面放著兩塊墨玉，遞到了湯慕青和湯醉藍的面前，兩人笑著接過。

兩塊玉一模一樣，根本不知道老王妃心儀的是誰。

老王妃好像對湯圓特別感興趣，笑問湯圓。「妳的兩位姊姊可都拿到了禮物，就妳沒有，妳心裡會不會不高興？」

湯圓直接反問：「為什麼要不高興？該是我的，誰也搶不走；不是我的，搶也搶不過。」說完又笑望兩位姊姊一眼。「娘說過的，我還小……」

本來湯慕青和湯醉藍至少面上還挺鎮定的，可一聽到湯圓的打趣，湯慕青微微羞紅了臉，但也沒有說什麼，湯醉藍的反應就大些了，直接瞪了湯圓一眼，大有秋後算帳的意味。

湯圓吐了吐舌頭，撲進老王妃的懷裡。

老王妃看著姊妹三人的互動，對兩人已大致瞭解了。果然和傳聞一樣，一個穩重文靜，一個活潑英氣，都是好姑娘，還真的不知道該選哪個呢！

幾人閒聊一陣後，老王妃便先行離去，畢竟以她的身分當然不可能陪著眾人玩一整天，況且她的精力也不夠。不過老王妃雖然走了，姑娘們還是放不開，因為周圍的丫鬟、婆子可是一個都沒少呢，這些定是老王妃的眼線了，為了側妃之位，她們得好好表現才行。

湯慕青拉著湯圓到一旁坐著休息，本來以為小妹很鎮定的，可是一拉住她的手才發現她掌心全是汗，甚至還有些微微發抖。

湯慕青和湯醉藍一左一右握緊湯圓的手，在這個場合實在無法說出什麼安慰的話，只能像這樣給她打氣。

湯圓也不想發抖的，可是老王妃一走就控制不住了，深呼吸了好幾口，才微笑著小聲問道：「大姊、二姊，我、我沒有丟湯家的臉吧？」說話有些結巴。

湯慕青沒有回答，只是用下巴點了點在場的姑娘們。「妳看看她們，妳告訴我，從她們眼裡妳看到了什麼?」

聞言湯圓仔細一看,那些人明明前一秒還關注著她們,可當她回望過去時都不約而同地選擇迴避自己的目光。「不知道,她們都不跟我對視。」

湯慕青點了點頭,笑著道:「這就是了。她們為什麼不敢看妳呢?那是因為妳做得很好,因為老王妃對妳十分喜愛,所以她們怕得罪妳,不敢和妳對視。妳今日表現得非常好,沒有丟湯家的臉,爹娘也會為妳驕傲的。」

湯圓揚起一抹小小的笑容。做了那麼多的努力,就是為了保住湯家的臉面,幸好得到了肯定;可她還沒來得及多高興一會兒,嘴邊的笑容就僵住了,甚至連身子都開始不受控制地顫抖。

因為眼前有一票姑娘結伴走過來了。

湯醉藍現在也顧不得其他,直接伸手,絲毫不留情地在湯圓的小屁股上掐了一把。湯圓一愣,圓眸一瞪,控訴地看向湯醉藍。不過這法子可說是立即見效,她真的不發抖了,木著一張小臉等待眾人靠近。

第十一章

四位結伴而來的姑娘，臉上笑顏如花，其餘眾人則在一旁等著看戲。

湯圓隨著湯慕青和湯醉藍一同起身，雖然不像兩位姊姊那般從容自若，但至少也看不出驚慌了，她抿著唇面無表情，神情還真有點像元宵。

與各家小姐相互行完禮後，湯圓微微垂下眼簾，等著湯慕青為她做介紹。

湯慕青拉著湯圓的手，沒有按著家世之分，而是直接依次從右往左介紹。「這位是張姑娘、岱姑娘、趙姑娘，最後是錢姑娘。」

沒什麼值得介紹之處，就連稱呼亦是冷淡至極，連姊姊都算不上，反正這幾位不過是被推派出來做先頭部隊的。

湯慕青指一個，湯圓就點一下頭，介紹完便任由對方打量，態度不冷不熱。

湯家三姊妹的冷淡並沒有影響到對面的四位女子，其中眉心有顆美人痣的岱姑娘笑著上前一步，仔細瞧了湯圓一眼，眨了眨眼，掩去所有的心思，轉而對著湯慕青和湯醉藍笑著說道：「恭喜兩位姊姊了。」

不待兩人回話，她又用手帕微微遮著嘴，看似壓低音量，可其實在場所有人都能聽得清。「兩位姊姊這也算是雀屏中選了吧，只是不知道會是哪位呢？」這明顯在挑撥離間了。

湯圓抬眼看向岱姑娘。那眉間的一顆朱砂紅痣，讓她原本只是有些清麗的五官顯得出色，可惜穿著打扮卻讓人看了不禁皺眉。

她的衣裳、髮簪，甚至配件，從頭到腳都是金色的，渾身金燦燦，如同話本裡一夜致富的人，恨不得把所有值錢的家當都穿在自己身上，深怕別人不曉得似的。

湯慕青冷著一張臉看了看四周，大多數人都等著看笑話呢。她彎起嘴角，笑意不達眼裡。「岱姑娘最好低頭看看妳站著的地方是哪兒，有些話能說，有些話是不能說的。」自上而下打量了岱姑娘一番，而後似是恍然大悟地道：「也不怪岱姑娘不知道分寸，岱家的家教，看來也就這種程度了，我不該高估的。」

岱姑娘臉色微微脹紅，手中帕子一擰，還沒來得及回話，湯醉藍又直接嫌棄道：「妳以為人人都跟妳一樣，為了攀高枝什麼都不顧了？也是，像妳這樣的人家，除了攀高枝，確實沒有其他出路了。」

岱姑娘臉色一白，惱羞成怒。「妳們！」

她自然知道這裡是王府別院，本想惹得湯家窩裡反，若是她們惱了，說不定就會口不擇言，到時候傳進老王妃的耳裡，誰勝誰負還不曉得呢。

怎知這兩人完全不接招，居然都這麼難纏，果然是城府極深！岱姑娘深吸了一口氣，把嘴邊的話又給嚥了回去，視線轉向在旁邊一直沒說話的湯圓，眼神一暗，就不信小的她也搞不定！

「這位想必就是三小姐吧？姊妹們一直都很想見見妳呢，今日一見，果真和兩位姊姊一樣『出色』。」她故意加重語調，皮笑肉不笑地看著湯圓。

湯圓再可愛，比起湯慕青和湯醉藍，還是遜色不少。

所有人的視線一時間全集中在湯圓身上。這位湯家三小姐一出場就那麼令人震驚，且老王妃看樣子對她喜愛得很呢！若非年紀太輕，大家肯定會認為內定的世子妃就是她了。

湯圓偏了偏頭，嘴角輕勾起一抹淡笑，黝黑的眸子一片平靜。

眾人看著看著，心下不禁有些畏縮。這位三小姐明明還只是個女童，但是那不說話的模樣怎會讓人感覺不怒自威？

感受最深的就是與湯圓直視的岱姑娘了，她甚至小小地退了一步，旋即擰眉不解地看著湯圓。為什麼自己剛剛會想迴避呢？這小丫頭明明什麼也沒做，只是看著自己而已，眼底甚至沒透露任何情緒……對了，就是沒有情緒，彷彿完全沒將自己放在眼裡，這種態度感覺比湯慕青和湯醉藍話裡的嫌棄更甚，連說句話都不願意；但她不就是個孩子而已，自己到底在怕什麼！

此時，岱姑娘餘光瞥見湯圓拿在手裡的象牙玉扇，心裡的嫉妒一層層地往上疊加，都快控制不住了。她連忙將自己的玉扇藏進了袖裡，除了湯家的三位小姐，自己和其他人拿到的都是一般的玉石。

她冷臉道：「湯家姊姊一個詩文出色，一個畫藝出眾，不知湯妹妹平日喜歡做些什麼？

說來聽聽，和姊妹們好好切磋一番也是件趣事。」

哼！這次一定要整到她！

「不知岱姑娘家裡是做什麼的，父親官任幾品？」這只是一個很普通的問題，沒想到岱姑娘臉色卻一下脹紅，甚至比剛才被湯慕青、湯醉藍聯手羞辱時更紅。

周遭諸人也是一副要笑不笑的樣子。

湯圓疑惑地看向了湯慕青。照兩位姊姊的態度推測，想必這位姑娘的家世一定不高，但見她又敢做先頭部隊，不禁有些疑惑，才有此一問。

湯醉藍大聲地說道：「這兒誰不知道岱家是揚州最出名的鹽商呢？他們家的銀錢多得能把妳生生給埋嘍！妳可千萬別得罪她。」

揚州之所以繁華，不僅是風景出色，更因該處為鹽商的聚集地。

湯圓了悟地點了點頭，語氣輕快。「怪不得岱姑娘能受邀出席，原來岱家是鹽商之首啊。」

她並未特別加重語氣，可就是這般豁然開朗的態度讓人不由得笑出聲來，鹽商的女兒能出現在這裡，自然是因為有錢嘍，也只有錢！

「也難怪岱姑娘一身如此的……」頓了頓，又上下掃視了下對方的裝扮，略微遲疑地道：「金碧輝煌呢。」

「哈哈！」湯醉藍直接笑彎了腰，小妹真的是太好玩了！

其他圍觀的姑娘們也被湯圓逗得摀嘴笑開了，就連跟著岱姑娘前來的幾位也在努力憋笑。

岱姑娘臉色緋紅，眼睛瞪得老大，直接推了站在旁邊的趙姑娘一把，宛如市井潑婦。「笑什麼笑，不准笑！」回頭瞪著一臉無辜的湯圓。「妳居然當眾羞辱一起赴宴的姊妹，這就是湯家的家教嗎？」

湯醉藍上前一步就要說話，岱姑娘卻搶在她之前開口，目光緊鎖著湯圓一人。「怎麼，現在不知道怎麼說話了？什麼事都要靠著姊姊來幫妳嗎？」

湯慕青直接將湯圓擋在了身後，冷冷地看著岱姑娘。「小妹年紀尚幼，岱姑娘卻這般咄咄逼人，原來妳不僅家教不好，連品行也不怎麼樣。」

此時，藏在假山後頭的元宵，專注地看著微微垂首站立在湯慕青身後的湯圓，因距離有些遠，他無法看清她此刻的神情，他亦無法明白，這麼嬌小的一個人為何能如此倔強？猶豫了好一會兒，他狠狠擰著眉暗罵。「就沒見過這麼蠢的人，直接罵回去不就好了！」心神一轉，就要放將軍進去砸場子，結果這時湯圓有所行動了。

她伸手拉了拉擋在前方的湯慕青，湯慕青疑惑地轉頭，一見到湯圓的表情，頓時便愣住了，沒有沮喪也沒有害怕，小臉甚至抿了一抹笑，可是她總覺得小妹似乎有些不一樣了。

湯圓對著自家大姊笑了笑，而後提步向前，走到了岱姑娘的面前，行了個半禮後道：「岱姑娘剛才說我羞辱了妳，請問，是哪句話羞辱到妳了？」臉上帶著微笑，問得一派天真。「難道岱家不是鹽商？還是岱姑娘並非岱家的女兒？」

岱姑娘張口又閉口，卻一個字都說不出來。

自己的身分並不是秘密，其他小姐雖然也看不起她，但是從來沒有人會當著所有人的面點出她的身分，所以當湯圓直白地問出來，她才會覺得是羞辱。

對方沒回話，湯圓也不惱，靜靜地等了一會兒才接著說道：「看來岱姑娘妳是答不出了，可我真的不明白，想請教一下岱姑娘，妳身為岱家之女，卻覺得父母生下妳、賜予妳的身分是種羞辱嗎？」

這下已牽扯上孝道了。不孝可是大罪，若是傳了出去，岱姑娘以後的日子絕對不好過，甚至，岱家也不會再盡心栽培她了，反正對她而言，岱家不過是屈辱，不過是拖累罷了。

岱姑娘後退幾步，震驚地看著湯圓仍顯得天真的臉，她實在不懂，這看著還像個女童的人，怎麼說出的話比湯慕青還狠。

「妳胡說八道！我根本就沒有這個意思，我指的是妳說我衣裳金碧輝煌的事，妳分明就在嘲笑我！」喘了幾口氣，咬定對方羞辱自己的裝扮。

湯圓轉頭瞅著湯慕青，烏溜溜的眼睛看來萬分無辜。「大姊，什麼時候金碧輝煌這個詞變成羞辱人的了？」

聞言，姑娘們連手帕都不用，直接笑開了。岱姑娘完全是自取其辱！她今天的裝扮確實很俗氣，許多人看一眼就不忍再看，總覺得眼睛都快被閃花了，不得不說，湯圓的形容太過貼切，這不正是金碧輝煌嗎？鹽商就是鹽商，沒見過好東西，只當金子就是最好的呢！

瞧瞧湯圓戴的粉色珍珠耳環，整顆珠子既飽滿，色澤又佳，肯定是海外找來的好東西，光那一對耳環就頂得上岱姑娘全身的穿戴，偏偏那人還在那兒沾沾自喜不知收斂，當真是班門弄斧，實在可笑呢！

眾人的笑聲讓岱姑娘完全無地自容，恨不得找個洞把自己給埋起來，早已沒了先前的氣勢。湯圓卻上前一步更加靠近她，漆黑的瞳孔直視著她，眼裡的天真消失無蹤，可愛的小臉也變得面無表情。

「最後要提醒岱姑娘，想攀高枝是妳個人的選擇，誰也管不了，我在這裡也預祝岱姑娘以後能如願以償；但是，請妳記住，往後不要隨便攀親，我可沒有妳這樣的姊妹！」

湯圓說完看也不看岱姑娘，便冷著一張小臉走回了兩位姊姊身邊。三人靠得極近，湯慕青和湯醉藍自然能感受到湯圓此刻又在發抖了，忍不住在心中隱隱發笑；不過小妹好不容易威風了一次，她們自然不會拆穿她的。

兩人一左一右握著湯圓滿是汗的手心，冷冷地看了站在原地無法動彈的岱姑娘一眼，便帶著湯圓到一旁休息了。

而另一頭，元宵始終站在假山後方注視著這一切。他自幼習武，感官自然比尋常人要敏感些，因此一眼就察覺到湯圓的不對勁，雖然她極力掩蓋，但元宵能肯定，她這會兒一定緊張得不得了，說不定都在發抖了，不然湯慕青和湯醉藍為什麼要帶她去旁邊休息？

他笑著蹲下身，摸了摸乖乖趴在一旁的將軍，一邊替牠順毛一邊說得有趣。

「你說這丫頭能強撐到什麼時候？」動作一頓，腦子裡閃現湯圓方才倔強的身影，他抿了抿唇，不明白為什麼會想起那畫面，像一陣風，抓不住，卻在心裡留下了痕跡……

「什麼能撐到什麼時候，你又想幹壞事了？」元宵話音剛落，旁邊的小道就傳來了一道清朗的聲音。

第十二章

俊逸少年笑著從小道上走來，站到元宵的面前，隔著假山看了院裡成群的姑娘們一眼，好笑地望著元宵。「那些姑娘跟你無冤無仇，你招惹人家做什麼？」

來人一身玄色雲紋衣裳，一副翩翩君子的模樣，正是永安世子元北翼。

元宵今天把元北翼叫來的目的很簡單，因為元北翼會唇語。兩人說笑幾句後，他便趕緊讓元北翼把視線凝在了湯家三姊妹的唇上。

等待時，元宵撇了撇嘴，這種偷偷摸摸的感覺真不爽，但是也只能耐著性子。

過了好一會兒元北翼才移開了目光，無視元宵迫切想知道的神情，逕自皺著眉思考，心中感嘆，這湯家三小姐果然和別的閨閣小姐不一樣，實在太過真性情了。

他看著元宵，眼底是一片了然。「說吧，你想做什麼？」

元宵還等著元北翼傳話呢，豈料這廝居然反問起自己了！直接挑眉回道：「我想做什麼與你無關，你老實告訴我她們說了些什麼就可以了。」

元北翼也不生氣，只是笑得胸有成竹。「如果你只是想惡作劇的話，我勸你不要這麼做，你以後一定會後悔的。」

剛才姊妹三人的談話元北翼都看得清清楚楚，那小姑娘看來非常努力，只是元宵讓自己過來，好像是為了作弄人家，看人家出醜的。

「後悔？」元宵一下子提高了音量。「在我的人生中從來都沒有後悔這兩個字！」說得斬釘截鐵，可下一秒視線卻飄向了旁邊，沒敢對上元北翼的眼。「怎麼可能會後悔，簡直就是個天大的玩笑。」

元北翼摸著自己的下巴，笑容更燦爛了些，就這麼靜靜地看著強作鎮定的元宵。如果不是心虛，這人怎麼會傻傻地一再強調，甚至連要追問自己的事都忘記了？更有趣的是，他現在居然不敢看自己的眼睛了。

唔，突然很想看看元宵後悔的樣子，一定很好玩呢！

佯裝無奈地雙手一攤，臉上仍是人畜無害的笑容。「好吧，我也只是作為親戚給你一個建議而已。當然，那只是個小丫頭，隨便你想怎麼鬧，反正她也不敢對你怎樣是不是？說吧，你想怎麼做，我都配合你。」

元北翼有多瞭解元宵，元宵就有多瞭解他。元宵敢對天發誓，這會兒對面那個混蛋肯定在等著看笑話呢！不過現在他已是騎虎難下，只得打落牙齒和血吞了！

湯圓跟隨兩位姊姊來到旁邊一個無人的亭子裡，後面是片廣大的湖泊，湖心還有幾座小島，一眼望不到盡頭。她一坐下便自動靠往湯慕青懷裡，手也緊抓著她不放，防備地盯著湯醉藍。

本來湯醉藍還想故技重施，可一看到湯圓控訴的眼神和湯慕青一臉責備，她便悻悻然地收了手，轉了轉脖子說得理所當然。「我也是為了小妹好，剛才那麼一捏她不就不抖了嗎？現在再來一次就行了！」

沒錯，雖然三人稍稍遠離了人群，湯圓還是不停地發抖，抖的幅度甚至更大了些。三月的揚州，天氣仍有些涼爽，加上這裡又靠湖，陣陣湖風吹了過來，令湯圓不禁打了個冷顫，可臉上卻冒出了虛汗。她不停地喘著粗氣，緊緊地靠在湯慕青的懷裡。

湯慕青心疼地攬住湯圓，拿著手帕替她輕輕擦去臉上的虛汗，口裡不停地安慰。「小妹妳真的做得很好，剛才連大姊、二姊都被妳唬住了，所有人都覺得妳很厲害呢！」

可是湯圓仍抖個不停，顯然這般安慰沒有起到任何作用，湯慕青接著再勸了幾句，發現懷裡的小人兒根本就沒反應，最後狠下心道：「妳現在這副模樣要是被別人看到，剛才所做的一切努力就都白費了！她們都會知道湯家三小姐其實是一個膽小怕事的人，妳讓爹以後怎麼在同僚面前做人？妳讓娘以後怎麼面對其他的夫人、小姐？」聲音不大卻嚴厲至極。

湯圓直接把臉埋進了湯慕青的懷裡，慢慢的，她終於不再發抖了，強自離開湯慕青的懷抱，坐直身子低著頭，聲音聽來有些悶悶的。「大姊對不起，我不是故意的，可是我真的控制不了。」

湯慕青看著湯圓如今大大的眼裡滿是迷惘，不禁嘆了一口氣，沒再出言安慰，只是攬著她的肩讓她靠著自己。

小妹的心思太純淨，誰教娘親把她保護得太好了，從小到大都沒接觸過內宅陰私，就算後來狠心讓她見見這些，可是她的思想已經定型了，每次都是直接無視。

姊妹三人不再說話，亭子一下子靜了下來。湯醉藍就算有心想幫忙，可是口才最好的湯慕青都閉嘴了，一向直來直往的她更不知道該說些什麼；她無聊地四處張望，而後轉身看向湖面，眼睛瞬間一亮。

「這是打算讓我們坐船遊湖嗎？」

聞言，湯慕青和湯圓都側過身子朝湖面看去，果然，在不遠的湖邊，幾名船娘划了艘畫舫出來。

湯慕青的眼裡卻是疑惑居多。雖然在揚州，坐船泛舟也不是什麼稀奇事，但那也得有主人家陪同，老王妃已先去歇息了，那麼，現在是誰來作陪呢？

沒人來解答湯慕青的困惑，只有幾位嬤嬤走了過來，將所有姑娘全迎上了船，待姑娘們上船之後也沒多說什麼，就這麼把船划往湖心，繞過小島，眾人才發現前方停著一艘更大、更精緻的畫舫，可甲板上並沒有人，只是透過竹簾能隱約看見裡頭有幾道人影。

此時船娘停止動作，相隔不遠的兩艘船就這麼並排停在湖面上。

「早就聽聞揚州才女眾多，卻從未見識過，今日有幸得見，實在很想領教一番。」

一道清朗的嗓音從對面那頭傳來，雖仍沒人現身，這頭卻已炸開了鍋。

所有人都清楚今日聚會的目的，能出現在這兒的，自然是世子爺了！

姑娘們竊竊私語，有的拿起帕子半遮半掩地擋住自己的臉，可是卻沒人走回船艙，全都待在了甲板上。

「今日也不拘什麼韻腳，姑娘們可隨興發揮，以一炷香的時間為限，元某靜等拜讀。」這聲元某等同表明了身分，船內之人確實是永安世子。

說話間，嬤嬤們已根據人數擺好案臺和文房四寶，有些心急或者才思敏捷的姑娘已經坐下提筆書寫了，大家都認定這是挑選側妃的標準，說不定世子爺就喜歡才女呢！

眾人陸續坐到了案前冥思苦想，湯家三姊妹卻仍站在一處，湯慕青和湯醉藍擔心地看著湯圓。小妹對作詩一竅不通呢……

沒等她倆開口安慰，湯圓便抿了一抹笑，臉上絲毫未見擔憂，甚至還反過來催促兩人。「大姊、二姊這是什麼表情呀？妳們也快去作詩吧，不然她們等會兒都寫完了妳們還沒動靜，那臉可丟大了！」

湯慕青這會兒也顧不得其他，低頭在湯圓旁邊耳語了一句。「妳也去寫，不用擔心，我會作兩首出來，待會兒給妳一首就是了。」說完一手抓過醉藍，一手牽著湯圓，姊妹三人挨著入座了。

湯慕青縱然在這方面特別出色，但是要作出兩首風格不同的詩，而且還得符合湯圓的年紀和性子，對她而言還是有些難度的，因此也沒精神去察看一旁的湯圓提著筆寫出了什麼來。而湯醉藍於此不算擅長，便也苦想去了。

一炷香的時間說長不長，說短不短，轉眼便快到了。一位嬤嬤端了個盤子出來，已完成的姑娘們紛紛將紙放了上去，動作間，有些還羞澀地看了對面的畫舫一眼。這時湯慕青也寫好了，站起身，順手把一張紙放到湯圓手裡，就笑著向那位嬤嬤走去。

湯圓低頭一瞧，抿嘴笑了。雖然她不懂這首詩是好是壞，但是居然連字跡都與自己相仿，大姊果然很能幹。不過湯圓卻沒有交出這張紙，而是拿著自己一片空白，只有右下角落了款的那張，在湯慕青和湯醉藍震驚的眼神中，把紙放進了嬤嬤的盤子裡。

其他人忙著在世子爺面前留下好印象，這會兒還真沒空關注湯圓這邊，只有端著盤子的嬤嬤注意到了，她驚訝地看了白紙一眼，便低下了頭。

湯醉藍一把將湯圓拉到了旁邊，漂亮的柳眉皺成一團。「小妹妳做什麼！大姊剛才都已經幫妳寫好了，妳居然還放白紙上去！」

湯慕青雖然沒有說話，也同樣凝視著湯圓等著她的解釋。

湯圓抬頭看著兩位姊姊。「我知道這樣做不對，可是，如果我把大姊作的詩放了進去，這樣做就對嗎？這樣做就能算是保全了湯家的顏面嗎？」

湯慕青嘆了口氣，上前一步拉著湯圓在旁邊的小桌坐下，認真地道：「姊姊知道妳不願意撒謊，可是，這只是權宜之計而已，爹娘知道了也不會怪妳的，妳是逼不得已呀。」

湯慕青覺得湯圓現在正鑽牛角尖，想把她給拉出來。

「逼不得已就可以撒謊了嗎？我知道大姊的意思，是想先過了這關，然後回家再學就好了，對嗎？」

湯慕青點了點頭，湯醉藍也在旁邊附和。她們倆就是這個意思，雖然今天的行為確實不太好，但這是湯圓第一次出門參加聚會，不能令她受太大打擊，只好出此下策。

湯圓抿著唇，搖了搖頭。「沒用的，我學不會的。」

她很有自知之明，自己在這方面確實沒有任何天賦，甚至一看書就想睡，練字已是她的極限，因為那不需要動腦子，可是作詩就不同了，她是絕對學不來的。

看到湯圓這副模樣，湯慕青想勸解，可話還沒來得及說出口，湯圓便出聲打斷了她，小臉還抿出了一抹淺笑。

「大姊不用安慰我，我沒有覺得失落，因為我就是這樣，腦子笨，不像妳和二姊那般靈活。我只是真的不想撒謊，說了一個謊，就要用無數個謊言來圓，即便今天順利度過了，那以後呢？作詩我根本學不會，難道將來參加聚會都要靠姊姊們幫忙嗎？」含笑望著湯慕青和湯醉藍，說得有些俏皮。「而且妳們出嫁以後我怎麼辦呢？只能待在家裡不出門也不參加任何聚會了嗎？」

湯慕青和湯醉藍的年紀相差不過一歲，兩人出嫁也就是明、後年的事情，可是湯圓現在才十歲呢，那剩下的幾年，她有可能都不出門嗎？

兩人也明白湯圓說的是對的，可她們就是不忍心，不忍湯圓小小年紀便要面對那些傷人的事情；只是湯圓都已經說到這個地步了，湯慕青也不再勸，畢竟每個人都有權力決定自己想怎麼做。她拉著湯圓的手微笑著道：「好，妳想怎麼做都可以，姊姊會在旁邊陪妳。」

湯醉藍也拉起湯圓的另一隻手。「妳放心，待會兒要是有人敢亂說，我一定抽她！」

左看一眼，右看一眼，湯圓滿足地笑了，有這樣兩位全心全意待自己的姊姊，就已經足夠了，這輩子她只要家人和睦安康，其他的統統不重要。

對面船內的元宵和元北翼毫無心思看其他人的詩作，一下就把湯家三姊妹的全找出來了，可不料一看，兩個人都愣住了。

湯慕青和湯醉藍的暫且不論，可是這三小姐交張白紙上來做什麼？她這樣不就是擺明在說她不會作詩？

「我就說嘛，她腦子這麼笨，絕對作不出來的！」元宵早已興奮難耐，臉上是一副不出我所料的神情。

元北翼沒有說話，只是含笑看著元宵，默默地記住了他的每一個表情。

元宵起身去把一架西洋進貢的玩意兒放好。這個東西還挺神奇的，能看得很遠，在這般距離之下，連面部表情都能看得清清楚楚。他對準湯圓後，對著元北翼嚷道：「愣著做什麼，說話啊！怎麼一點眼力都沒有，沒看到我已經準備好了嗎？」

元北翼眼角抽搐，這些帳，早晚有天要一起跟他算！

第十三章

元北翼清了清嗓子，坐在船艙裡對外道：「諸位小姐的詩作元某已認真拜讀過了，大家都很出色，果然如傳聞一般，揚州才女實在眾多。」

對面畫舫甲板上的眾位女子聽了，說不失望那是不可能的，畢竟誰都想乘機脫穎而出；但湯家三姊妹卻反而有些驚喜，對這位只聞其聲不見其人的世子爺多了些好感，他沒將湯圓交白卷的事說出來，至少人還挺大度的。

元宵瞇著眼，把前方各色表情都收到了眼裡，自然不會放過小小鬆了口氣的湯圓。他眉尖一挑，滿臉惡意，對著身旁的元北翼催道：「快點，把她的事說出來！」

「好吧，如你所願。」元北翼微微一笑，揚聲朝對面接著道：「不過……」

話一出，本來歇了心思的姑娘們紛紛凝神注意，莫非真有人雀屏中選？

湯慕青心裡一突，不會吧……

湯圓也察覺到事情有變，心跳得好快，彷彿要蹦出來一般，但仍努力沈著一張小臉，不透露出任何思緒。

見狀湯慕青、湯醉藍雙雙站起身，拉著湯圓的手對她笑了笑。

不要怕，姊姊陪著妳呢！

畫舫那頭的清俊嗓音繼續傳來。「不知道湯家三小姐只交上一張白紙，是何用意？」

湯慕青對元北翼的好感眨眼消失殆盡，立即將他劃分到心眼比肚臍眼還小的那類人去。雖然湯圓交了白卷有些失禮，但堂堂世子爺居然跟一個不諳世事的小女孩斤斤計較，真是讓人嘆為觀止。

眾人驚訝地看向湯圓，實在不能理解她的行為。雖然這三小姐看著還小，但這裡的姑娘們自幼便向女師父學習，縱然沒有天賦，可這次主題、韻腳皆無限制，再怎樣也能作出一首才對呀。

站在人群之中的湯圓，對著兩位姊姊笑了笑表示沒事後，鬆開了她們的手，抬腳走到了最前方。她遙遙對著對面的畫舫姿態平穩地福了福身，絲毫未顯忐忑。

「回世子爺，我並不會作詩，所以交的是白紙。」袖裡的手握得緊緊的，手心被指甲掐出了好幾個月牙印。

那頭船艙裡沒有反應，這頭甲板上亦沒人敢出聲，場面一下子靜了下來。

沒想到湯圓會如此乾脆地承認，這令元北翼有些不知所措，他也不想為難一個小姑娘。他側過臉看向了元宵，可元宵只是緊盯著湯圓，始終沒有變過臉色的湯圓，抿著唇一語不發。

等了一會兒，元北翼決定不再由著元宵了，這裡畢竟是自己的王府別院，那邊的爛攤子還在等著他收拾呢！再度清了清嗓子，有些欣賞地說道：「湯家三小姐為人如此直爽磊落，元某實在佩服。不會作詩也無妨，每個人都有自己的喜好，並非所有人都對此感興趣。」說完，站起身抱拳對湯圓行了一禮。「是元某唐突了，還望三小姐別見怪。」

元北翼這話已經說得非常漂亮了，不僅把湯圓不會作詩歸因於沒有興趣，甚至還表達了歉意，看來也算有禮有節了。

可是他忘了一件事，這會兒不只湯圓一人，還有一群姑娘呢！而且這群姑娘還是為了競爭妃位而來的，看到元北翼這般處事，又想到剛才老王妃對湯圓的偏愛，就算明知道兩人年紀不相當，心裡也過不去了。雖說世子妃的位置已被湯家大小姐、二小姐預定了，可這老三明明只是順帶的，竟也得到了世子爺的禮遇，憑什麼！

岱姑娘總算逮到機會了，直接從人群中走了出來，笑得志得意滿，對著湯圓挑釁道：「剛才不知道是誰說沒有我這樣的姊妹呢？」點了點頭又道：「是呢！我這樣的人身分卑微，不配和三小姐做姊妹，只是……雖然岱家不能和湯家比，但也知道要請師父來教，我好歹也會作那麼一、兩首詩，怎麼三小姐連我這個商賈之女都比不上呢？」狠狠地看著湯圓，誓要把方才的羞辱還回去！

湯圓循聲望去，小臉清冷，袖裡的手越握越緊，手心甚至已感覺到疼痛，指甲都陷進了肉裡。

阿爹、阿娘，對不起，湯圓讓你們丟臉了……

她微微抬著下巴，笑著回問：「那又如何？誰規定世家子女就一定得學會作詩？」

岱姑娘眼神更厲，上前一步沈聲道：「是！沒人規定要學這個，但妳身為湯家嫡女，居然連作詩都不會，說出來妳不覺得丟人嗎？剛才還說我呢，說我不把岱家放在眼裡，丟了岱家的顏面，那妳呢？妳就是這麼回報湯家的？妳只知享樂，連面上功夫都做不好，這麼傳出去誰不笑掉大牙？簡直把湯家幾世的臉面都丟盡了！世家嫡女又如何？只是名聲好聽而已，還不如寒門庶女呢！」

湯圓嘴角輕勾，不為所動，彷彿在看跳梁小丑一般。

對船的元宵始終沒移開目光，一直注視著湯圓，可突然間，他表情一滯，瞳孔驟縮了幾分——

湯圓藏在袖子裡的手，滴了一滴血下來。

元宵死死擰著眉，看著仍一臉雲淡風輕的湯圓良久，而後站到了一邊，伸手撫上胸膛。

他從小即被教育，但凡誰敢讓自己不舒服，就一定要讓對方全家不舒服！因此他真的不能理解，為何湯圓已被逼到了這個份上，仍由著別人撒野？面對這種人，到底有什麼好忍的——

等等！他應該感到高興才對，這不正是自己想看的局面嗎？那為什麼如今卻像是有人抓著他的心臟一般，一抽一抽地疼？

莫非真如元北翼所言，自己這是……後悔了？或者說，不是後悔，是心疼現在的湯圓？

可他為什麼會心疼她?!

此時元北翼也關注著湯圓，不禁對她感到有些佩服。說完也察覺到自己害湯圓陷入了更難堪的境地，可這小小的姑娘竟能如此鎮定，縱然沒有出色的才華，也堪配大家主母了。

他轉頭看向始終沈默的元宵，那漂亮的小臉一片茫然，他從未見過元宵露出這副模樣。

看來這湯家三小姐，確實是入了元宵的心了……

這邊岱姑娘仍持續向湯圓挑釁，看她話越說越難聽，湯慕青直接站到湯圓面前，沈著臉厲聲道：「請岱姑娘嘴巴放乾淨點，少逞口舌之快，否則一旦傳到妳爹娘耳裡，就不知道他們會是什麼反應了。」這是直接拿身分來壓了。

可岱姑娘居然一點都不怕，反而笑得有些意味深長。「我爹娘作何反應我不知道，不過我想啊，其他百姓聽聞湯家三小姐是如此不中用也就罷了，頂多說三小姐不學無術而已，可若是大家知道一向人人稱讚的湯家大小姐竟會拿身分壓人，又會作何反應呢？」

聞言湯醉藍上前一步，扠著腰站在岱姑娘面前，一副要和她對罵的架勢。「妳現在說得很高興嘛，湯家的事情哪輪得到妳來評論了，妳根本就不夠格！」

湯醉藍的性子火辣，被逼急了她真的什麼事都做得出來，因此岱姑娘倒不敢直接跟她對上，轉而看著湯圓繼續說道：「是了，我沒有資格說這些，可我身分再低也好過三小姐，這人肚子裡居然半點文墨都沒有！」

大大的眼睛平靜地看著張牙舞爪的岱姑娘，看她滿臉的快意，湯圓實在想不透，她怎敢如此這般出言不遜？得罪了自己，得罪了湯家，對她而言一點好處都沒有。不過這不重要，自己的事都想不完了，怎麼可能還費心去為一個討厭之人擔憂。

「對，我肚子裡確實沒有文墨，我不會否認，因為這是事實。」

十歲的身量雖很小，可是站在十五歲的岱姑娘面前氣勢一點都不弱，甚至更盛。

「我就是這樣的人，永遠也改變不了。說實話，我並不在乎別人怎麼看，因為我相信我的家人不會因此嫌棄我、冷落我，即使哪天遭世人唾棄，他們仍會愛我如初。」

這就是湯圓的底氣所在，因為她堅信，爹娘絕對不會責怪自己的。

見湯圓態度坦蕩，不少人都改變了想法。剛才只是一時激動，現在稍微冷靜些，怎麼看她和世子爺都沒可能，而且這位湯家三小姐確實和別的姑娘不同，至少，她很誠實。如果換成自己，捫心自問，絕對會想辦法掩飾過去的。

這樣一想，眾人反倒羨慕起湯圓了，羨慕她能這麼坦然地說出來，羨慕湯家關係如此和睦。如果自己令家族蒙羞，大概就得隨便找戶人家嫁了吧……

湯慕青和湯醉藍一左一右地站在湯圓身旁，用行動表明了一切。就像湯圓說的，無論如何，湯家會是她最忠實的依靠，一輩子的依靠。

岱姑娘被湯圓一番話震驚得說不出話來，只能愣愣地呆站原地。

見狀湯醉藍上前嘲諷。「就是，小妹不管怎麼樣都是我們的小妹，她不需要那些來錦上添花，這輩子也一定能錦衣玉食，她只要活得開心快樂，就是對湯家最大的回報！」

岱姑娘這會兒總算是回神了。在岱家，她雖然相當得寵，但那也是有前提的——要和各位小姐打好關係。甚至今天會針對湯家，亦是受父親指使，因有人承諾，會助岱家更上一層樓，否則自己絕對沒有那個膽子。

她真的很羨慕湯圓，有一個真心關愛她的家。

她看了看四周，發現其他姑娘皆是一臉責怪地看著自己，瞬間覺得心寒。這些人，方才不是看得很起勁嗎？再望向其中幾位，那些人都紛紛迴避她的目光。她抿嘴一笑，突然醒悟了，自己已成棄子了吧？

湯圓沒有丟人，湯家也沒有丟人，坊間頂多覺得她不會作詩有些奇怪，但她人品卻是好得沒話說，自己這些舉動根本沒有發揮任何效果，甚至還反過來幫湯家宣揚了一番。

她臉上浮起一抹嘲笑，不過這次嘲笑的卻是自己，但仍再次看向湯圓，硬著頭皮道：「妳瞧，湯家對妳這麼好，妳居然不懂感恩圖報，可見妳就是一隻養不熟的白眼狼！」

現在她也只能繼續了，希望能惹湯圓發怒，讓事情出現轉機。

話音剛落，對面畫舫突然傳來砰地一聲，一個黑色物品破窗被扔了出來，沈入湖底，在姑娘們驚疑的眼神中，一位穿著黑色暗繡雲紋衣袍的少年從裡頭走出來，站到了甲板上。

有些姑娘馬上轉身迴避，有些卻仍傻傻盯著，因為這名滿臉戾氣的少年看著年紀很輕，不過最主要的是，少年長得太好看了，一張小臉粉妝玉琢，五官亦比女子都要精緻。而且方才他是從畫舫裡走出來的，顯然是和世子爺一塊的，但在揚州並沒有聽聞過這號人物，不知他是何人？

元宵站在甲板上，沒看向湯圓，而是將視線停在了一臉莫名的岱姑娘身上，緊抿的薄唇清晰地吐出了幾個字——

「放妳娘的狗屁！」

第十四章

突然現身的元宵絲毫不理會傻眼的眾人，直接對著嬤嬤吩咐。「把她給我丟出去。」

嬤嬤們彼此對望一眼，似是有些猶豫，見狀岱姑娘急了，趕緊對著還在船艙裡的元北翼道：「不知道我犯了什麼錯，世子爺竟任由他人趕我走？」

她敢針對湯圓，但可不敢針對永安王府的人。

誰料只得了一句。「他的意思就是永安王府的意思。」

聽到這話，這邊又議論紛紛了。世子爺說是永安王府的意思，而不是他本人的意思，也就是說，不管那名少年做了什麼，永安王府都會力挺到底？究竟誰有那麼大能耐！

湯圓怔怔地看著對面的元宵。他為什麼會出現在這裡，又為什麼會這麼生氣？突然，她眼睛微微瞪大了幾分，隨後垂首細細思量。

不只父親顧忌他的身分，就連世子爺好像也得順著他，而且從世子爺先前那幾句話推測，他分明對自己沒有惡意，那他為何要刻意點出自己？

必然是元宵的意思了！

失望嗎？沒有吧，畢竟他們連朋友都算不上。生氣嗎？也沒有吧，她早知道他不好相處，這次估計是想報復她，看她出醜。所以，現在是什麼心情湯圓自己都不清楚，只是傻傻地看著鞋尖，不明白心裡的黯然從何而來。

元宵緊緊盯著湯圓垂下的腦袋。她為什麼不看他？還是，她已經猜到自己的所作所為了？想著，心裡的暴躁一波波席捲而來，眼底戾氣更甚，目光一掃，發現那個礙眼的女人還好好地站在對面，旋即對著嬤嬤吼道：「人都死光了嗎？讓妳們丟她出去，還不照辦？在等我親自動手是不是！」

嬤嬤們不敢再耽擱，拉著岱姑娘的手準備帶她到後頭的一艘小船上。這裡是湖中心，當然不可能真把人直接丟水裡。

岱姑娘不斷掙扎，視線緊鎖元宵。他到底是誰，為什麼要針對自己？順著他的眼神看去，發現他一直注視著湯圓。

這下她明白了，這是為了替湯圓出氣呢！

憑什麼？湯圓明明什麼都不會、什麼都不懂，為何可以毫不費勁地得到自己夢寐以求的一切？如今竟還有貴人相助，反觀自己想攀上永安王府都只是妄想……到底憑什麼！

岱姑娘心裡原先的羨慕全數轉為嫉妒，她恨恨地看著站在邊上的湯圓，一下子使力掙脫了抓著自己的嬤嬤，徑直向湯圓衝了過去。

嬤嬤們嚇了一跳，連忙追了過去，可是甲板的空間本就不大，岱姑娘幾步就躥到了湯圓面前。

「妳做什麼！」率先察覺的湯醉藍厲聲問道，即刻護在湯圓身前。

湯慕青也轉頭瞪向岱姑娘。

岱姑娘定定地看著湯圓，眼中又是羨慕、又是嫉妒、又是悔恨，神色複雜至極。她沒有回話，只是微微抿嘴一笑，模樣看著有些溫婉，可下一秒，她突然斂起笑容，一下推開湯醉藍，朝湯圓撞了過去——

「小妹！」湯慕青和湯醉藍兩人瞪大眼驚叫出聲，伸手想抓住湯圓卻連衣角都沒碰到。湯圓和岱姑娘一同落入水中！

見狀元宵毫不猶豫地跟著跳下水，幾個動作就游到了湯圓身邊，伸手攬著還在掙扎的湯圓，奮力往岸邊游去。

湯圓緊緊攀附在元宵身上，剛才那一剎那她簡直覺得心都快跳出來了。

元宵水性不錯，但小小身軀揹負著另一人的重量，且湯圓太過用力，令他漸漸有些吃不消，只好出聲呵斥。「放鬆！妳再這樣下去咱倆得一起死！」

湯圓現在怕得很，不敢違背元宵的話，將環抱著他脖子的手鬆了些，驚懼的雙眼定定地看著他。

他為什麼要下水呢？自己現在這個樣子不就是他想要的嗎……

畫舫已先靠岸，湯慕青見湯圓沒有性命之憂，連忙吩咐紅裳拿著披風在岸邊等著，又吩咐綠袖先回府稟報，順便把竹嬤嬤帶過來；她可沒忘記湯圓的臉和身上穿的都得靠竹嬤嬤打理，絕不能讓小妹至今做的一切都白費了。

處理好一切後，湯慕青看著湖中由奴才帶往岸邊游的岱姑娘，眼神暗了暗。岱家這次是徹底得罪湯家了，你們既然敢這麼做，就得承受湯家的報復！

岸邊離得並不遠，眼看著就要到了，湯圓最後還是沒忍住，問了出口。「為什麼？」

雖然元宵自幼習武，力氣肯定比尋常人要大些，但湯圓本就不輕，帶著她游了這麼段距離還是相當吃力。他臉頰有些泛紅，微微地喘著氣，可一聽到湯圓問話，那抹紅居然爬至耳尖。他沒有轉頭去看湯圓的神情，卻能感受到她的視線一直都在自己身上，臉色不禁越來越紅，最後低聲吼了句。「我樂意，妳有什麼資格管我！」

聽到這樣的話，湯圓也不再問了，總算明白元宵到底有多古怪了。

不過元宵的脾氣差，湯圓的脾氣卻極好。一碼事歸一碼事，現在元宵確實救了自己，她低低地在他耳邊說了句。「謝謝你。」

元宵的耳尖變得更紅，這次不僅沒有回話，甚至將臉側到一邊不讓湯圓看了。

他奮力再往前游，便把湯圓帶到了岸邊，紅裳早早伸手準備拉人，把湯圓遞給紅裳後，他雙手撐在岸上，一個使勁也跟著上了岸。

湯圓一上岸，紅裳就用披風牢牢圍住她全身，甚至連腦袋也沒放過，她掙扎了幾下把臉露了出來，卻只看到元宵離去的背影。

他身上也濕透了，可是背脊挺得筆直，絲毫未露狼狽之相。

湯圓張了張口，終是沒有喊出聲來，只是沈默地由著丫鬟、婆子帶著自己往廂房而去。

他和她到底不同，往後想必不會再有交集了，不如就這樣吧……

在前往廂房的路上，湯慕青和湯醉藍一左一右地陪著湯圓，可原先乖乖跟著眾人的湯圓卻突然停下腳步，圓潤的指尖抓住了湯慕青的手腕，不自覺地收緊。

「大姊，我想回家。」

「湯圓，姊姊知道妳現在不好受，可是咱們畢竟是來作客的，而且那邊也有人來傳話，說老王妃已經在廂房等著妳了。要不這樣，我們跟老王妃請安之後再回去好不好？」湯慕青也知道湯圓今天遇到的事情太多了，已經超乎她所能承受的範圍，可是，在外面始終得講究禮數。

湯圓垂著小腦袋不發一語，湯慕青向前一步走到她面前，正準備再勸時，湯圓卻抬起了頭，大大的眼睛裡蓄滿淚珠，攤開手心伸至湯慕青的眼前，哭著道：「大姊，我現在就想回家……」

她不想再面對外人了，哪怕是和善的老王妃也不想。

湯慕青低頭看去，眼眶一下子就紅了。湯圓兩個白嫩的掌心變得紅腫，上頭全是自己掐出的傷口，有些甚至還滲著血。

她連忙拿自己和二妹的手帕包住湯圓的兩隻手，強自鎮定地道：「好，我們回家，我們現在就回家。」

而後轉身吩咐湯醉藍帶湯圓回去，自己則跟著婆子們去拜見老王妃。

元北翼趕過來時，元宵已經換了身乾淨的衣裳。

他走到元宵面前，放下兩個小瓶子後，直接問道：「你跟人家道歉了嗎？」

元宵卻沒搭理他，只是鄭重地道：「今日之事，關於湯圓的，一件也不能傳出去，不然我全算在你頭上。」

元北翼點了點頭保證。「你放心，這點事我絕對能辦好。」猶豫了下，還是問了出口。「你打算怎麼處置岱家？」

元宵鳳眸一抬，似笑非笑。「消失就好了，反正女兒不怎麼樣，家人也一定不怎麼樣；而且女兒做錯了事，自然要全家一起承擔才行。」

一句話就決定揚州第一鹽商的命運。

對此元北翼也毫無異議。

之後，元宵帶著那兩瓶上好的金創藥去找湯圓，一路不停地直達元北翼告知安排的廂房門口。看房門緊閉，以為湯圓還在裡頭洗漱更衣，便斜靠在牆邊看著手裡的藥瓶，神情複雜。

「蠢丫頭，妳就只知道要維護湯家的顏面，也不知道要好好愛惜自己！」頓了頓，臉色微微泛紅，握緊手中藥瓶。「雖然小爺沒有親口對妳說，但這個就算是道歉了吧，妳可不准再生小爺的氣了……」

元宵好不容易彆扭地做好了心理建設，就這麼在門口等著，不料過了許久仍未見湯圓出來，仔細一聽，發覺裡頭似乎一點動靜都沒有，他直接推開房門一瞧。好傢伙，裡面一個人都沒有！又匆匆踏出房門，隨手抓了一個奴僕詢問才知道，原來湯圓早就離開王府了。

他煩躁地把人使開，獨自站在原地看著手裡的藥瓶，突地一抬手就要往地上砸去，最後卻停在半空，手越收越緊，半晌，還是放回了自己兜裡，而後抬腳往回走，一邊走一邊咬牙切齒道：「都是小爺欠妳的！」

另一頭，柳氏得了消息後，早早就到湯圓的小院子裡等著了，不久便看到連濕衣服都還沒換的湯圓被一群丫鬟帶了回來，她連忙上前，強壓下悲傷，拉著湯圓往房間走。

「快去洗澡暖暖身子。」柳氏又看湯圓兩隻手都包著手帕，眼眶更紅了。「妳手上有傷，娘就不讓妳去泡溫泉了，快進去吧，小心別又染風寒了。」伸手輕輕推了推湯圓後背，擔心地催促著。

湯圓卻停住腳步，似是有些不安，臉上流露著顯而易見的內疚。

「娘，對不起，我讓妳丟臉了，讓湯家丟臉了……」眼裡蒙上了一層霧氣，癟著嘴說得倔強。「可是我就是這樣的人，真的不想撒謊騙別人。」

柳氏伸手把她眼角的淚抹去，然後微笑著蹲下身，直視湯圓的眼。「湯圓最乖了，娘最喜歡的就是湯圓了，妳聽話，先進去洗澡好不好？」

見柳氏含著淚、笑得牽強的模樣，湯圓只得點頭，乖乖地進房梳洗。

柳氏站在門口看著她走了進去，待湯圓身影一消失在眼前，她立即摀住自己的嘴哭了出來。

「夫人！」紅珠趕緊上前攙住她，將柳氏扶到椅子上坐好，伸手想拿帕子替柳氏擦淚。

柳氏卻擋下了她的手，搖了搖頭表示不需要，眼淚未曾停歇。

紅珠勸道：「夫人別太過傷心了，您如今有孕可要好好保重身體呀！雖然這次發生了些意外，但三小姐第一次參加聚會，有些不適也是情有可原。」

張口還想再勸，柳氏卻直接伸手阻止。

其實這也該怪自己，都怪自己每次一看見小女兒清澈的雙眸就心軟，甚至私心希望她能保持純真，不忍讓她接觸現實醜陋的一面，才縱容她養成了如今這副性子。

可這樣下去，小女兒將來該如何是好？難不成僅能長伴青燈古佛，抑或是隱居山林？雖說那樣的環境才沒有勾心鬥角，沒有爾虞我詐，但她怎可能看著小女兒孤老一生！不行，她得再和竹嬤嬤好好商量一下才行……

竹嬤嬤進屋時，發現紅裳、綠袖都站在外間。

一見來人，紅裳小聲道：「小姐不讓我們伺候，說要自己洗，讓我們在外頭等著。」

竹嬤嬤點點頭，沈思了一會兒，最後還是推門走了進去。

一踏入裡間就聽到湯圓的啜泣聲，頓了頓，她輕手輕腳地走到湯圓身邊，看她坐在浴桶裡哭得滿臉淚水，連鼻尖都哭紅了，樣子可憐又狼狽，便伸手理了理她有些凌亂的劉海，笑著問道：「小姐怎麼了？哭成這個樣子，是誰欺負小姐了？告訴老奴，老奴打她！」

直到竹嬤嬤出聲，湯圓才回過神，雙眼通紅地看向她，抽抽噎噎地道：「嬤、嬤嬤，妳回來了。」

竹嬤嬤微微一笑，直接打趣道：「奴婢可是聽聞了，小姐今日在王府別院裡可威風了，其他的小姐們都很喜歡也很佩服您呢！怎麼小姐回了家就哭得跟隻小貓似的？」

湯圓沒有回話，只是低頭看著自己的手心。

竹嬤嬤原以為湯圓會問自己「為什麼」或是「她是不是很沒用」之類的，都已經想好措辭準備好好安慰她了，誰料湯圓盯著掌心一陣後，竟抬頭問——

「嬤嬤，我是不是很自私？」

竹嬤嬤挑高了眉，不明所以。「小姐為什麼會這麼想？」

湯圓咬著下唇，許久後才幽幽地開口。

「大姊明明已經幫我想好了辦法，可是我卻沒照做，只因為我不想撒謊而已。我不想撒謊，結果就讓別人知道了湯家三小姐原來是這麼沒用的人。我辜負了大姊，也辜負了娘親，甚至還損害了湯家的顏面……」一口氣把心裡的話給說了出來，她霎時覺得舒服多了，而後撇了撇嘴又道：「岱姑娘說的也沒錯，我就是一隻養不熟的白眼狼。」

竹嬤嬤拿出帕子輕輕擦了擦湯圓仍流不停的眼淚，也沒開口勸，只是由著湯圓盡情地哭，哭出來才好。

過了好久，湯圓哭夠了，意識到竹嬤嬤一直靜靜地陪在自己身旁，不禁有些尷尬。「讓嬤嬤見笑了。」

竹嬤嬤搖頭。「小姐這是哪兒的話，這都是老奴應該做的。」

湯圓不好意思地低下頭。「嬤嬤對不起，害妳這些日子所做的事都白費了，我還是沒能騙過所有人。」

竹嬤嬤就喜愛湯圓這性子，只要是真心對她好的人，她便會誠心相待，哪怕是奴婢，也會放下身段認真道歉。

「其實老奴剛從京城過來時，確實是想依老夫人的意思，把小姐改造成一個合格的貴女，但是來到揚州之後，老奴的想法改變了，老奴不希望改變您。」

湯圓瞪大雙眸，眼中一片迷惘。

「這世上每個人都不同，會有自己的愛好和習慣，因此當然也有適合自己的，和不適合自己的，若貿然學習他人，恐怕只是東施效顰而已。」

湯圓歪著腦袋，仍是滿臉問號。

竹嬤嬤起身伺候湯圓洗頭，邊洗邊笑著說：「總之小姐要相信老奴，老奴大老遠從京城過來，絕不會讓自己白跑一趟的。您呢，只需要做自己，不需要改變，保持本心，這就夠了。」

湯圓似懂非懂地點了點頭，不像先前那般煩悶了。

即使一回湯家就泡了熱水澡，湯圓這次還是染上風寒了，而且比上次更嚴重。她洗完澡出來就開始發燒，喝了薑湯也不管用，見狀柳氏立即請大夫過來，開了藥方、熬好藥，就算湯圓再不樂意也灌了下去。

喝完藥湯圓就在床上歇息，很快的，她便睡沈了。

竹嬤嬤坐在床畔，小心地替湯圓的兩隻手上藥。姑娘家的肌膚最是寶貴，不管哪個部位，都不能留下半點傷疤。

湯圓這一睡就睡了將近一天，夜裡迷迷糊糊地醒來，不料病情更加嚴重，發燒、鼻塞、咳嗽等症狀統統出現，被竹嬤嬤再灌了一大碗苦藥後，又昏睡了過去。

而這一次，她是被渴醒的，疲憊地睜開眼，四周一片漆黑，也不知道是什麼時辰了，只覺得嗓子又乾又疼，側過頭正準備開口喚人，卻發現床沿好像坐了一個人，那人背對著自己，令她不禁好奇地瞪大眼仔細看去——

這背影……好像是元宵?!

第十五章

元宵在湯圓床邊坐了好一會兒，而後起身點亮了一旁的燭臺，暈黃的燭光照亮了小房間，可奇特的是，待在房內守著的竹嬤嬤和紅裳、綠袖竟然一點反應都沒有，三人睡得極沈。

湯圓看向對面榻上的竹嬤嬤，心中疑惑更甚。竹嬤嬤夜裡一向很警覺的，經常自己翻個身她就醒了，可這回元宵這麼大動作居然沒吵著她？

餘光瞥見元宵似是打算轉身，她連忙閉上眼睛裝睡。

元宵背著手悠閒地在湯圓房內走了一圈，東瞅瞅，西瞧瞧，眼底滿是嫌棄。這間房是柳氏佈置的，充斥著粉色、淺青、淡藍，就是小女兒家的閨房，元宵完全瞧不上眼，掃視一遍就收回了視線，重又走回床邊。

湯圓被灌了兩次藥，藥效早已發揮，加上身上蓋了兩床被子，熱得整張小臉布滿汗水，頭髮也變得亂糟糟的。

元宵自顧自地打量好一陣子，隨後從懷裡掏出手帕，也不見憐香惜玉，粗手粗腳地在湯圓臉上胡亂抹了一通，擦完正想順手一丟，結果動作一頓，就這麼捏著手帕的一角，那上面可都是湯圓的汗水。他皺眉看了許久，嘆氣一聲，又從窗戶跳了出去。

確定沒聲音後，湯圓才睜開了眼，怔怔地摸著自己的臉。

不一會兒，元宵又從窗戶跳了進來，手上已沒了帕子。再次來到床邊，他從袖裡掏出先前準備送給湯圓的藥瓶，接著伸手至被裡，抓出了湯圓的手臂。

他力氣很大，令湯圓不禁微微皺了皺眉。

見湯圓皺眉，元宵動作一滯，確定她沒有醒來的跡象，默默鬆了口氣，然後盡最大可能放輕手勁，好不容易把湯圓兩隻手都抓出來後，卻意外瞥見湯圓乾裂的嘴唇。

他起身去倒了杯溫水，又坐回床邊，伸手勾起湯圓的脖子，一邊動作還一邊嘀咕。「小爺這可是第一回伺候人呢，妳就知足吧妳！」

豈料元宵對待病人絲毫不見溫柔，拿著水便直接往湯圓嘴裡灌，害她喝了一些就被嗆到，甚至咳了起來，但她還是閉著眼，實在很想知道元宵半夜跑來自己房裡究竟想幹什麼。

湯圓一咳，元宵嚇得水杯一下從手中掉落，全灑在了被子上。幸好這杯子小，剛才又灌了湯圓大半，災情還不算太嚴重，只是這樣一來，元宵更慌了，慌得鬆開了勾著湯圓脖子的手，害她的後腦勺直直磕在了枕頭上，發出一聲悶哼。

明天一定讓嬷嬷換個柔軟的枕頭。

見狀，元宵從床邊跳了起來，雙手藏至背後，漂亮的小臉無辜地望著床上的湯圓，彷彿想裝作一副與他無關的模樣。過了好一會兒，見湯圓還是沒醒來，他小心地探著身子察看她的神情。

湯圓眉心微蹙，雙眼卻仍緊閉著。

元宵這才大大地鬆了一口氣，此時看到湯圓打了一個冷顫，這才想起被子還沒蓋好，伸手拍了拍被上的水珠，小心地替她蓋上。

確認一切妥當後，他回頭看了眼依舊熟睡著的竹嬤嬤，嘀咕道：「北翼這傢伙還挺靠譜的，這麼大聲都沒醒。」

聞言湯圓總算明白，他估計是用了迷藥之類的東西了。

接著元宵抓過湯圓的手，把上頭紮的布巾拆開，看著手心的斑駁，回想起了血珠滴落的那一幕，不過他印象最深的，是湯圓當時的表情。

痛極卻不見一絲強忍之色，甚至還隱隱自傲。

是身為湯家三小姐的自傲。

他嘆了一口氣，伸手探入袖中，正想拿手帕把上頭的藥抹去，才想起自己剛剛把帕子丟掉毀屍滅跡了。四處張望一番，也不敢拿別的來擦，萬一丫鬟們明早發現了，以後就不好進來了。想了想，最後一咬牙，決定直接把自己帶來的覆在原本的傷藥上。

瓶蓋一開，一股清香竄入鼻間，特別好聞，他將瓶身微微傾斜，綠色的液體從裡頭倒了出來，確認傷處全被覆蓋住後，他對照著湯圓的另一隻手，仔細地包紮回去，待兩隻手都完成，他坐回床邊注視著湯圓，眼神複雜。

「這藥可是我父皇賞的，連我自己都沒用過呢！」

湯圓心中一跳。果然，能讓永安王府如此維護的人，只能是皇子了，可是她印象中似乎沒有哪位皇子叫元宵。

元宵因沒察覺湯圓是裝睡，逕自不停地說道：「我知道，這次的事與我脫不了關係，畢竟最初是我提議的，我只是想看妳變臉會是什麼樣子而已，根本沒料到會變成這樣，總之是我不對，我向妳道歉，對不起。」

湯圓先前已猜到是他，這會兒聽到他親口承認也不覺得詫異，甚至還感到有些好笑。元宵這樣的人，居然也會道歉呢，不過……

皇家的人都這麼無聊嗎？

道歉完，元宵放下了心頭大石後，竟擺起一副恨鐵不成鋼的嘴臉開始說教。「不過說實在的，妳既然都有膽量交白卷了，對一個商賈之女何須客氣，直接丟出去不就得了？腦子笨就罷了，又不聽人話，若當時聽妳姊姊的，哪會鬧出那麼多事？瞧妳這什麼性子，又笨又倔！」

同在畫舫上的嬤嬤們自是注意到了湯慕青的舉動，不過她們雖不會亂傳，但還是得向自家主子上報的，因此元宵當然也清楚。

元宵自顧自地說得高興，湯圓聽了肚裡卻緩緩升起一把火。

本來聽到元宵的道歉，甚至見他特地來替自己上藥，即使失望、怨懟，心裡還是挺高興的。

阿爹說過，只要道歉就是好孩子，但元宵這話怎麼越聽越不對勁呢？他到底是來道歉還是來找碴的！

對於湯圓的怒火，元宵當然不可能察覺，他仍不停地數落湯圓，從今日之事到體型，把她說得一無是處，聽得湯圓呼吸越來越急促，最後忍無可忍地睜開了眼睛——

「你說對了，我就是笨、就是倔，所以，我不接受你的道歉！」

元宵眼睛瞪大、嘴巴微張，極其漂亮的小臉看著有些傻氣，完全沒了剛才的威風，只是愣愣地道：「妳、妳妳妳……」

妳怎麼是醒的！

湯圓從床上坐了起來，雙頰一鼓，繼續刺激他。

「你還沒點蠟燭的時候我就醒了，你做的一切我都看到了。」頓了頓，摸向還有些泛疼的後腦勺。「我可沒求你來伺候我。」

元宵渾身僵硬，完全石化了。

湯圓單手撐在床邊，頗有興致地等著看元宵回神後的反應。瞧了一會兒後，漸漸地覺得有些不好意思，因為元宵臉色脹得緋紅，好像被自己過分刺激了，她是不是做得太過了？

她張了張嘴，正準備說點什麼來挽救，結果元宵一個起身直奔窗戶，敏捷一跳，瞬間消失在湯圓面前。

湯圓連忙跟至窗邊，探出身子察看，一片漆黑，哪裡還有元宵的身影？轉身緩緩挪步走回床邊，還未細想，耳邊突然傳來砰地一聲，回頭看去，剛剛還開著的窗戶已被關得嚴嚴實實了。

見狀湯圓直接笑出聲，雙眼彎成了新月。

元宵這性子還挺好玩的！

待湯圓早上再睜眼時，嬤嬤和紅裳、綠袖早在一旁伺候著了。

見她還是一臉迷濛，竹嬤嬤笑著把床幔勾好，伸手用手背探了探湯圓的額頭，感覺溫度正常才笑著開口。「小姐昨晚睡得可好？」

「嗯……」湯圓點點頭，揉著眼從床上坐起身，腦子仍一片混沌，呆呆地任由竹嬤嬤替她更衣，直到開始洗漱她才真正清醒，拭去臉上的水珠後，把帕子放回盤裡，看著竹嬤嬤問道：「嬤嬤昨晚睡得可好？」

「奴婢昨晚也不知怎麼回事，睡得特別香，早上起來時精神極好，感覺很久都沒睡得這麼飽了。」竹嬤嬤不疑有他，笑著回答。

見竹嬤嬤言行舉止一如往常，湯圓又看了看紅裳和綠袖，發現她們倆也是精神飽滿，這才鬆了口氣。

昨天元宵也不知用了什麼藥物把所有人都給迷昏了，今日看來，這藥似乎沒有其他壞處。

她笑著道：「那就好，真想以後也能睡得這麼飽。」說著就伸了一個大大的懶腰，一臉滿足。「天天都能這樣就好了。」

每天都能見到這麼好玩的元宵的話，也是不錯呢！

紅裳並不知道湯圓意有所指，只是非常佩服她。昨天一身狼狽地回來，而後又大病一場，雖然今日病情已轉好，但一般小姐們遇到那些事，少不得十天半個月不願出門，自家小姐可好，第二天就好了。她放心後也笑著附和道：「小姐今天心情看來很不錯呢。」

主僕閒聊一陣，待打理好後，湯圓便去柳氏那兒打算一起用早飯，結果剛到上房還沒來得及進去呢，就看見柳氏出來了，甚至還邊走邊整理衣裳，一副急匆匆的模樣。

湯圓連忙迎了上去。「娘這大清早的忙著去做什麼？」

柳氏沒有回答，只是拉著湯圓的手往外走，走到正門處停下來，伸手摸了摸她的額頭，見沒再發熱了才鬆口氣，隨後又替湯圓理了理衣裳。

不一會兒，湯慕青和湯醉藍兩人也急急忙忙地趕了過來。

湯圓見這陣仗，不禁猜測。「難道咱們家今日有貴客？」

湯慕青和湯醉藍顯然已經知道了，兩人抿嘴笑著，望向一臉嚴肅的柳氏。

湯圓更加疑惑了，一臉問號地看著自家大姊。

湯慕青還是沒回答，也如方才柳氏一般，伸手探向了湯圓的額頭，發覺溫度正常才罷手。

兩個姊姊神神秘秘的，令湯圓更加好奇了，她瞪圓了眼睛，搖了搖柳氏的手臂。「娘～～」

柳氏從來都抵擋不了湯圓的撒嬌，心情不好地皺眉回道：「妳祖母馬上就要到了，已經派人去碼頭接了。」

就沒見過這種老太太！要來揚州寫個信通知一下會怎樣，難不成還不讓她來了？非得到了才派人傳信，這一通忙活的，什麼都沒準備好！

湯圓先是驚訝，而後變成了驚喜。上輩子自從出嫁後就很少看到祖母了，如今能見面自然是好事，而且祖母一向很疼愛自己呢！

湯慕青笑著摸了摸湯圓的頭。「湯圓可要好好陪陪祖母，祖母最疼妳了，這次祖母來揚州，妳得好好表現，一定要讓祖母高高興興的才好。」祖母有湯圓陪著應該就沒時間來挑母親毛病了吧。

湯圓忙不迭地點頭，她也很想祖母呢！

自聽聞湯老夫人到來的消息，柳氏腦中便閃過了無數的可能，她不自覺地摸了摸自己的肚子。夫君雖然很愛她，也會為了她反抗老夫人，可先前一直相安無事是因為老夫人不在身邊，隔得遠，有再多手段也使不出來；但現在不一樣了，這人都親自過來了，恐怕夫君也不好當面違背自己的親娘。

莫非她多年來的安穩日子就要被打破了？柳氏捏緊了手。即便三妻四妾很平常，可她實在不願啊！如今只能寄望湯圓的夢是真的，這胎懷的真是男胎……

湯圓興奮許久後，抬頭看向柳氏，見柳氏一臉沈悶還隱隱顯露出不安，搖了搖柳氏的手臂勸道：「娘別不高興，不然弟弟生出來後也沈著一張臉，那樣可難看了。」

這倒是實話，記憶中弟弟特別嚴肅，小小人兒總是冷著一張臉，非常不好親近。

小女兒的童言童語逗笑柳氏，她摸了摸湯圓的頭頂溫聲道：「好，娘會開心點，給湯圓生個活潑可愛的弟弟出來。」

此時，外頭有人來報，一邊跑一邊喊。「來了，來了，老夫人已經到了！」

而後幾頂轎子抬了進來，柳氏連忙整理好表情，帶著三姊妹迎了上去。

湯圓站在湯醉藍身後，仔細盯著最前面的那頂轎子。

婆子掀開轎簾，一旁的嬤嬤連忙彎身朝內伸手，一隻戴著綠寶石戒指的手率先探了出來，戒指很漂亮，隔得有些遠都覺得青翠欲滴。待轎內的人走了出來，湯圓微微怔愣了下，隨後馬上就笑開了。

再見到年輕許多的祖母，湯圓不禁感到懷念，祖母現在六十多歲了，雙頰依舊圓潤、紅光滿面，身子也比別人大了幾號。

湯老夫人一下轎子就瞥見恭敬站在旁邊的母女四人，表情卻和柳氏一般，絲毫沒有幾年未見的熱絡。這時，她注意到了正盯著自己的湯圓，不禁詫異地甩開了嬤嬤的手，直接站在湯圓面前上下打量著她。

湯圓不明所以，被看得有些不自在，乾脆直接福身請安。「湯圓見過祖母。祖母舟車勞頓，還是先進去歇歇吧。」還討好地抿了一抹甜笑出來。

豈料湯老夫人面色更沈，轉頭便朝旁邊一臉困惑的柳氏怒道：「我會讓妳把湯圓帶走是因為妳是她親娘，我以為妳會好好待她，結果呢？好好的一個姑娘交給妳，妳竟是這般虐待她！」

第十六章

湯老夫人的一番話，令柳氏傻住了。

「老夫人這是什麼意思，兒媳不懂，兒媳何時虐待湯圓了？」明明三個女兒中，自己最偏愛的就是湯圓了！

湯老夫人更生氣了，胖胖的臉上滿是質問。「妳沒虐待她，她怎麼瘦了這麼多！當初離京時我怎麼交代的？湯圓打小身子就不好，和別的孩子不一樣，她要什麼給她就是了，不必拘束著她，天塌下來有我給她頂著呢！就算我死了，她的哥哥們也都會護著她，妳別強迫她做不喜歡的事。」

湯家有三房，湯圓的親爹是第三子，雖然他們家沒有男丁，但是大伯、二伯可是有好幾個兒子的。

這會兒如果不是因為湯圓在場，湯老夫人就會明說了，嫁不出去又如何，湯家可以養她一輩子！當初尚未離京時，湯老夫人可是天天和湯圓在一塊兒的，自然知道她對吃的執念有多大。

湯圓聽到這話樂得昏頭，也顧不得其他，靠向湯老夫人急切地問道：「祖母，我真的瘦了嗎？」興奮得雙眼發亮。

畢竟天天在一起，還真沒人發覺湯圓一點一點地瘦了。可因許久未見，湯老夫人受的刺激就大了，湯圓當初離京時雖然還小，但又白又胖，真像顆湯圓，就算現在長大了，沒有嬰兒肥，也不該是這個樣子才對！

現在湯老夫人已認定是柳氏逼著湯圓瘦身的，根本就不理湯圓滿臉欣喜，直接將她攬進了自己懷裡。「我可憐的小湯圓受苦了，妳放心，現在祖母來了，妳娘絕對不敢剋扣妳的吃食，妳想吃什麼就跟祖母說，祖母一定讓妳吃個夠！」

靠在湯老夫人懷裡，湯圓真切感受到老人家對自己的愛護，心裡一陣感動。

湯老夫人接著說道：「不用在乎別人說什麼，胖有什麼不好！妳看看祖母，不一樣過得順心如意？湯圓以後一定能和祖母一樣，不僅身形像，就連往後的日子也定會相當好過的！」

湯圓一下愣住了，然後默默地離開湯老夫人的懷抱，木著一張小臉直言問道：「所以祖母心疼湯圓，只是因為湯圓和您的體型最像嗎？」

湯圓問得太直接，令場面一下子靜了下來。

湯老夫人愕然，呆呆地和湯圓對望，完全沒想到湯圓會問這種問題。

湯圓的表情太嚴肅，讓湯醉藍忍不住笑出聲。

聽到笑聲，湯圓擰著秀眉看著自家二姊。「難道不是嗎？除了我，其他哥哥、姊姊們身形好像都挺標準的。」說到這更覺委屈了，她上前一步拉著尚未反應過來的湯老夫人的手，抬頭看著她的眼睛，瞳孔裡映出的是自己圓潤的身影。「祖母，真的不關娘的事，娘雖然也想讓我瘦身，但是從來沒有逼過我，更沒有剋扣過我的吃食。」

湯圓今日穿的是一件廣袖羅裙，包紮好的雙手藏在袖子裡，剛才伸手一拉就暴露了出來，見狀湯老夫人眉心緊皺，不悅地盯著她的手。

湯圓沒有發覺，只見湯老夫人臉色大變，心裡更加著急。「祖母，娘真的沒有苛待過我，是我自己想要瘦身的，不關娘的事！您相信我，我從來都不撒謊的！」

「這個問題先不談。」揮手略過該話題，湯老夫人彎身抓過湯圓的兩隻手，仔細看了看她的手心，布巾包得牢牢的，但一股藥味根本就藏不了。她一臉風雨欲來地看向了旁邊的柳氏。「妳來說，這是怎麼回事？」

看到湯圓的手，柳氏心裡也苦，又想起了昨日之事，眼眶不禁泛紅，微微低下頭，沒有回答湯老夫人。

湯慕青左右看了看，笑著上前一步站到了湯老夫人面前福了福身。

「祖母還是先進去坐坐歇會兒吧，這些事情娘自然會跟您解釋的。而且爹那邊也派人過去傳了消息，相信等等就能趕回來了；若是他趕回來發現您老人家好不容易到了揚州，居然還站在院子裡說話，連口熱茶都沒喝上，爹一定會大發脾氣的。」她上前挽住了老夫人的手臂撒嬌。「到時爹肯定會怪我，說我身為長女連這點事都處理不好。祖母，您忍心看我受罰嗎？」

湯老夫人不僅疼湯圓，湯慕青和湯醉藍也是疼的，輕輕拍了拍湯慕青的手。「當然不忍心，那就先進去吧。」說完眯著眼看向柳氏，似笑非笑地勾了勾嘴角，抬腳往裡走。「去外面請個大夫來，我要看看我的孫子有沒有什麼大礙。」

這話一出，不僅柳氏冷了臉，就連湯慕青和湯醉藍的臉色也一下子變了。

湯老夫人肯定知道湯家有自己的大夫，卻非要讓人從外面請一個回來瞧瞧，擺明就是不相信柳氏懷孕了。畢竟這麼多年她都不曾懷孕，竟突然間就有了，而且還那麼巧，剛好在自己人死的時候。

唯獨湯圓沒聽出湯老夫人的言外之意，對著湯老夫人甜笑答道：「娘和弟弟都很好的，祖母不用這麼擔心。」

湯老夫人側頭笑看著湯圓的眼，一覽無遺地清澈。她一向最喜歡湯圓的眼睛了，永遠都那麼乾淨，伸手摸了摸湯圓的頭頂。「小湯圓說得都是對的，小湯圓從來不撒謊，妳娘和弟弟都好好的，只是祖母才來，難免不放心，而且另外請個大夫來看看也會更安心呀。」揮揮手，派下人去了。

湯圓雙頰一鼓，非常嚴肅地說道：「祖母您以後不要再摸我的頭了，那樣會長不高的。現在這麼矮，都是你們摸出來的，以後不可以這樣了。」

湯老夫人失笑，本來又想伸手摸她的頭，但是看她滿臉不高興，只好搖了搖手保證。「好好，祖母以後不摸湯圓的頭了，別人也都不准再摸了，讓我們家小湯圓長得高高的，比所有人都高！」

得到保證，湯圓這才高興了，嘴角揚起一抹笑。

一行人在閒聊中進了屋，湯老夫人逕自坐上主位，讓湯圓坐到旁邊，伸手把她攬在懷裡，又笑著吩咐湯慕青和湯醉藍入座，直接無視了下方端著茶的柳氏。

湯圓本想說些什麼，卻被湯老夫人一個眼神給震住，嘴唇動了動，不敢說話了。

湯老夫人重新抓過湯圓的手，動作輕柔地把布巾解開。竹嬤嬤替湯圓敷的藥近乎透明，元宵雖又替她上了一層，但也只是淺淺的綠色，所以手心的傷湯老夫人還是能看得一清二楚，且湯老夫人的眼睛可毒了，一眼就看出那傷口是湯圓自己掐的，加上聯想到湯圓剛才說的話，便猜得八九不離十了。大約是女孩長大了，知道愛美了，也知道和別人比較了，才會這麼用力掐自己，想必如今是下了很大的決心吧。

這麼一來，此事也確實怪不到柳氏頭上了。

不過湯圓能對自己這麼狠心，顯然是遇到了異常難受之事，柳氏身為她的親娘，居然沒有好好保護她，這說來說去，她還是有錯！

想給柳氏下馬威，湯老夫人沈著臉一言不發，而湯老夫人不說話，眾人也都不敢開口。

湯圓瞅了瞅端著茶靜立的柳氏，到底忍不住，撒嬌喊道：「祖母～～」一邊喊一邊搖著湯老夫人的手，又看著下面的柳氏，意思非常明顯。

湯老夫人白了不爭氣的湯圓一眼。自己這是在幫她出氣呢，結果這孩子還替對方求情，罷了，算算時間，大夫也差不多該來了，看了柳氏尚未顯懷的肚子一眼，最好是真的有了，下巴隨意一點。「妳也坐吧。」

「是。」柳氏點頭應聲，轉身入座，反正她和老夫人的相處模式一直都是如此，只是面上和氣而已。

大堂裡又靜了下來，直到一名丫鬟上前稟報。

「大夫到了。」

湯老夫人點頭。「快請進來。」

大夫一進屋，湯老夫人便讓他給柳氏把脈，不一會兒，大夫站了起來，彎身對著湯老夫人回稟。

「湯老夫人，湯夫人身體並無大礙，肚子裡的胎兒也很健康，只是湯夫人大約是最近有些心緒不寧，所以身子虛弱乏力，不過這不是大問題，之後好好歇息便是。」

大夫的話讓湯老夫人終於放下心，命人包了一個大大的紅包，又送了大夫出去，才微微笑著對柳氏道：「既然知道自己有了身孕，就該好好保養才是，妳不為自己想，也要為我的孫子好好著想。」話裡強調了男胎。

「是兒媳的錯，兒媳以後一定會注意，把肚裡的孩子養得白白胖胖的。」柳氏笑著答話，並沒有一口咬定自己懷的是男胎。生男、生女天注定，如果這胎還是女兒，那只能說自己這輩子確實與兒子無緣了。

湯老夫人明白柳氏的意思，點了點頭正想接著說些什麼，此時紅珠卻急急忙忙地跑了進來，直接跪下稟報。

「老夫人、夫人，永安老王妃過來了！」

柳氏一下子站了起來，湯老夫人還不知道發生了什麼事，但柳氏可是一清二楚。雖然湯圓是受害者，但明知老王妃等著見她，她卻直接打道回府，論身分，此舉失禮至極；即使後來慕青去賠禮道歉了，且聽說老王妃並沒有生氣，甚至還囑咐湯圓在家好好休息，但她今日也打算帶著湯圓親自登門賠禮的，只是沒想到老夫人突然來了，打亂了一切計劃。

柳氏一邊扶著湯老夫人往外走，一邊問身旁的紅珠。「老王妃有沒有說是來做什麼的？」

紅珠看向跟著出來迎接的湯圓道：「回夫人的話，老王妃說她……她是來給三小姐賠禮道歉的……」眼裡是大大的震驚。

紅珠這話一出，所有人全看著湯圓，滿臉不可思議。

湯圓本人則是一臉茫然。她根本一頭霧水呀！

一行人匆匆地趕到了大門處，老王妃正好從馬車上下來，眾人紛紛彎身請安。老王妃連忙讓眾人起身，又親自去把湯圓扶了起來，然後就這麼拉著她的手四處張望。

湯府是典型的江南風格，府內滿是假山、流水和湖泊，不遠處還有一片竹林，微風吹過，傳來陣陣竹香。

老王妃抬起下巴深深嗅了一口，才看著湯圓說道：「我老了，太久沒出門，看到什麼都覺得新鮮了，小湯圓不會怪我吧？」

其實揚州這邊的風格都差不多，王府別院甚至比湯府還要精緻一些。

「不會的。」湯圓搖了搖頭，說完就睜大眼睛看著老王妃，沒有後續了。

這時不是應該恭維幾句嗎？真懂得抓機會的便會直接說要帶老王妃到處看看了，也就湯圓這個傻的，一點反應都沒有，好在湯家人都知道湯圓是什麼性子，只要她不說錯話就阿彌陀佛了，根本不敢再奢求其他。

自上次接觸後，老王妃也大約瞭解湯圓的性子了，還挺喜歡的，也不甚在意。這時她才看向了後方諸人，不禁驚道：「妳什麼時候也來揚州了，怎麼一點消息都沒有？」

湯老夫人和老王妃兩人年紀差不多，當初同是待在京裡，或多或少都知道對方的事，只是沒有深交而已。

湯老夫人上前一步，瞋了柳氏一眼，笑罵道：「還不是我這三媳婦，妳也知道的，她這麼多年都沒消息，急死我了，現在好不容易有了，我自然要下來看顧著。」

老王妃聞言驚喜地看著柳氏仍平坦的肚子。「又有啦？這可是大喜事呢！怪不得妳婆婆要從京城趕過來了，確實是值得重視的事。」

柳氏剛想回話，老王妃連忙擺手。

「行了，我們進去吧，別在這話家常了，妳如今有了身孕，我們進去坐著再聊。」

自然沒人不贊同，全簇擁著老王妃往屋裡走。

湯圓被老王妃拉著手腕親暱地並肩而行，她一臉乖巧，但心裡卻不怎麼高興。人的心思果然複雜難懂，祖母和娘親剛才連話都不願意說呢，這會兒卻能手拉手迎著老王妃進去；而老王妃嘛，明明看穿祖母說的是假話，卻還是佯裝不知情，笑著出聲附和。先前她一直站在老王妃身旁，抬眼就能看入老王妃眼底，分明一絲笑意都沒有。

不過如果是他，會怎麼做呢？想到了元宵，湯圓突然失聲笑了出來。如果是他，肯定毫不猶豫開口嘲笑了，哪會給人留什麼面子！

湯圓心思轉來轉去，想得太入神，連入座了也沒有發現。

老王妃瞧她一下發呆，一下又傻笑出聲，笑得一口小白牙都露了出來，不禁開口打趣道：「小湯圓想到什麼了，這麼開心，何不說出來讓大夥兒也高興高興？」

聞言湯圓這才回過神，目光對上滿眼笑意的老王妃，再環顧四周一圈，發現上自祖母，下至丫鬟、婆子們全都一臉無語地看著自己，小臉一紅，迅速低下了頭，小聲答道：「沒什麼，只是想到了一些好玩的事情而已。」

柳氏看湯圓那副模樣，對她完全不抱期待了，趕緊換了個話題，笑著對老王妃說道：「昨日之事是湯圓失禮了，本來今日打算帶著她上門道歉的，只是有些事耽擱了，倒沒承想還煩勞您跑這一趟，就請您看在她尚且年幼的分上，原諒她這一次任性吧。」

湯老夫人也笑了，只是笑意不達眼底，看著柳氏問道：「我這才剛來，什麼事都還不知道呢！妳跟我說說，湯圓昨天怎麼了？」

湯圓身子一僵，拉著她手腕的老王妃馬上就感覺到了，立即揮手制止正要開口說話的柳氏。

「這些事妳們之後私下談就是了，我今天是來辦正事的，可沒工夫聽妳們說。」說完微笑看著湯圓，輕輕地搖了搖她的手腕。「小湯圓原諒我好不好？我保證，這情況以後絕對不會再發生了。」反正岱家人永遠也不可能再出現在湯圓的面前了。

湯圓一下站起身，急忙地搖手。「這不是您的錯，是我自己造成的，不關您的事。而且娘說得對，最後是我任性了，當時只想著馬上回家，所以沒有去跟您拜別，是我不對，還請您原諒。」

湯圓一向是心裡想什麼，眼裡就能立即反映出來，如今她緊緊盯著老王妃的眼睛，老王妃自然也感受到了她的誠懇。

「我實在是太喜歡妳了！」她感動得把湯圓拉進懷裡搓揉一頓。「但即使上次錯不在我，主人家是我，我便有責任，所以我這次來其實是想接小湯圓過去跟我住幾天的。」

第十七章

今日老王妃走後，湯圓的耳朵受到了一大家子人的摧殘，眾人輪番上陣，千叮嚀、萬囑咐，不外乎是叫她在老王妃那兒要知禮，別使小性子；最後她聽得不耐煩了，直接回房誰也不見，就連竹嬤嬤她們亦不准進房，就這麼一個人待在房間裡。

湯圓躺在床上盯著床頂發呆，也不知道過了多久，轉頭看向窗外，夜已深，外頭甚至毫無人聲。她默默從床上爬了起來，走到牆邊，挺直腰桿靠牆站著。

嬤嬤說得不錯，人的習慣都是培養出來的，剛開始確實非常難受，可堅持了幾天後便沒多大感覺了。

她就這麼靜立於牆邊，盯著窗戶的方向，心中暗暗地期待……

明明府內安靜無聲，顯然所有人都已經入睡了，可是為什麼湯圓房裡的燈還亮著？元宵等了好一陣子，再三確認房內沒有傳出任何聲響，才輕輕地將窗戶推開一條縫，結果嚇得差點往後倒。

那丫頭竟就站在對面死死地盯著自己！

雖猛然被嚇了一跳，可元宵旋即恢復鎮定，不理會站在牆邊的湯圓，掃視房內一圈，確定沒有其他人後，直接大搖大擺地翻身進了房，走到湯圓的面前，低頭俯視著她。

「妳大半夜的不睡覺，貼著這牆壁裝鬼準備嚇誰呢？」元宵眉尾一翹，問得理直氣壯。

湯圓沒有答話，微微抬頭，想看清元宵的眼睛，可那瞳孔漆黑一片，她什麼也看不清，只得輕聲道：「是你想讓我過去小住的？」

沒想到湯圓會問得如此直白，元宵微微愣了愣，便點頭道：「對，就是我的意思。」眼底一片坦然，非常乾脆地承認。

他早已做好準備面對湯圓的質問，臉上甚至揚起了一抹笑，只要湯圓敢哭鬧，他絕對會毫不留情地嘲諷；可湯圓只是怔怔地看著元宵，而後垂下頭不知道在想些什麼，過了好一會兒才又抬起頭迎上他的視線。

和方才一樣的表情，沒有失望、沒有憤怒，有的只是茫然。

「你為什麼要這麼做？你我兩人並不熟悉。」

阿爹說過，人都是無利不起早的，自己和元宵並無交集，他沒有理由這麼做，如果僅是因為日子太無趣想找點樂子的話，未免太大費周章了。

元宵臉上沒了笑容，冷著一張臉，凝視著湯圓的眼睛。

還是和之前一樣清澈，思緒表露無遺，她這般單純，居然能長這麼大，究竟是怎麼活下來的？他彎了彎嘴角，想擠出一抹嘲笑卻沒能成功，不能否認，他很羨慕她，很羨慕像她這樣單純的人……

湯圓等了許久，見元宵似是沒了反應，忍不住伸手在他面前晃了晃。元宵這才回了神，而後直盯著湯圓，把湯圓看得毛骨悚然，不自覺與牆面更貼近了些。

她後背靠著牆壁，小胸脯自然挺了起來。

元宵眼神下移，挑著眉，視線停在某個地方。

湯圓順著元宵詭異的眼神往下看，平平的沒有任何起伏，跟著挑了挑眉，又抬頭不解地盯著元宵。元宵搖了搖頭，沒有說話，意思卻非常明顯。

湯圓不悅地撇過了頭。明天得好好問嬤嬤，食療還有沒有救。

她憋屈的樣子總算是取悅了元宵，他也沒再多說什麼，逕自轉身走到了旁邊的小桌子前坐了下來，看湯圓還站在原地，直接開口命令。「過來。」

湯圓莫名順從地坐到了旁邊的椅子上。

元宵從兜裡掏出了昨日的藥瓶，頭也不抬地指示。「伸手。」

湯圓抿了抿嘴，乖巧地伸出雙手。兩隻手還是包得好好的，雖然今日不讓嬤嬤進來守夜，但嬤嬤還是有先替她換了藥。

他毫不溫柔地把布巾一下子扯開，白嫩的掌心露了出來，即便燭光昏暗，上頭的月牙印傷痕仍十分明顯。

元宵動作一頓，皺起了眉頭。每見著一次，心頭便好似被人掐住一般，有些難以呼吸，又隱隱泛著疼……

湯圓略微不高興地看著元宵。雖然他不答話，但看他大半夜又跑來替自己上藥她還是挺高興的，可是這人怎麼做到一半就出神了，自己的手心有那麼難看嗎？他眉頭擰得都可以夾死一隻蟲子了！

她動了動，想從元宵手裡把自己的手給抽出來，可剛掙扎了兩下元宵就回過了神，抬頭對著湯圓低吼。

「再動就把妳的手砍下來！」

明知道是假的，可湯圓還是被嚇住了，一時間不敢再亂動。

一回生、二回熟，昨日包紮過一次後，元宵今日動作已經熟練許多。重新包紮好後，他馬上放開了手，看著仍一臉迷惘的湯圓，直接丟出了一個問題。

「妳知道今天外頭的人都怎麼說妳嗎？」

沒有嬉笑、沒有煩躁，只是冷著一張漂亮的小臉，流露著與他外表年紀很不相符的成熟。

元宵問得隨意，可湯圓能感覺到他的認真，也不敢胡亂回答，低著頭仔細思量了一陣。外人的話當然傳不到她耳裡，但她很確定今天娘除了為祖母之事擔憂外並沒有任何異樣，就連府內下人也是一如往常。她老實地搖了搖頭。

元宵一點也不意外，悠悠地拿起桌子上的杯子給自己倒了杯溫水，還順手替湯圓倒了一杯放到她面前，見她只是握在手裡也不說什麼，逕自喝了大半杯才開口。

「湯家三小姐不僅長相平庸，甚至連個拿得出手的才藝都沒有，比起她兩位姊姊，簡直是天壤之別。」說話間，神情變得不近人情，他絲毫不顧及湯圓的心情，嘴角揚起一抹冷笑，微微探身直盯著湯圓的眼睛接著說道：「真不知道湯家是怎麼養的，同樣都是嫡出的姑娘，怎麼三小姐就是個廢物呢？」

湯圓備受打擊，過了好一會兒才反應過來，猛地搖搖頭，迎視元宵的目光反駁道：「你騙人！不可能的，外頭絕對沒有流傳這些話！」

如果真傳得這麼難聽，就算娘自我掩飾得極好，下人們也會表現出來的。

元宵坐直了身子，雙手環胸，語氣更加冷漠。「確實，這些話並沒有流傳出去。」

聞言湯圓垂下了眼，即使再傻，「沒有流傳出去」和「沒有人說」她還是分得出來的。

雙手緊握著元宵方才倒的那杯溫水，手心暖暖的，可心卻如寒冰一般。

元宵無動於衷，繼續笑問：「怎麼，覺得很委屈？妳是不是覺得只要沒有上次那場宴會，別人就不會知道妳是怎樣的人，妳可以一直瞞下去，直到妳爹回京？」

嘲諷意味太過明顯，湯圓想忽視都不可能。

她搖了搖頭，小聲說道：「不是的，只是覺得事情來得太快了，我還沒有準備好……」聲音越來越低，最後幾乎不可聞。

元宵站起了身。「準備好？妳跟我說妳還沒準備好？」語氣是特別地不可思議。

湯圓不解地抬起頭。這話有什麼錯？她已經很努力在改了啊，只是這件事發生得太快，自己根本一點準備的時間都沒有。

「世事瞬息萬變，誰也不知道下一秒會發生什麼，最好得時時刻刻做好最壞的打算。雖然妳知錯能改這點值得肯定，但妳的抗壓性顯然不夠，看來妳沒妳想像的那樣堅決。湯家對妳太包容了，妳以為自己已經做得很好了，其實根本微不足道！」見湯圓表情瞬間瓦解，眼裡泛著淚光，他終於憐憫地停止攻勢。「妳應該慶幸，這次是發生在揚州而不是京城。」

如果是在京城，自己也沒有把握能掌控一切。

這還是第一次有人當著湯圓的面，如此直白地把話說了出來，狠狠地拆穿所有偽裝，令她完全不知所措，腦子裡一片混亂，眼淚也不受控制地流了出來。

她也不想這樣的，真的不想，可是已來不及了……

元宵默默注視著趴在桌上小聲啜泣的湯圓。

這丫頭明明不漂亮，甚至傻得可以，可不知為何，他卻覺得她看來無比順眼，近日來時不時便會想起她，甚至不僅思緒被她占據，情緒亦受她牽引，動不動便因她而生氣，他氣她太過天真，也氣她太過倔強，可氣她的同時又擔心著她……

他想了一整天還是無解，不懂為何會是她，不過想不明白又如何？那不重要，很明顯的，他已對她動了心，既然如此，那就要把人牢牢地抓在手裡。

待湯圓哭聲漸弱，他伸手點了點桌子，湯圓一抬起頭就看到元宵的臉湊得極近。

「還有一個辦法，妳不用改變，也不會有人閒言碎語。」嗓音低沈，若有還無地蠱惑。

「什、什麼？」

元宵笑了，笑得無比張揚，精緻的鳳眸目光如炬。

「找一個強大的男人。」

第十八章

元北翼和元宵正坐在小亭內悠閒地品酒，上好的桃花釀，正適合這時節。

閒話幾許，元北翼突然想到湯家三小姐明天就要來府中作客，便試探地問：「你和那小姑娘怎麼樣了？」

元宵瞥了興致高昂的元北翼一眼。「與你何干？管好你自己的事吧！」

元北翼也不生氣，坐直身子後悠悠地喝了口酒，接著彷彿突然想起似地說道：「聽說柳家也有人下揚州來了，想必這兩日就該到了。」

元宵無所謂地頷首。「湯夫人一直都沒有懷上男胎，湯家也只是表面看著和氣罷了，這會兒湯老夫人無預警下揚州，柳家那邊派人過來看看也很正常。」

元北翼點了點頭，也十分贊同，而後卻有些詭異地看著元宵笑道：「可是……聽說來的是湯圓的表哥，而且還是同年同月同日生的那位呢，兩人只差了幾個時辰而已，是從小的玩伴，關係最好了。」

聞言元宵神色一僵，趕緊佯裝無事地抿了一口酒。

元北翼繼續道：「聽說三小姐剛生下來的時候身體特別不好，連大夫都說很難養活，後來情況雖然好轉，但三歲之前也是湯藥不離口，那時柳將軍本來是想讓他倆訂親的，以便把三小姐接過去照顧……」

元宵倏地起身，面無表情。「我還有事要辦，先走了。」

元北翼心情很好地翹起了嘴角，側頭看向花團錦簇的春景。

一大早，柳氏就來到了湯圓的小院。

湯圓剛剛沐浴出來，一看到心情似是不太好的柳氏，想也不想直接開口說道：「娘您怎麼了？跟您說過很多次了，不要皺著眉頭，會害弟弟也變成小老頭的！」

柳氏沒有回答，只是眼神複雜地看著湯圓。她直到現在才明白，為什麼老王妃要請湯圓去作客了。

那人，居然對自己的女兒有了想法？

怎麼會呢，就只因為在千佛寺見了兩次？自家女兒她自然清楚，湯圓絕對沒有讓人一見鍾情的能力，可是老爺說了，說他隱隱透露了口風……

剛才洗澡時迷迷糊糊的，加上竹嬷嬷按摩又特別舒服，湯圓根本像是又睡了個回籠覺，現在喝過紅裳遞來的溫水，才稍稍清醒了些，見柳氏罕見地站在原地發愣，不由得上前關心。

「娘，您到底怎麼了？」

柳氏這才回過神，低頭看著湯圓仰起的小臉，伸手捏了捏。半個月沒捏了，手感又變好了，變得更加白嫩了。她笑著說道：「要去王府小住湯圓不擔心嗎？要是老王妃不喜歡妳了怎麼辦？」

湯圓嘟嘴，不明白柳氏為何這麼問。「這次是老王妃邀我去的，為什麼要擔心？如果老王妃真的不喜歡我了，那我回家就是了，難不成還不能回家嗎？」

難不成還不能回家嗎？真是一語驚醒夢中人，柳氏這才想通了。湯家自建朝延續至今，從未出過什麼大的岔子，而且自己娘家也不是好欺負的，有湯、柳兩家做後盾，湯圓只要不是犯下不可饒恕的大罪，是不會有事的；況且往後若湯圓真的嫁進了那個地方，相信竹嬤嬤亦可以助她於後宅陰私中自保。

見柳氏又出神了，湯圓小小地嘆了口氣。怎麼母親懷孕後變得這麼容易出神？

聽到嘆氣聲，柳氏才注意到湯圓面露無奈，無聊地背著手踮著腳尖轉圈圈玩，但卻始終沒有離開自己身邊。她搖頭失笑，小女兒總是這樣，總能在一些小地方讓人非常暖心。

拉著湯圓到椅子上坐下後，她笑著說道：「妳說得對，不開心回家便是，不過呀，這次妳去那邊小住也是有任務的。妳年紀尚幼，無須太過避諱，就乘機替娘好好觀察一下世子爺的人品，回來仔細說給娘聽。」反正有那位在，世子爺也不可能對湯圓有什麼心思的。

聽到這話，湯圓的興致就來了，即刻興奮地問道：「已確定是哪個姊姊了？上次老王妃並沒有說啊。」

「我們是什麼樣的人家？那邊又是什麼樣的人家？婚姻大事豈能兒戲，就算所有人都心知肚明也不可能這麼草率地宣佈，問話之前先過過妳的腦子！」柳氏伸手點了點湯圓的小鼻子。「是妳大姊，前段時間已經合過八字了，不過還得回京先稟明聖上，要請聖上指婚的。」

湯圓眨了眨眼，鬆了一口氣。看來自己那日不偏袒任一人的決定是對的，幸好這次還是大姊雀屏中選。「大姊命真好，以後一定會過得很好的。」

聞言柳氏只是笑了笑，沒說出口的是，如果不出意外，小女兒的命會更好，說不定還會由聖上親自主婚呢！

臨行前，柳氏心裡有太多的話想說，但見湯圓一臉懵懂，絲毫不擔心，最後只是捏了捏她的小臉囑咐。「什麼時候想回家了，打發人來說一聲，娘去接妳回來。」

「嗯！」湯圓笑著應了，轉身上了馬車。

一路上湯圓始終靜默不語，腦中仍不斷轉著元宵對她說的話。

上次那些話，湯圓聽懂了，不過卻只聽懂一半。最初他雖話語惡劣，但卻是真真切切地點醒了自己，可後來他要她找個強大的男人……找誰？是要找什麼樣的人？朋友、兄長還是老師？她心裡亦曾有過大膽的猜測，或許元宵當時在毛遂自薦，不過這個念頭馬上就被她丟開了。

這怎麼可能嘛！他瞧著自己時總是一臉的不耐。再者，自己就算沒有姿色，好歹也是個姑娘，怎麼可能找男子呢？他也許是好心建議，但這次她卻不能接受了。

一行人很快抵達王府別院，湯圓本來以為至少能與老王妃見上一面，不料只是隔著屏風瞧了一眼。

老王妃剛巧昨日出了一趟門，晚上回府便有些不舒服，因此才隔著屏風與湯圓說上幾句，怕她以為自己不待見她。

滿屋子的藥味和老王妃明顯虛弱的嗓音並非作假，湯圓關心了幾句就趕緊告退，好讓老王妃得以先休息了。

老王妃亦安排周到，為湯圓準備了間上好的客房，房內應有盡有，還派了位嬤嬤在外間候著，有什麼想吃、想玩的吩咐嬤嬤即可，至於隨身伺候湯圓的還是竹嬤嬤和紅裳、綠袖。不過湯圓帶的東西不少，需要些時間歸置，竹嬤嬤沒讓王府的人幫忙，就三人忙得團團轉。

湯圓在房內環視一周。對她來說，住哪兒都一樣，反正自己也不愛出去玩。見三人正忙著，她逕自走到書桌旁，準備開始練字。

長安自元宵一出生便是他的貼身侍衛，此時，他特別小心地抬眼瞅著元宵，舉止看來有些鬼祟。

他能用自己的腦袋做擔保，自家主子這會兒心情不錯——不對，不只不錯，而是到了非常好的地步了！瞧，主子嘴角居然還微微上揚?!雖然幅度很小，但是他絕對沒看錯！

原本自家主子心情好也屬平常，但關鍵是，主子剛剛才看了京城那邊的來信呢！他們來揚州的日子已經不短了，每回看了京城的來信主子就要發好大一通火，那個時候，就連自己也不敢隨意說話，只恨不得找個地方躲。

主子年紀不大，但那威勢可一點都不小。

元宵心情甚好地處理完手邊的事情後，放下紙筆，手指有節奏地敲著書桌，側臉看向了窗外，像是在等著什麼。長安順著他的視線看過去，那個方向是客房，湯家三小姐就住在那邊。

此時，長安耳朵一動，轉頭看到屋外有人，點了點頭，然後上前稟報。「主子，李嬤嬤來了。」

李嬤嬤就是老王妃安排給湯圓的那名嬤嬤。元宵早就吩咐過，李嬤嬤來的話直接讓她進來，不必通報。

待元宵點頭後，李嬤嬤快步走近，垂著腦袋道：「元公子，湯小姐已經過來了。」

王府裡的人都稱元宵為元公子。

元宵坐直了身子，眼神有些迫不及待，但李嬤嬤仍僅是低著頭站在一旁。

不見動靜，長安疑惑地望去，見李嬤嬤擰著眉似是有些猶豫。難道湯小姐那邊出什麼岔子了？

元宵從來都沒什麼耐心，見李嬤嬤不說話，直接挑眉問道：「然後呢？她現在在做什麼？」

「湯小姐正在房裡練字。」李嬤嬤頭垂得更低。

元宵沒想到湯圓來到這邊做的第一件事就是練字，她還真厲害，在任何地方都能靜下心來。他嘴角的幅度更大了些，甚至和顏悅色地看著嬤嬤笑問道：「那妳有沒有照我說的做？就說我很忙，沒空見她。」

那丫頭既然已經知道是自己讓她過來的，就不信她真能忍住不問，他甚至開始想像起她吃癟的樣子了！

元宵暗自樂了好一會兒才發現李嬤嬤根本沒回話。

「問妳話呢，怎麼不回答呢？」心情好，語氣還算平常，若是往日，早就吼出來了。

李嬤嬤眼睛一閉，快速說道：「湯小姐並沒有提及您，也沒有詢問您的情況，所以奴婢沒辦法照您說的做。」

「什麼?!」元宵一下從位置上站了起來，死死地盯著李嬤嬤，一字一句問得清清楚楚。「妳說她根本就沒有問過我的情況？」

李嬤嬤這下子連肩膀都縮了起來，不敢回話，只是點了點頭。

站在旁邊的長安撇過頭摀著嘴，掩飾笑意。好久沒看到這樣的主子了，不過短短時間，就從開心到無語，臉色由白轉青又到黑，如今甚至有些緋紅，但卻不是興奮，而是惱羞成怒！

他努力不讓自己笑出聲來，卻仍不小心露了點聲音被元宵聽到了。

「咳！」元宵扭過頭瞪向長安，眼神彷彿射出了冷箭，刺得長安手腳都不知道該怎麼放了，只好低下頭看著自己的腳尖。

而後元宵抬腳直往外走，正當長安以為不會受罰，準備跟上去時，元宵丟出了一句話。

「不准跟來。還有，接著笑，要大笑，笑滿一個時辰才准停。」

長安只能無語問蒼天了。是湯小姐讓您沒面子的，不關我的事啊！

似曾相識的場景。

上一次來王府別院時，明面上說要帶自己去見老王妃，結果見到的卻是元宵，這次湯圓又被帶到了一個小花園內，周圍一個丫鬟、婆子都沒有，想必又是來見元宵的。

湯圓氣定神閒地走到花園裡的亭子坐下，桌上已經擺好了熱茶，她拿起小巧爐子上溫著的壺，倒了一杯拿著暖手，啜了一口，邊等邊欣賞起園內的景色，可是等了好久，手裡的熱茶都涼了，還是沒有看到元宵的身影。四周靜得可怕，她開始有些坐立不安了。

其實元宵比湯圓先一步抵達了小花園，只是他故意躲在一旁，想看看湯圓會有什麼反應。他本來還憋著一股氣，可是一見著湯圓木著的小臉就奇跡般地消了氣，心裡正覺不對，結果就看到湯圓竟悠哉地喝起了茶，無名火頓時又冒了出來。

這丫頭的心還真是有夠寬！私會外男，這般大方的態度對嗎？又想到她即將來到揚州的同齡玩伴。感情特別好？見鬼去吧，等人走了再回家！

最後湯圓站起身，環顧四周，細細思量。園裡全是花草樹木，鬱鬱蔥蔥，藏個人完全沒問題，或者說……還得加上一隻狗？

想到這，她從亭中走了出來，站在旁邊的小道上，深吸一口氣，開口喊道：「將軍！」

將軍早就無聊得緊了，可先前礙於元宵的威脅，只能可憐兮兮地趴在原地不得動彈，這會兒聽到湯圓呼喚自己，興奮得迅速站起了身，元宵沒來得及阻止，牠便從草叢裡竄出來，極其熱情地撲向湯圓。

元宵果然在這！湯圓笑眯了眼，張開雙手接住了將軍。

這次將軍很收斂，只是把前肢搭在湯圓的肩膀上，並沒有舔她。

那次回去後，估計又被收拾了一回吧。

雖然將軍的體形真的很大，但是從牠的眼裡，湯圓看不到任何敵意，滿滿都是熱情，因此她不僅不害怕，反倒還努力伸手摸了摸牠的頭頂。

將軍顯然很吃這套，舒服得發出了呼嚕聲，見狀湯圓更加賣力地替牠順毛，一人一狗玩得高興，把元宵完全拋在腦後。

湯圓整個人都被遮擋住，元宵站在後頭只能看到將軍的背，將軍渾身漆黑，因為照顧得當，背上長毛柔亮，好似一疋上好的綢緞。

他突然後悔把將軍帶來揚州了……

元宵沒轍，默默從大樹後方走了出來，可一人一狗都沒注意到他。將軍舒服得瞇著眼，湯圓眉眼彎彎地撫摸著將軍，小臉紅彤彤的，顯然是特別高興了，元宵越看越不爽，直接冷了臉。

「摸夠了沒有。」

湯圓這才轉身看向一臉不高興的元宵，不懂他為何才出現便發火了，將軍也側頭看了過去，同樣一臉茫然。此時，一人一狗的表情神奇地同步了。

元宵見他倆這副模樣，抽了抽嘴角，哭笑不得，最後也懶得多做解釋，逕自走到亭子裡坐了下來，伸手給自己倒了一杯熱茶後，拿了另一個空杯子，又拿起旁邊的另一壺溫水滿滿倒了一杯，始終不看亭外的一人一狗。

湯圓貼著將軍的耳朵，小聲說道：「我們過去吧，你主子又生氣了。」

「汪！」將軍耳朵動了動，把爪子從湯圓的肩膀上放下來，對著她叫了一聲就朝元宵那兒跑去，蹲坐到他的腳邊。

湯圓震驚地瞪大眼，微微張大嘴，也走了過去坐了下來，然後傻乎乎地對著元宵道：「將軍可真聰明，竟能聽懂我說的話。」

「汪！」將軍好像知道湯圓在誇牠，又對著湯圓叫了一聲。

湯圓興致更高了，不自覺又忽略了元宵，一個勁地瞧著將軍。

元宵把手裡的茶杯重重一放，發出了好大的聲響。

湯圓一下子坐直了身子盯著元宵，將軍也抬頭盯著自家主人，見一人一狗的視線終於回到自己身上，元宵總算沒有那麼憋屈了，開了金口回答湯圓的問題。

「將軍確實很聰明。」立即又補了句。「比妳聰明多了。」

本來湯圓還一臉愉悅地準備接著多問些將軍的事的，聽到元宵這樣說便歇了心思，抿了抿嘴，老實地坐在位置上。就在元宵以為她會和前幾次一樣，打死不再開口時，湯圓卻有動靜了。

「你昨天的話是什麼意思？」

乾脆又直接，臉上無一絲羞澀，一副就事論事的模樣。

元宵先是詫異而後半垂眼簾，長長的眼睫擋住了湯圓窺探的視線，半晌，下巴輕抬，若有所思地看著她。「妳以為是什麼意思呢？」

湯圓搖頭。「不知道。」頭上的小鈴鐺乍響。「不說就算了，我也沒那麼想知道，反正你不要跟我說這些奇怪的話了，我聽不懂！」

這一瞬間，元宵哪怕有再多的手段也使不出來了，不由得有些氣悶。他好不容易心動，居然遇到了個傻的！

此時將軍突然站了起來，走到湯圓身旁蹲坐著，甚至將兩隻前爪搭至她的腿上，吐著舌頭哈氣，就這麼瞅著她。

湯圓這下可高興了，連忙伸手撫摸將軍，她餘光瞥見桌上擺著幾盤點心，想也不想直接伸手拿過一塊遞到將軍的嘴邊。

元宵看到了也沒有制止，只是好笑地看著湯圓的舉動。

湯圓原先還感到莫名其妙，不懂元宵為什麼突然又笑了，可她現在明白了。

將軍只是聞了聞，並沒有吃。

她有些尷尬也有些失望地將點心放回了桌上，還以為將軍也很喜歡自己呢……

元宵本就等著看湯圓吃癟的樣子，可如今見她臉上掛著笑卻難掩失落，自己似乎沒想像中高興，想了想，伸手從懷裡掏出了一小包東西。

東西剛拿出來，將軍立即拋棄湯圓，重回元宵身邊，興奮地直盯著他手裡的小包裹，甚至還叫了幾聲，開始在原地轉起圈來。

但元宵卻把東西丟給了湯圓，湯圓接過打開一看，是包烤好的牛肉乾。看將軍的行為，湯圓也知道元宵的意思了，拿起一塊遞到將軍的嘴邊，果然，將軍馬上張口咬住，動作快狠準，完全沒咬到湯圓的手。

看將軍吃得高興，湯圓眉開眼笑地摸了摸牠的頭，又望向元宵，漆黑的瞳眸亮晶晶的，綴滿了點點繁星，靈氣動人。

一剎那，元宵為之驚豔，清了清喉嚨才道：「將軍從小受過訓練，其他東西牠從來都不吃的。」

見將軍迅速吃完了一塊，湯圓接著再餵，但眼睛卻沒有離開元宵，這次她也算對他稍稍改觀了。元宵居然會隨身攜帶將軍的吃食，看來其實他對將軍還是很不錯的嘛！

一小包牛肉乾很快就被將軍消滅了。元宵見狀，拿起先前倒滿溫水的杯子，伸手握了握杯壁，感覺溫度差不多了，就要放在地上給將軍喝。

湯圓連忙阻止。「那水你都倒好一會兒了，都冷了，你給牠倒杯熱的吧！」開始還不知道元宵為何要單獨倒杯白開水，原來是為將軍準備的。

元宵斜睨了湯圓一眼。「不懂就別亂說。狗不能喝太熱的水，或許我們覺得溫度正好，但牠們卻可能會燙傷舌頭。」

湯圓這才閉上嘴，靜靜地看著元宵彎身把水杯放到地上，他的側臉很好看，可精緻的下頷卻緊繃著，就像別人欠了他好多銀兩似的，不過他是面惡心善，瞧他對將軍真的很好呢！可是這樣的感動才維持了一小會兒，就被元宵本人給破壞殆盡了。

將軍才吃完牛肉乾，口很渴，看到元宵放下杯子隨即靠上前去，不料元宵竟惡狠狠地道：「你要是敢把水灑出來，今晚就不准吃飯。」

將軍動作一頓，顯然明白了元宵的意思，看來肯定不是第一次了。牠小心翼翼地舔著杯裡的水，動作非常地慢，且喝一口就抬頭看元宵一眼，發現元宵仍盯著自己，僅能更小心地舔。

明明是一頭很威風的狗，如今看來卻可憐兮兮的。

湯圓摀嘴偷笑。不僅將軍可愛，她覺得元宵也很可愛！

第十九章

元宵緊盯著將軍，待確認牠真的一滴水都沒灑出來後才移開了視線，結果發現湯圓在旁邊笑得眼睛都看不見了，不禁微微一愣。

「不准笑！」見她笑得太歡快，他直接吼了過去，氣勢很足，可是脹紅的臉頰和耳尖早已出賣了自己。

湯圓笑得更誇張，連肚子都笑痛了，彎身摀著肚子大笑不止。

將軍喝足了水，歪著腦袋瞅了瞅生氣的元宵，又瞅了瞅笑個不停的湯圓，最後明智地選擇了湯圓，起身跑到她身邊坐好，大尾巴在地上掃來掃去的。

湯圓笑了好一陣子，看元宵的臉已經黑得和將軍有得拚了，便不敢再笑，一邊伸手摸著將軍光滑的背，一邊想著該怎麼哄元宵。

她睜大眼看著他，思緒卻漸行漸遠。他真的長得很漂亮，即使渾身戾氣再重，第一眼仍能令人驚豔。

這人怎麼能比姑娘還漂亮呢？她小小地自卑了一下，也沒了哄他的心思，乾脆開口問道：「所以你叫我過來到底是想做什麼？」

他該拿這沒開竅的丫頭怎麼辦？

唉，能怎麼辦，先等著唄，總有開竅的一天！

「我高興，無聊沒事做。」

湯圓突然覺得手很癢，特別想一拳揮去。

深吸了幾口氣把這個衝動壓了下去。好在湯圓體寬心更寬，反正她也打不贏，而且她早就知道元宵是什麼性子了，瞬間把他的話丟到腦後，而後想起了柳氏的交代。

上輩子大姊雖同樣嫁給了世子爺，但自己卻沒有見過他呢！現在正是個好機會，眼前這人應該和世子爺很熟吧？

「既然你閒著無事，那就跟我說說世子爺是位什麼樣的人吧，他容貌如何？品行如何？肚量如何？平時是個好相處的人嗎？」丟出了一大串問題。

湯圓話題轉得太快，元宵一下愣住了，待反應過來之後，簡直快控制不住自己。他人就在這兒，她居然問起元北翼的情況？還問得那麼仔細！

他猛地站起身，雙手撐在桌上，欺身上前盯著湯圓的眼睛，一字一句也答得仔細。

「奇醜無比，陰險小人，肚量比針眼還小。」看著湯圓一下瞪圓了眼，彎了彎嘴繼續道：「好不好相處我不清楚，只聽說貼身伺候他的奴才沒幾天就要換一批新的。」

湯圓震驚極了。「但是那天在船上，聽世子爺嗓音清朗、談吐得宜，應該不至於像你說的那麼差啊！」

大姊到底遇上了什麼樣的人！湯圓都想哭了。

嗓音清朗、談吐得宜?元宵覺得自己的理智線快斷了。

「當然，他就是這樣的一個人。」他臉上笑容更大，漂亮的小臉都快笑出花了，彎身湊得更近。「怎麼，妳很失望?」

湯圓再沒心眼也察覺到元宵不對勁了，他雖然笑著，卻令她感到十分陌生。她愣愣地看著元宵，完全無法回話。

元宵笑著站直了身子，負著手走到她面前，低頭俯視著她。

湯圓被看得渾身不自在，伸手想從將軍身上找點安全感，不料卻撲了個空。她低頭一瞧，剛才還趴在自己腳邊的將軍已沒了影子，視線瞥向亭外，只見將軍好好地趴在小徑上，而且還是用屁股對著自己。

這個叛徒!

她低著頭，不敢看站在身旁的元宵，可頭頂卻又傳來冰冷至極的聲音。

「說話。」

湯圓吞了吞口水，小聲地老實回答。「是，是挺失望的。」

未來的大姊夫人品居然這麼糟，前世大姊怎能和他琴瑟和鳴?難不成大姊一直默默隱忍著!

湯圓正擔心著湯慕青，元宵卻突地伸手捏住了她的下巴，強迫她抬起頭來，沒有錯過她眼底的失望。他閉了閉眼，理智已完全斷裂，不自覺地用了力，害湯圓白嫩的皮膚泛起了一抹紅。

湯圓被元宵眼底的暴虐嚇到了，不明白他為什麼突然變成這個樣子，可是她現在也無法思考這些，下巴真的很疼，伸手想掰開元宵的手，卻發現他人雖看著精瘦，手臂竟跟鐵一樣硬，湯圓兩隻手都用上了，結果一點用都沒有，反而越來越緊，越來越疼。「疼……」

元宵猛然回神，即刻鬆開了手，見湯圓白嫩的下巴被捏出了清晰的指印，甚至微微紅腫，他後退了一步，有些無措地說道：「對不起，我不是故意的。」

湯圓沒有回話，只是低著頭用手背輕輕按著自己的下巴，眼淚默默地流了出來。她不想哭的，只是真的太疼了，眼淚完全不受控制。

元宵怔然呆站原地，心裡的感覺太複雜了。之前他明明一直很想看湯圓哭，結果不僅沒看到，還把自己繞了進去，如今終於見著了，他卻一點都不覺得開心，心像被人揪住似的，一陣一陣地疼。

「等我回來。」

他繃著下頷，說完很快就消失在小路上。

將軍沒有跟著元宵離去，見他走後反而跑回湯圓身邊蹲坐著，前肢搭在她的大腿上，舔了舔她的手，好像是在安慰湯圓，叫她不要哭了。

湯圓用手背把臉上的淚抹去，隨後低頭瞪著將軍。「你現在回來做什麼？剛才跑得那麼快！」

將軍當然不可能回答，伸舌頭又舔了舔湯圓的手。

剛才眼睛含著淚，視線還有些濛濛的，這會兒擦乾淚湯圓終於能看清了。將軍的眼裡竟有著無奈和同病相憐?!牠好像在說，習慣就好了，他這個人就是這麼喜怒無常。

「我為什麼要習慣？我又不是他的誰！」想也不想便脫口而出。

將軍歪著腦袋，不解地看著湯圓，壓根兒不知道她在說什麼。

湯圓不打算等元宵，站起身準備離開，反正王府就這麼大，亂闖總能碰著奴才的！可是剛要抬腳就發現，自己的右腿好像抬不起來，她困惑地低頭一瞧。

將軍還是穩穩地蹲坐在旁邊，雙眼無辜地望著湯圓，只是前肢卻抱著湯圓的大腿。

湯圓使勁動了動，發現根本前進不了，將軍實在太重了。她這下終於明白為什麼剛才將軍沒跟著離開了，原來是要在這兒盯著她呀！

大大地嘆了一口氣，準備好好說服將軍放開自己，可話還沒出口，元宵就已經回來了。他看到一人一狗這狀態也明白了，抿了抿嘴，沈默地走上前，手裡拿著一個小巧的藥瓶。

聽見身後傳來了腳步聲，湯圓循聲望去，見元宵手裡拿著藥瓶，知道這肯定是用來敷自己的臉的，可是她真的很怕，不敢再和元宵接觸了，在他靠近的瞬間後退了一小步，防備地盯著他。

將軍早在元宵來的時候就自動放開了湯圓，又趴在一邊裝死。

見她怕著自己，元宵動作一頓。「剛才我真的不是故意的，只是想到一些事情，一時失神而已。」

湯圓還是沒說話，默默又退後了一小步。

元宵趕緊上前一步，看著湯圓的眼睛說得特別認真。「我發誓，以後我若是再動妳一分一毫，我就五雷轟頂，永世不得超生。」

這是很重的誓言，而看元宵的表情也明白這絕對不是玩笑話。湯圓低頭看著自己的腳尖，看了好久才道：「我想回去了……」

她不想再待在元宵身旁了，他的情緒太喜怒無常，她根本就不敢接近他。

看湯圓這副模樣，元宵也知道今天只能這樣了，再逼下去只會讓湯圓離自己越來越遠。他沒再靠近，反而退了一步。

「行，妳要走可以，但是妳必須回答我剛才妳為什麼要問世子的事，妳說了我就讓妳走。」

元北翼那個混蛋有什麼好的，值得她這般追問！

湯圓只覺得莫名其妙，不懂元宵為什麼會問這種問題，但為了離開，她還是照實答了。

「因為是娘讓我問的啊，說王府這邊基本上已經訂下我大姊，就等著聖上下旨賜婚了，所以讓我好好打聽一下世子爺是個怎樣的人。」

元宵的表情瞬間垮了下來，手裡的藥瓶也掉在地上摔得粉碎。

第二十章

到了晚間，老王妃精神已經好很多了，雖然還是得在床上躺著，但已經能坐起身，靠著枕頭跟湯圓稍微說說話了。

一整個下午湯圓都坐在床邊的小凳子上，守在老王妃身旁。她臉上紅印未退，不敢回房去，怕被竹嬤嬤見到，待在院內又沒辦法避開元宵，只好躲到老王妃這裡了。就不信元宵膽子那麼大，敢迷昏老王妃！

湯圓剛過來的時候，老王妃正好醒著，當時本想讓她回去的，免得過了病氣，結果湯圓一走近，老王妃看見她下巴處的紅印子，嘆了一口氣，什麼也沒說，只是讓嬤嬤給湯圓準備熱帕子敷臉，而後自己體力不支便先去歇息了。

待她醒後，看著在床邊坐了一下午卻絲毫不見無聊的湯圓笑著問道：「妳年紀輕輕的，怎麼那麼沈得住氣呢？妳若不想出門，讓嬤嬤給妳找些書來打發時間也可以的，就算不愛那些四書五經，讀讀雜記也是挺有趣的。」

湯圓搖頭。「我不愛看書，每次看著看著就會睡著。」接著歪了歪頭，有些不好意思地道：「其實也不是沈得住氣，只是腦子放空了，什麼都沒想，就覺得時辰過得挺快的，一會兒就到晚上了。」

若是以前，老王妃或許還會打趣湯圓幾句，說她小小年紀，怎麼就跟老僧入定似的，可此時是真的沒那心思了。她仔細看了看湯圓的下巴，已經沒有紅印子了，但中午那會兒自己確實沒看錯，湯圓臉上有傷。伸手拍拍床板，讓湯圓坐到床邊，拉著她的手問道：「這裡沒有旁人，妳告訴我，妳覺得他是什麼樣的人？」

老王妃和元宵是一夥的湯圓當然清楚，但她現在身處王府，不能像在家裡那般隨意，不想說就不說；若她不回答，就是不給永安王府面子，雖然兩家已確定聯姻一事，但若因為自己而有了疙瘩就不好了。

只是這話該怎麼說呢？

湯圓低著頭仔細想了一陣，才猶豫地道：「他人是挺好的，只是和常人太不一樣了，讓人挺怕他的。」話說得十分含蓄了。

老王妃一頓，笑了笑，拍拍湯圓的手。

「你們之間的事情我並不清楚，事實上，我挺匪夷所思的，不知道你們究竟是怎麼碰到一塊兒的。」

湯圓撇撇嘴。她也很想問，自己怎麼第一次出門就遇上元宵了呢？

好在老王妃並沒有再問下去，只是理了理背後靠著的枕頭，湯圓見狀連忙伸手幫忙，老王妃換了個姿勢舒坦多了，可另一隻手始終抓著湯圓的手不放。

「當然，我不會追問這個，這不是我該管的，凡事天注定，你們既然能相遇，想必是老天爺的意思。」話裡話外還是有些為元宵說好話的意思。

湯圓只是靜靜聽著，沒有搭腔。

老王妃猶豫了一下，輕聲說道：「妳大概也清楚他是什麼身分了，對吧？」

湯圓點了下頭。不過她只知道他是皇子，卻不知道是哪一位，誰讓自己一向不太關心皇家之事，上輩子也不清楚幾位皇子的名諱，但至少可以肯定，沒有哪位皇子叫元宵，估計是化名或小名。

老王妃點點頭，繼續道：「別的我不能說，只能告訴妳，沒有誰一生下來性子就這般怪異，那都是受成長環境所影響，並不是自己願意的。就像妳，如果說湯家後宅並不安寧，妳有庶弟、庶妹的話，妳母親對妳的關注絕對不可能像現在這麼多，她對妳的關注少了，妳的日子便不會像現在這般好過。」

湯圓默然。因為老王妃說的是對的，娘將自己保護得太好，隨時都把自己帶在身邊，從來沒人敢在自己面前嚼舌根，甚至一應用度也比大姊、二姊都還要好上幾分。

雖然湯圓沒有回話，但老王妃一眼就從她眼中看到了認同，笑了笑又繼續說道：「他那性子並非一天養成，是被逼出來的，而且老實說，如果不是這樣的性子，說不定已經沒有這個人了。」

可是，像元宵那樣唯我獨尊、天不怕地不怕的人，誰敢逼他呢？

湯圓相不相信是她的事情，老王妃該說的都說了，也只能說這麼多，再多就是口無遮攔了。她伸手拍了拍湯圓的頭頂。「行了，該用晚膳了，妳在這兒陪了我一下午，我真不能留妳用飯，到時候真病了就不好了。等我明兒好了，一定好好陪妳玩幾天。」

湯圓伸手摸了摸自己的下巴，已經感覺不到腫脹，這才稍稍放下心，又認真對老王妃囑咐了幾句，便起身回了客房，不料一進門就被三人團團圍住。

「哪有人這樣的，就算想讓小姐去陪著說話解悶，好歹也讓我們跟著才是，這一去就是一天，都不知道小姐是什麼情況，把人給急死了！」竹嬤嬤小聲抱怨，她是真的有些不高興了。

湯圓乾笑。「我這不是好好的嗎，難道在這裡還能出什麼事？嬤嬤別氣了，快點開飯吧，我都餓了。」舔了舔唇說得有些饞。「也不知道王府這邊的菜是不是更好吃一點。」

竹嬤嬤仍十分不悅。「小姐死了這條心吧，您答應過老奴，吃什麼都聽老奴的，反正老奴一定會讓您吃飽就是了。今兒已跟李嬤嬤說了，借了小廚房給您做，反正老王妃病了也不可能一起用飯。」

聞言湯圓的肩膀垮下了，癟著嘴坐在桌邊等著上菜。不久竹嬤嬤便端了菜餚上來，果然是自己常吃的那幾樣，雖賣相很好，味道也不錯，但是吃太多次了，就算變了些花樣也會覺得膩；而且不得不說，真的太清淡了，她總想吃點有味的，但是嬤嬤在這方面很堅持，絕對不可能。

不過是她自己決心要減肥的，自然不能鬧脾氣。她捏了捏確實比以前瘦了許多的腰，暗暗給自己打氣，瘦下來才是最重要的！

她拿起碗筷開動，可吃到一半，李嬤嬤便進來了，後面還跟了個端著菜的丫鬟，兩人先向湯圓請安。

「老王妃今日身子欠安，不能陪著小姐一起用飯，但這是老王妃讓奴婢給您送過來的。」等丫鬟把菜放好後又道：「這是今日世子爺他們在外獵得的野兔，說讓您嚐嚐鮮。」

雖然說的是世子爺，但是湯圓總覺得話中另有所指，果然，就看到李嬤嬤悄悄對自己眨了下眼。

明白了，是元宵的傑作。

她轉頭看向桌上的菜，分量並不多，只用一個精緻的白色小盆裝著，盆裡紅彤彤一片，上面撒滿了剁碎的辣椒，聞著就知道肯定很辣。

湯圓的口水不受控制地流了出來，她望著那一小盆兔肉不停地吞口水，而後抬頭看了旁邊的竹嬤嬤一眼，竹嬤嬤很堅定地搖頭，她又回過頭默默地盯著兔肉良久，最後異常艱難地挾了旁邊的清炒竹筍……

元宵，我上輩子作了什麼孽，今生才會遇到你！

聽完李嬤嬤的回報，元宵頓了頓，沒多說什麼，沈著臉讓李嬤嬤下去了。

李嬤嬤一離開，他轉過身，直接一腳對著旁邊的長安踹了過去。

「你出這什麼餿主意，她一口都沒動！」長安還沒來得及回話，元宵又接著說道：「該不會是你這幾天憋悶了，才想著出去打獵是不是？」

長安這下真的是比竇娥還冤了。

「不是，爺，奴才是那種人嗎？是您自己問奴才怎麼哄湯小姐高興的呀，奴才沒和湯小姐接觸過，更沒和其他姑娘接觸過，哪裡知道怎麼哄姑娘！奴才只是瞧著湯小姐身形圓潤，想必是好吃這一口了。」

元宵一愣，跟著附和道：「也是，這丫頭長這麼圓，肯定是喜歡吃了。」可下一秒，又繼續對著長安怒罵。「那她為什麼一口都沒有吃！」

長安眉頭都快打成一個死結了，過了好一會兒，猶豫地道：「或許……或許是湯小姐不愛吃兔肉？」然後手一拍，說得無比確定。「肯定是這樣！湯小姐肯定是不吃兔肉的，不然怎麼一口都沒動？這還是咱們特地從宮裡帶出來的御廚做的呢！反正今日去的那個獵場動物種類挺多的，湯小姐不喜歡吃兔肉咱們就換唄，一天三頓不帶重複地試，總能試著湯小姐喜歡的！」

見長安說得斬釘截鐵，元宵想了想，好像也只有這個原因了。行，那就換！

湯圓並不是不能吃肉，竹嬤嬤給湯圓準備的膳食其實葷素都有，只是味道太淡了些，害她如今看著那道兔肉異常嘴饞。

她忍得手都在發抖了，仍頑強地堅持住，始終沒有動那盆兔肉，只吃著自己碟子裡的，可眼神一刻也沒離開半分，頗有看肉止渴的意思。

咳，看著還挺想笑的。不過經過這次，竹嬤嬤也對永安王府有點瞭解了，都說世子爺受聖上器重看來絕不是假話，老王妃這是在揚州呢！竟然也有御廚。竹嬤嬤在宮裡待了這麼多年，伺候的又是先太后，見識的永遠都是最好的，心下明白這道菜不是經年的老御廚是絕對做不出來的。

看在湯圓這麼聽話的分上，用完飯後竹嬤嬤又去小廚房忙活了一陣，再出來時手中端了一小杯東西。

湯圓以為是飯後的甜湯，直接搖了搖頭。「嬤嬤不用了，我現在很飽，吃不下了。」

雖然吃不著，但是光看著兔肉也很下飯，不知不覺就比以前多用了一些，她確實已經飽了。

竹嬤嬤走到湯圓面前，把杯上的蓋子揭開後，遞給湯圓。「老奴知道您今日用得多了些，現在飽腹感太過想必是不舒服的。這裡不比自家，不能出去散步消食，所以老奴給您調了杯水果和山楂配出來的消食果茶，您喝喝看，應該會舒服些的。」

湯圓聽話地拿起旁邊的小勺子，準備意思意思吃上幾口，低頭看進杯裡，果茶顏色很漂亮，微微的緋紅。舀起一匙喝下，不料嚐了一口就停不下來，連著喝了好幾口才笑著轉頭看向一旁站著的竹嬤嬤，一口小白牙又露了出來。

「嬤嬤妳真好！」

竹嬤嬤伸手用帕子細心地抹了抹湯圓的嘴角。「也是老奴太過嚴苛了，小姐現在正是重口您的年紀，雖然老奴做的那些菜確實對小姐的身體好，但是也忽略了小姐您的感受。」

湯圓正要說話，竹嬤嬤卻搖了搖頭接著說道：「只是老奴還是很開心，小姐您真的說到做到了。請您再堅持一段時間，等老奴把您的身子調理好了，這些東西以後就算天天吃，只要不過量便無大礙。」

以往柳氏縱著湯圓，想吃什麼就給什麼，但小孩子年紀小，其實很多東西都該忌口，雖然湯圓現在看著身子挺好，等以後大了毛病就會出來了，特別是姑娘家，更該注意這些。

第二天早上，湯圓迷迷糊糊地坐在桌子旁邊。

竹嬤嬤也知道，湯圓每天剛醒來時都得放空好一陣子的，因此也沒說什麼，只是盛了一碗粥放在了湯圓面前。「小姐快吃吧。」

湯圓拿起勺子的手一頓，而後抬著頭問：「嬤嬤妳今天怎麼了？」

居然會做肉粥欸，通常早飯最是清淡，嬤嬤是絕對不會做這個的。

「這不是老奴做的。今早老奴剛剛起來，老王妃那邊就傳話來了，說給您燉了點野雞肉，也是昨兒獵的，老奴想著再拒絕下去恐會傷了臉面，況且老王妃送來的確實是好東西，雖不太適合早上吃，但偶爾吃吃也無妨，您快些吃，別放涼了。」

但湯圓卻把手裡的勺子放回了一旁的小碟子，拿起筷子挾了一顆素錦玲瓏餃啃了起來，顯然是不準備動那碗粥了。

竹嬤嬤一頭霧水，小姐難道不喜歡吃肉了？

接連吃了幾顆餃子湯圓就放下筷子，指著桌上的粥對竹嬤嬤道：「嬤嬤妳起得早又忙活了那麼久，這碗粥我沒動過，妳吃吧。」轉身再對著同樣一臉莫名的紅裳、綠袖道：「我去給老王妃請安，妳們不必跟著了，在屋裡好好歇著吧，我去去就回。」說完對著李嬤嬤點點頭便走了出去，李嬤嬤見狀連忙跟上。

一路上兩人並未交談。李嬤嬤小心地打量湯圓的臉色，小臉清冷地直視著前方，看不出情緒。

又想起了剛才那一幕，到底是怎麼了呢？

今日老王妃的情況又比昨日要好一些了，雖然還是沒什麼精神，但已有力氣跟湯圓閒聊好一會兒了。等湯圓從老王妃房裡出來時，已過去半個時辰了，李嬤嬤同樣在外頭等著，隨後領先半步在前方帶路，可走的卻不是回客房那條。

湯圓沈默著，一直跟著李嬤嬤。

兩人走了半刻鐘，來到一處獨立的小院子，門口還有侍衛守候，不過他們一看到湯圓便低頭讓路，李嬤嬤也停住了腳步。見狀湯圓頓了頓，抬腳走了進去。

元宵端正地坐在椅子上，見湯圓進門，他不發一言，就這麼靜靜地看著她一步一步走向自己，漆黑的瞳孔中是湯圓看不懂的情緒。

湯圓站定在元宵面前，沒打算拐彎抹角。「你這麼做是什麼意思？」

元宵第一次想討好人，居然連著失敗了兩次，本來一肚子火，可看湯圓問得認真，眼中確實透露著不理解，便不知道該怎麼回答了。

她在這方面根本還沒開竅。

湯圓皺眉，注視著元宵的眼再次問了一遍。「你究竟是為了什麼？」

元宵也看著湯圓的眼睛。「那妳說，妳又為什麼要拒絕？」

「我們不熟啊！」湯圓想也不想地說道。

元宵被氣得差點噴出一口心頭血，甚至不願看湯圓了，直摀著胸口喘氣。

可湯圓沒想放過他，就這麼一直盯著他的臉，圓圓的眼睛瞪得老大，執著要得到一個答案。

元宵正想回答是昨日的賠禮，結果餘光瞥見本該待在外頭的李嬤嬤進來了，連忙問道：「嬤嬤可有要事？」語氣萬分輕鬆。

李嬤嬤從未見過元宵這麼客氣，還以為自己擅自闖進來他會大發脾氣呢，有些緊張地連忙上前彎身回話。「奴婢是來找湯小姐的，有事稟告。」

湯圓側頭看去。

李嬤嬤直道：「京城柳家的公子來了，說是昨晚抵達揚州，一聽說您在王府作客，他今日就過來了，現在正拜見老王妃呢！」

湯圓和元宵兩人齊齊瞪大了眼，不過一個是驚訝，一個惱怒。

這小子居然還找到這兒來了？是有多想念啊！接著轉頭死死盯著湯圓。

湯圓發愣了好一會兒，仔細想了一下，不確定地問：「是排行第七的那位？」

待李嬤嬤點頭後，她立刻驚喜地道：「小七哥哥真的來揚州了？他現在在老王妃那兒是嗎？我馬上過去見他！」

湯圓實在太高興了，話還沒說完人就開始往外衝，不料卻被元宵拉住。她回頭看著一臉陰沈的元宵，不知道他怎麼又生氣了，不過現在自己可沒心思哄他。

「放手，我現在有事，沒空陪你打發時間。」

看湯圓一副急不可耐的模樣，元宵的心在淌血，不顧李嬤嬤仍在場直接說道：「我不許妳叫他小七哥哥！」

「為什麼？」

「沒有為什麼，反正我說不許就是不許！」聲音一下子變得很大，甚至是吼出來的。

湯圓脾氣也上來了，用力甩開元宵抓著自己的手。

「你真的很莫名其妙，憑什麼你說不許就不許？你又不是我的誰！」說完便不理元宵，逕自往外跑了。

元宵追了一步，最後還是停在了原地，周圍的空氣開始凝結。

李嬤嬤吞了吞口水，不敢說話，也跟著退下，追了出去。

長安在外面探頭探腦著，發現元宵低著頭站在屋裡發愣。剛才他只看見湯圓和李嬤嬤一前一後飛奔離去，壓根兒不知道發生什麼事，猶豫了許久，才輕手輕腳地上前詢問。「爺，您怎麼了？」

元宵周身散發的低氣壓讓長安都快喘不過氣來了，但是人都靠近了，現在又不能什麼話都不說就退回去吧？因此長安就這麼站在元宵旁邊陪著他發愣，可最後還是熬不過。

「七爺，您到底怎麼了？是不是湯小姐那邊有什麼事，您跟奴才說說，奴才幫您想法子。」

元宵一下子抬起了頭。「你剛才叫我什麼？」

長安這才驚覺，連忙認錯。

「奴才口誤，一時忘了在外面不能叫七爺的，以後不會了。」當初出宮時就說好了，一律改叫主子，不能再叫七爺了。

元宵面無表情，指著牆角道：「去，倒立一個時辰。」

聞言長安瞪大了眼，趕緊求饒。「不是，爺，奴才這不也是擔心您嗎？而且這裡就咱倆，也沒外人啊！」

「去。」一點商量的餘地都沒有。

長安默默地走至牆角倒立，真想狠狠搧自己一巴掌。

誰讓你爛好心！不過才短短兩天就因為他們的事受罰兩次了，他發誓，以後主子和湯小姐的事自己絕對不會再多說一句話！

第二十一章

湯圓和柳雲非面對面，大眼瞪小眼。

柳雲非純粹詫異湯圓為什麼瘦了這麼多，但湯圓心裡的想法就多了很多。

她重生後，唯一需要擔心的就是他……

前世，柳雲非仕途順暢，可一上戰場便出了事，當時大家都以為他死了，想不到幾年後他竟自己回來了，只是從此性情大變，變得狠戾無比，就不知道那幾年他過的是什麼樣的日子。

這一世，她自然不會再讓他遭遇此事，可她也怕事先干預太多，事情會變得更加失控，如今僅能暫且靜候，在他被派上戰場前，自己一定得好好琢磨。

不過得以再次看到柳雲非，湯圓心情真的很好，她打量了他許久，而後搗嘴笑了起來。成年後的柳雲非又黑又壯，但印象中小時候的他應該和自己一般白白胖胖的，原來是從現在就開始改頭換面了。

「你變了呢！」

湯圓坦率且直接的視線，看得柳雲非很不好意思，他尷尬一笑，覺得雙頰有些發熱。

「妳也知道，祖父一生戎馬，待最多的地方不是家裡，反而是軍營。他最瞧不起那些文弱書生，因此妳走了以後，我就被祖父丟到軍營去了。」

湯圓的外祖父柳大將軍，可是十戰九勝的鎮國大將軍，雖然已隱隱有退位的徵兆，但如今柳家仍是兵權在握。

「那很辛苦吧？」湯圓弱弱地問道。外祖父與女兒家說話都會儘量輕聲細語，但對家中男丁卻非常嚴厲，就怕他們變成只知玩樂的世家子弟。

「開始是很辛苦，祖父天天抓著我，但習慣後就沒什麼了，難不成大哥他們可以我就不行了？」柳雲非骨子裡不服輸的勁露了出來。

「噗哧！」湯圓一樂，想起了小時候的事。

他倆為什麼從小關係就這麼好呢？那是因為兩人都愛吃！而且還特別喜歡搶對方的，當時小七哥哥不知因此被大人們揍了多少回，可誰也沒料到他們會越搶關係越好。

笑著笑著，她又想到方才的事。「欸，小七哥哥，你不知道，剛剛嬤嬤說你過來的時候，我竟沒反應過來，想了一會兒還問她是不是排行第七的那位，她說是，我才知道是你來了。」

柳家第三代一共七個，全是男丁，沒半個閨女，平時大家都不稱呼名字，直接喊排行。

「居然連我名字都忘了，看來妳這腦袋瓜都沒長，還是這般傻！」柳雲非大笑道。

「都好一陣子沒見了，這又怪不得我。」湯圓不服氣地瞋了他一眼。「對了，你怎會突然下揚州來？」

柳雲非愣了下，看著湯圓懵懂的模樣，感覺她似乎是真的不明白，看來她還是和小時候一樣天真單純。他咧嘴一笑，亮白的牙齒露了出來。

「來看姑媽嘛！祖母想得緊，你們都好幾年沒有回京了，可她老人家年紀大，又不好大老遠地從京城跑來揚州，就怕也給你們添麻煩；如今大哥他們在軍營都有差事，家裡就我最閒，所以便讓我下來了。」

湯圓眨了眨眼睛，微微想了一下。前世小七哥哥差不多在這時候也有到揚州來，只是當時自己並未多想，如今一看，他這次分明是來防著祖母的吧。不過即使心中有數，她亦沒有拆穿柳雲非的謊言，畢竟除非攸關生死，否則她都不打算插手。

湯圓的表情只有一瞬顯得不自然，但還是被柳雲非察覺了，他心下詫異。她知道自己為何而來了？原來小湯圓也變聰明了，他笑得更開心。

「還說我呢！妳也變好多，我現在是真信女大十八變了。不過貪吃的小丫頭也知道愛美啦？」

最清楚湯圓對吃的執念有多深的，不是別人，正是柳雲非。

「你也別說我，咱倆小時候是同一副德行，這可是外祖父說的，你不能反駁，你再跟我爭，我就告訴外祖父去！」湯圓直接抬出柳將軍來壓他了，她清楚柳雲非天不怕、地不怕，就怕柳將軍。

柳雲非憨厚一笑，彎身向湯圓求饒。「好妹妹我錯了，妳大人有大量，千萬別把這事告訴祖父，否則他一定會狠狠抽我的。」

這麼大的個子偏做出這般行徑，看起來滑稽又可笑，令湯圓捣著肚子笑彎了腰。

見狀柳雲非也跟著笑了，伸手輕輕碰了碰湯圓的頭頂。

妳放心，我會護妳一生，讓妳此生都如現在一般單純無憂。

長安這次學乖了，待下人稟報完畢後，一聲不吭地站在旁邊，絕、不、開、口。

元宵的臉黑得跟鍋底似的，也不知過了多久，神情才終於好一些，看著在一旁低著頭裝死的長安，笑著開口。

「長安～～」還拉長了調子。

長安倏地渾身緊繃，上前一步回話。「奴才在。」還是不問元宵想做什麼。

元宵也不惱，看著長安，話家常似地說道：「你說說，這怎麼辦?柳家一門個個能以一敵十，都是好將士，可我就是看柳雲非不順眼，甚至想將他挫骨揚灰呢……」

長安覺得自己的汗毛都立起來了，低著頭嘴閉得更緊。元宵的手指有節奏地在桌上敲著，一聲又一聲，長安覺得自己的心跳被那聲音操縱著。沈默了好久，他終於忍不了這折磨了。

「爺，您其實不必在意的，湯小姐如今年紀還小，根本就不懂這些事情，就奴才看來，她不過當柳公子是哥哥罷了！」

元宵嘴角上揚。「這的確是柳雲非一廂情願而已，湯圓根本就不懂他的心思。」

見狀長安鬆了一口氣，正準備再繼續勸慰幾句，不料元宵好像突然想到了什麼，看似高興地問道：「你說，他是用哪隻手碰湯圓的？左手還是右手？」

長安直覺這話有些詭異，怔怔地看著元宵，不敢回答。

等了一會兒，沒得到長安的答案，元宵從位置上站了起來逕自往外走。

「既然你也不知道的話，那就不必在意到底是哪隻手，統統砍掉就行了。」

長安不可置信地看著元宵和將軍的背影，腦中頓時浮現一句話──

完了，主子被氣瘋了。

但這可由不得元宵胡來，他趕忙追上前去，也顧不得其他，一把攔住元宵。

「爺，您不能動柳公子，別為了湯小姐而壞了與柳家的關係，不值得，而且柳家也是湯小姐的外家呢。」不見往日的嬉皮笑臉，說得很是認真。

元宵只是靜靜地看著擋在面前的長安，漆黑的瞳孔看不出情緒，但長安卻知道，元宵當下越平靜，之後行事就越詭異，這麼多年，一直如此，因此也不肯讓步，主僕倆就這麼僵持不下。

許久後，元宵突然笑了，笑得雲淡風輕。

「原來在你眼中，我做事就這麼不經大腦？和柳家的關係，我不會破壞，也沒有想過要破壞。」壞了以後還怎麼娶湯圓？依那丫頭的性子，是鐵定不會搭理自己了。

長安卻還是沒打算讓步。「那可不一定，您的性子奴才還不清楚嗎？肯定不會輕易算了。」

「讓開，不放心就自己跟上！」直接繞過長安往外走去。

「唉呀，爺——」長安無奈。

事已至此，長安也只能跟在後頭見機行事了，畢竟他也沒膽以下犯上啊……

柳雲非終究是男客，且世子爺此時不在別院，老王妃年紀大了，身體狀況也不佳，真的沒精神招待他。他自知打擾太久不好，三人說了一會兒話便起身告退，湯圓自告奮勇送他出去。

兩人並排而行，柳雲非一邊走一邊問：「妳要在這邊待多久？」

自己尚無軍職，這次下來想待多久都可以，當然，如果湯老夫人回京的話，他也沒理由繼續留著，但估計也是姑媽生產之後，所以如今他並不著急，反正湯圓不可能在王府作客好幾個月。他放緩腳步，等著湯圓回答。

「我也不確定，老王妃最近身子欠安，想來痊癒還需要幾日，等她老人家病好後，我還要陪她幾天呢，或許得十天半個月吧。」

這次名義上是來陪老王妃的，總不能等人身子一好就說想回家吧？

柳雲非也明白湯圓的意思，笑著揶揄了句。「現在果然聰明了，還知道用腦子，若是換成以前，一定說自己什麼都不知道，看老王妃何時讓妳走就走，是吧？」

聞言湯圓直接扭過頭，快速往前走。「你快些回去吧，好好陪陪娘，這裡不是咱家，不方便你多待的！」一副送瘟神的模樣。

見她這態度，柳雲非也不惱，反而更高興。這說明他倆關係仍未生疏，若是在其他人面前，她肯定不會做出這番小女兒姿態。

可此時湯圓心中所想的卻是——

佛祖保佑，千萬別碰上元宵。

她突然想起方才元宵不許自己喊柳雲非小七哥哥，他行事一向古怪，誰知道他會做出什麼事，這兩人要是碰上了，該怎麼辦才好？想到這，她又加快了腳步。

柳雲非快速追了上去。她怎麼跟火燒屁股似的，難道後頭有人在追？正想詢問，可是還沒來得及拉住湯圓，便見她一下愣在了原地，疑惑地向前一看，他也傻了。

前方，將軍正朝這邊狂奔而來。

前幾次將軍都十分歡快，幾里之外就能感覺到牠的熱情，但今天，將軍的表情卻意外凶狠，若非知道牠是狗，肯定會以為那是匹惡狼。

將軍越靠越近，湯圓來不及思考牠到底怎麼了，直覺地上前一步試圖抱住將軍。將軍靈活地朝旁邊一閃，避開了湯圓，直直撲向站在後頭的柳雲非，把人撲到地上，甚至還滑行了一段距離。

這條石板小路上有些碎石，背後著地的疼痛讓柳雲非忍不住倒吸了一口冷氣。

「將軍——」湯圓嚇傻了，一回神連忙衝上前去。

將軍凶狠地盯著被壓在下方的柳雲非，露出尖牙，喉嚨發出了威脅的低吼聲。若是他敢反抗，牠便朝著脖子咬下去！

湯圓蹲在一旁，焦急地詢問。「小七哥哥你怎麼了？傷到哪裡了？」

柳雲非咬著牙搖了搖頭，表示自己沒事。

要不是看湯圓認識這隻狗，他哪會這麼輕易被撲倒？狗在這，狗主人肯定就在不遠處，牠的目標擺明是自己，索性也不掙扎，他倒要看看，這才剛到揚州，是誰給自己下這麼大個馬威！

看柳雲非是真的沒什麼大礙，湯圓稍稍安心，吞了吞口水，有些顫抖地喊。「將、將軍？」

將軍耳朵動了動，但仍死死地盯著下方，沒有看向湯圓。

湯圓深吸一口氣，鼓起了勇氣，手有些顫抖地摸了摸將軍的頭。「將軍乖，把他放開好不好？」

好在將軍並沒有反抗她的撫摸，湯圓這才放下心，一邊賣力地替將軍順毛，一邊哄道：「將軍聽話，你放開他，我就給你肉乾吃喔！」

將軍的耳朵再次動了動，這次終於有反應了，側頭看了湯圓一眼。

湯圓還以為將軍打算放人了，誰知道牠只是舔了下她的手，然後又回過頭瞪著柳雲非，發出低吼。

柳雲非。「……」

湯圓。「……」

湯圓哭笑不得，現在非常肯定這是元宵的意思了，因為將軍只會對他的命令執行得這麼徹底。她張口就要喚人，但是話才到嘴邊又立即吞了回去。

如果只有自己一人，她肯定馬上喊元宵出來的，可是，小七哥哥還在這兒呢，直呼元宵這小名好像不太好；姑且不論小七哥哥會不會誤會自己和他的關係，再傻她也知道他的身分、姓名是不能隨意讓旁人知曉的。

一時啞口，不知道該怎麼辦，只好伸手奮力地拉將軍，試圖想移開牠，可不意外，將軍文風不動。

元宵本來還想看柳雲非多吃一點苦頭的，特別是見到湯圓臉上真切的擔心，更堅定了讓他在地上多躺一會兒的念頭，但看湯圓都把自己累得滿頭大汗了，可是仍堅持住沒喊自己，應該也算是有為自己著想吧？

沈著的臉色終於緩了些，他悠悠地走到兩人身邊，居高臨下地看著狼狽的柳雲非，口氣毫無誠意。「不好意思，狗不聽話，驚擾到你了？」

柳雲非抬眼望去，瞳孔驟縮。七皇子！他怎麼會到揚州來？京裡一點消息都沒有，因太過震驚而沒立即回話。

元宵和柳雲非曾偶然見過幾面，並不熟悉，不過是知道彼此而已。

湯圓見元宵終於現身，趕忙站起身，一把抓住了他的手臂。「快，你快讓將軍把人放開！」

元宵瞄了眼湯圓拉著自己的手，笑了笑。「好，只要是妳說的，我都一定會做到。」然後對著將軍命令道：「將軍，起來。」

話音剛落，將軍旋即放開了柳雲非，蹲坐到元宵旁邊，大尾巴不停地搖。

湯圓一頓，滿臉困惑。元宵什麼時候這麼好說話了？

第二十二章

元宵微笑看著柳雲非，一臉溫和，只是眼底那抹挑釁仍準確無誤地傳達了過去。

看到元宵這樣，再看了看湯圓仍抓著元宵手臂的手，柳雲非還有什麼不明白的？咧嘴笑了笑，迅速從地上跳了起來。「沒事，狗當然會有不聽話的時候，好好教訓、教訓就是了。」

元宵冷了臉，不過不是因為柳雲非的話，而是因為他起身後，原先壓在身下的匕首露了出來。柳雲非順著他的視線看去，彎身撿起匕首插回靴子裡。

「這個嘛，想必公子也清楚，出門在外，還是得有一物傍身比較好，像方才那情況，若換作是人莫名其妙撲過來的話，就不是現在這樣了……」剛剛若非看那隻狗有意地避開了湯圓，現在這匕首絕不會是落在地上！他佯裝疑惑，抬眉詢問湯圓。「不知道這位公子是？」

湯圓站在中間，瞅瞅這個、瞧瞧那個，不知道該怎麼回答這個問題，而且……明明這兩人都在笑，可她為什麼覺得冷呢？

明知道自己是誰，還拉著湯圓裝模作樣，元宵臉上的笑容更深了。「妳確定他真的是妳的小七哥哥？莫不是出生時被誰掉包了吧？」嘴邊始終啣著一抹笑意，卻讓人寒毛直豎。

湯圓解讀不了元宵臉上的神情，明智地選擇了沈默。

可柳雲非自然清楚，不過他也沒好到哪兒去。「這位公子的話我聽不懂，我確實是柳雲非，不明白公子何出此問？」

絲毫沒有讓步的意思，他直視元宵的眼睛，無所畏懼。皇子又如何？他會出現在這裡肯定有要事，但關鍵是，京裡沒有走漏半點風聲，看來此次是得瞞著別人的。況且，他倆雖知道彼此，可確實沒有交集，不認識也屬正常，所以今天這悶虧，他吃定了！

元宵竟也直言道：「你我心知肚明，何必在這裝作什麼都不懂；若是柳老將軍知道自家嫡系子孫竟是這樣一個口是心非、兩面三刀的人，不知會作何感想？」

柳老將軍一生光明磊落，行事作風直來直往，甚至連在金殿之上面對聖上也是直言不諱。柳家在他的帶領下，個個驍勇善戰，但除此之外，其他人情世故方面的往來應酬就不好說了。跟他們說話，繞彎子只會把自己憋死，最好的辦法就是單刀直入，所以，像柳雲非這樣的，元宵還真是第一次見。

聽到這裡，柳雲非還沒來得及反駁，湯圓便先出聲了。

「我雖不懂你們倆在說什麼，但小七哥哥不是這樣的人。」

元宵靜靜地看了湯圓一眼，不僅沒像湯圓預想般地旋即大發雷霆，居然還笑了。「是我出言有誤，我道歉。」

湯圓吞了吞口水，若不是柳雲非在場，她一定會去摸元宵的額頭。

這人一定是發燒，燒壞腦子了！

柳雲非也被元宵的爽快震住了，不知道他在演哪一齣，便閉了嘴沒有接話。仍躲在後頭沒出來的長安眼睛一閉，完了，這次徹底完了。

「行了，別在這兒站著，方才是我說錯話，反正日後有的是機會，再慢慢補償。」元宵笑著拍了拍湯圓的頭頂，漂亮的眼睛微微彎起，眼底異常柔和。「走吧，我和妳一起送妳的小七哥哥出去。」

湯圓覺得渾身寒毛都豎了起來，特別是聽到那聲溫柔的「小七哥哥」。

柳雲非見狀也不好再說什麼，反正自己本來就要離開，只是現在多一個人送出門而已；至於對方和湯圓到底是怎麼認識的，回去再問問姑丈吧。

三人慢悠悠地往外走，神情各異，一個似笑非笑、一個傻裡傻氣、一個則是滿腹心事。

走了一段路後，湯圓終於察覺到有些不對勁。雖然自己對王府也不熟，但很明顯的，現在方向完全不對。她側過頭，看元宵毫不猶豫地一路前行，小聲地開口。

「這好像不是出府的路。」說得有些小心翼翼。雖然現在的元宵看起來很無害，可總覺得他正壓抑著什麼，彷彿隨時要爆發。

聞言元宵回頭，仍保持著笑容。「嗯，這條不會直接出府，會稍微繞些路，我正好有點事，可以一起處理。」在湯圓還沒來得及問他是什麼事情時，元宵努努下巴。「到了。」

湯圓側身看去。這不是她上次落水的那個小湖嗎？來這裡做什麼？

元宵帶著將軍走近湖邊。「下去。」

將軍很聽話，一個飛撲就跳了下去，在水裡如魚得水，愉快地游來游去。

「洗乾淨點，不然晚上沒有飯吃。」

好吧，是在嫌棄將軍剛才碰到小七哥哥，就說嘛，元宵怎麼可能一下子變了這麼多，但看他這樣，湯圓反而安心了，很小心地鬆了一口氣。

元宵瞥了湯圓一眼，沒說什麼，而後看向了她身旁的柳雲非。

柳雲非也聽見元宵的話了，自然明白他是什麼意思，雖然變了臉色，但仍沒有開口。就算元宵未表明身分，可他仍是皇子，他口出惡言，自己可以反駁，但是，絕對不能主動挑釁。

柳雲非不說話，不代表元宵就會放過他。

他上前兩步走到柳雲非面前，上下打量了一番後，頗為疑惑地說道：「柳公子不稍加整理一下？你若一身狼狽地從大門出去，別人看了還會以為永安王府對你做了什麼事呢。」

湯圓剛才只注意到元宵，聽他這麼一說才發覺柳雲非滿身是灰，甚至還沾了不少將軍的毛，樣子確實有些狼狽。連忙站到他身後，幫他拍掉後背的灰，一邊拍一邊說：「小七哥哥你也洗洗吧。」

柳雲非有些尷尬地笑了，剛才只顧著應付元宵，完全忘了確認自己的狀態。他回過身道：「別忙了，妳在這邊等著，我自己去湖邊洗洗就好。」抬腳就往岸邊走。

元宵也跟了過去，不忘回頭囑咐。「不准跟來，妳要是敢過來，我直接把妳丟下去，省得妳自己掉下去！」

湯圓翻了一個白眼，轉過頭，看都不願看元宵一眼。

元宵蹲在岸邊逗將軍，柳雲非蹲著清理自己。

過一會兒後，柳雲非看著元宵平靜的側臉。京裡關於七皇子的傳言很多，說他暴戾、不按常理出牌，偏偏皇上疼到了心尖上，本人也特別聰慧，只是性情太過古怪了些。可是，如今看他對湯圓的態度……

「湯圓的性子你大概也清楚，你並不適合她。」

元宵仍逗著將軍玩，有些無所謂地回答。

「那又如何？」他笑了笑，回頭看著柳雲非，眼裡的戾氣絲毫未隱藏。「父皇從小教導我，只要是我想要的，不論用什麼方法，都一定要得到。」

這才是真正的七皇子，看來外面的傳言一點都沒錯。

柳雲非再道：「湯家和柳家雖然不及你尊貴，但也絕不是好欺負的。我們兩家不需要湯圓高嫁來光耀門楣，她可以選擇自己想要的生活，而那個人，絕對不會是你。」

元宵臉上笑意更深，甚至微微彎身靠近，盯著柳雲非的眼睛。「不會是我，難道是你？」也不等柳雲非回答，又收回身子，對著還在水裡歡騰的將軍道：「行了，上來吧，再泡下去一身皮都得皺了。」

將軍聽到元宵的話，顯然不知道最後那句是什麼意思，不過前面的倒是聽懂了，四肢划了幾下便竄上岸，朝著湯圓直衝而去。

湯圓一人待在遠處，無聊到開始踢路邊的石子，餘光瞥見將軍衝了過來，一下子就笑開了，甚至是捧腹大笑。

原先威風凜凜的將軍剛從水裡出來，一身的毛全沾黏在一塊兒，身形瞬間縮小了一倍。牠一路飛奔，水珠一路灑落，偏偏滿臉熱情，一點都不覺得丟臉。

聽到湯圓的笑聲，元宵也笑了，看向一旁的柳雲非道：「你知道嗎？如果你不是她表哥的話，就算你是柳家的嫡系，現在也只是一具屍體，你該感謝湯圓，讓你保住一命。」

柳雲非心想元宵這話到底是什麼意思，不料尚未反應過來，就被他帶下水。

突地落水，毫無防備的柳雲非被水迷了眼，還看不清四周情況，下一秒頓覺左手臂一痛——

他的手被人生生拉脫臼了。

睜眼看去，正是元宵幹的。

豈料元宵在柳雲非不可置信的眼神注視下，手一拉，把自己的右手臂也弄脫臼了；可還沒完，他又從身上摸出一把滿是尖刺的軍用刺刀，對著脫臼的右手臂一劃，瞬間變得血肉模糊，隨後東西一丟，就往水面上游，柳雲非見狀也跟了上去。

一浮出水面，柳雲非立即低聲吼道：「你是故意的，從一開始我就被你牽著鼻子走！」

怪不得最初敵意那麼大，可等自己應戰後，馬上又聽湯圓的話變了態度，轉變太快，不僅湯圓在意他的行為，就連自己也把全部心思都放在他身上，完全忽略了自身的情況。原來他所做所為，都是為了剛才！

抬眼看了看愣在岸邊顯然不知道發生什麼事的湯圓，再看了看旁邊一直纏著她的大狗。連湯圓那頭都安排得妥妥當當……

元宵臉色有些蒼白，勾了勾嘴角。「你也不是太笨。」然後面無表情地道：「可惜，太晚了。」

柳雲非盯著元宵的傷口，血流不止，可他看起來卻一點都不在意。

「你這麼做，是為了什麼？」

若是想陷害他，倒不如拿匕首刺一刀，傷口容易辨別，且早先湯圓也看到了自己身上藏著一把，何必選擇刺刀呢？

元宵沒有回答，左手一撐，爬上了岸。

湯圓傻傻注視著兩人。方才聽見落水聲她嚇了一跳，迅速轉頭看去，不見兩人身影，正要邁步上前查看，可很快的，他們便浮出了水面。這兩人，難道是約好一起下去泅水嗎？咦，不對，為什麼元宵的手在滴血?!

「你……」

元宵正朝自己走近，湯圓見他袖子破了好大一塊，甚至能看到臂上那一片模糊的傷口。

兩人擦身而過，元宵的眼神始終沒有落在湯圓身上，他只喚了將軍，便頭也不回地離開了。

湯圓有些無措地站在原地看著他離開的背影，他的手一路滴著血，可是步伐依舊穩健，背脊也挺得筆直。看了好一會兒才轉身拉著柳雲非的手臂問：「小七哥哥，他怎麼了？是怎麼受傷的？你們為何會落水？」

拉的正是柳雲非的左手臂，卻一點都沒發現異常。

柳雲非這會兒也不知是該哭還是該笑了，湯圓一點都沒察覺到自己不對勁，可幸好至少也沒有懷疑是自己幹的；但如今他滿心挫敗，一直以為自己足夠聰明，原來只是井底之蛙。

初次見面就能把他人心態掌握得這麼準的人，確實少見。

柳雲非沈默且若有所思的樣子令湯圓更急了，她搖了搖他的手臂。「小七哥哥，你怎麼不說話呢？」

手臂傳來的劇痛讓柳雲非回了神，不過他只是微微皺了皺眉就笑著說道：「我剛才是在回想呢，我們倆好像是一起踩滑掉進去的，但他怎麼會受傷這我不清楚，我也是上來之後才看到他的傷口。」

湯圓擺明不信。哪這麼巧就一起踩滑了，而且剛才小七哥哥明明就知道些什麼，只是不想告訴自己而已。

可柳雲非這會兒也確實沒有心情再多說了，右手拍了拍湯圓的頭頂。「他既然出現在這裡，肯定也和妳一樣是永安王府的客人，老王妃自會命人照顧；況且，他又沒有性命之憂，妳這麼在意做什麼？」

湯圓滿腔的疑惑就這麼被柳雲非一句話給堵在嘴邊。是了，自己這麼在意做什麼？

見湯圓這副模樣，柳雲非更不知道心裡的情緒到底怎麼了，好像一件從很久以前就屬於自己的東西，突然就歸別人所有。

「如今時辰不早了，妳送我出去吧，回去晚了姑媽會擔心。」

湯圓點點頭，此時才突地發覺柳雲非仍一身狼狽，趕緊滿臉歉意地道：「小七哥哥，你要不要先去換一身衣裳？若染上風寒就不好了。」真該死，剛才一心都在元宵身上，竟把小七哥哥給忘了！

柳雲非咧嘴一笑。「沒事的，我在軍營訓練時經常練得滿身是汗，不會這麼容易得風寒的。這裡畢竟是別人的地方，老王妃身子又不好，就別打擾她了，待會兒我直接坐馬車回去就行。」

看柳雲非身材壯碩，身體看著就很好，湯圓也不再堅持，領著他到門口，看他上了馬車後便轉身離去，但卻不是回客房，而是憑著記憶，前去元宵暫住的院子。

第二十三章

長安正在替元宵敷藥。這藥也是從宮裡帶出來的，幫助傷口癒合的速度會比尋常的金創藥要快一些，但卻很刺激傷口，很多侍衛用這款藥時都會疼得忍不住叫出聲來，然而此時元宵只是皺著眉，若有所思，顯然這疼痛根本沒有影響到他。

看著這樣的元宵，雖然很不想說話，但長安還是硬著頭皮問了出口。「爺，萬一……奴才是說萬一！萬一湯小姐並沒有如您所願自己找過來呢？」

剛才已經對外吩咐過，若是湯小姐過來，不必通報，直接放行即可。

「不會，她一定會來的。」元宵毫不猶豫地道。

沒有要解釋的意思，說完這句就沒有下文。但這麼多年，長安也瞭解元宵的脾性，主子不願意說，等著便是，索性換個話題。

「爺，恕奴才愚鈍，奴才真的不知道您這樣做的理由。您既然是為了湯小姐，可為什麼剛剛一句話都沒說呢？而且這傷口雖然不是很重，但血也是實打實地流，剛才湯小姐定是全都看在眼裡。」

湯圓看不出來，不代表長安沒察覺，那兩人一上岸他便發現柳雲非的手臂一定脫臼了，只是想不透自家主子怎麼也一樣，甚至比他還要狼狽。他相信柳雲非是絕對沒膽子還手的，那……就是主子自己弄的了。

「更重要的是，您什麼都沒說就走了，留他們兩人在那兒，萬一柳公子把一切都說透了呢？不是奴才要潑您冷水，那畢竟是湯小姐的親戚，他說的話，湯小姐必然會相信，您在這兒等著湯小姐自己過來，不是失了先機嗎？」

元宵斜睨著他，不悅地道：「我教過你什麼？」

長安一下子愣住了，不知道元宵指的是什麼。

「我告訴過你很多次，看人不能光看表面，就算彼此不熟悉，你也要聯想到他的家世、親人以及外頭的評論，透過這些來推斷他是個什麼樣的人。柳雲非這人比起柳家其他人，腦子裡的彎彎繞繞可多了，因此才被我擺了一道；且他看似憨厚，其實骨子裡的傲氣一點都不比別人少，甚至多了很多，如今他肯定十分挫敗，再加上我剛才沒有理會湯圓，令湯圓只注意到我，而忽略了他，想必挫敗感更甚。

「他大概也能猜到湯圓待會兒會來找我，說不定還想藉由湯圓來探聽我為什麼要這麼做，所以他肯定不會說出實情，反而會直接離開讓湯圓有時間過來。像他這般自尊心強的人，若是莫名其妙地輸了，一定會想辦法找出原因。」

長安眼裡是滿滿的佩服，彎身行了個禮。「是奴才愚鈍，這些話爺確實教過很多次了。」

隨後抬起頭，一臉期盼地看著元宵，可是元宵卻沒有開口的意思，只是看著門口的方向出神。長安心裡也跟著受挫了。

爺，您說了這麼大一串，還是沒有說您為什麼要這麼做啊！

湯圓看到門口的帶刀侍衛，頓時語塞。自己是來拜訪誰的？她連名字都不知道。正猶豫時，原先微微低著頭的侍衛們彷彿頭上長有眼睛看到了湯圓似的，齊齊後退了一步，彎身行禮。

湯圓吞了吞口水，總覺得越來越詭異，但她人都到這兒了，也確實想知道元宵的情況，躊躇了一會兒，最後還是抬腳踏了進去，不料剛走到門口，就撞上元宵的視線。

長安自然也看到湯圓了，再一次感嘆自家主子的神機妙算，而後毫無聲息地退了出去。

元宵坐在位子上，目光緊緊鎖定湯圓。

湯圓小心翼翼地走近，感覺很不自在，甚至都快同手同腳了。可當她看到一旁的藥瓶和帶血的繃帶，便顧不得其他，三步併作兩步地走到元宵面前。

「你傷口怎麼樣了，都包紮好了嗎？你到底是怎麼受傷的？你們明明只掉下去一瞬啊……」

元宵微微仰頭，看著站在前方的湯圓不答反問：「剛才妳的小七哥哥手臂脫臼了妳知道嗎？」

湯圓錯愕。小七哥哥什麼時候手臂脫臼了？他沒說啊！

「是我把他的手弄脫臼的。」元宵又拋下了句驚人之語。

湯圓眨了眨眼睛，腦中無法反應。

元宵單手撐著椅子站了起來，湯圓隨著他的動作微微仰起頭，大眼裡一片迷惘。

「我的手臂也脫臼了。」

「難道是小七哥哥做的？」湯圓直問，可語氣是滿滿的不相信。不會的，就算是元宵先動手，小七哥哥應該也不至於這麼做。

元宵搖頭。「不是，也是我自己做的，手臂的傷口也是，都是我自己弄的。」

湯圓倒退一步，驚訝地看著元宵，過了半晌才不可置信地問道：「你為什麼要這麼做？」

元宵臉上始終掛著淺淺的笑意，一聽她這麼問，嘴角幅度更大了些，彎身湊上前，靠得極近，漂亮的眼裡星星點點，好像要把人吸進去似的。

「我為什麼這麼做？當然是為了妳。」聲音低得如同情人間的呢喃一般。

湯圓低下頭，避開了元宵看似柔和其實有些逼人的視線。

元宵眼神暗了暗。「怎麼不問了，剛才不是還很著急嗎？妳問，我一定告訴妳。」

若有還無的誘惑和暗示。

可湯圓並沒有中招，再次後退，抬眸看向元宵的眼。

「我需要付出什麼代價？」她無法分析透徹，問話全憑直覺。元宵費心做了這一切，卻又自主全盤托出，那他圖的究竟是什麼？

元宵一下站直了身子，頗為意外地盯著湯圓看了許久。她一進門便照著自己的步調走，原以為她已經一步一步地牢牢跟著了，沒想到居然在最後關頭收住腳。

「原來妳也沒有傻到無可救藥的地步。」

湯圓絲毫不覺得這是誇讚，仍防備地看著元宵。

元宵臉上的笑容消失了，但還是一派氣定神閒，慢悠悠地走回位子上坐好，甚至邀請湯圓在旁入座，可是湯圓沒有理會，只是站在原地，見狀他無奈一笑。

「妳問，我答。至於我的條件，對妳來說很簡單。」

這句話湯圓還是相信的，雖然元宵行事詭異，但他從來不屑說謊。

「你為什麼要這麼對小七哥哥？又為什麼要傷害你自己？」

元宵下巴微抬，直視湯圓的眼睛。

「我說了，這全是因為妳，如果妳不是柳家的外孫女，他不是妳哥哥的話，我就不用這麼麻煩，早讓他變成一具屍體。」似笑非笑的嘴角，閃過危險的笑意，隨後又起身走到湯圓面前，露出右側的傷口。「看清楚了，這可是真的。我知道妳會生氣，也知道妳會難過，可是我已經自我懲罰了，妳小七哥哥脫臼的是左臂，我是右臂，我還是傷上加傷。」

聞言湯圓看向了元宵包紮好的手臂，繃帶上還有新滲出來的血跡，心裡震驚不已，仍是無法理解他這麼做的原因。

「所以……你意思是，因為我的緣故，所以小七哥哥得死？為什麼？我不懂。」

看到湯圓的詫異與不解，元宵不僅傷口疼、心也疼。他從來都沒什麼耐心，但對於湯圓卻出奇地容忍，偏偏這丫頭什麼都不懂，本來想等她再大點的，可柳雲非的出現令他頓時不想再等了！軟的行不通，只能先用硬的讓她明白自己的態度，不然等這丫頭開竅都不知道要等到何年何月。他伸手拉過湯圓，死死地看著她的眼睛。

「妳是我的人，我不准妳和別的男子有任何接觸。」

湯圓張大嘴，傻傻地看著近在咫尺的元宵。他……他這話的意思是把自己當成所有物，如將軍一般，不准別人靠近嗎?!雖說他把她當作自己人本該值得高興，但他的占有慾也太強了！因太過驚訝，她完全不知道該做何反應，許久，腦中只擠得出一句話。

「所、所以你的條件到底是什麼？」

元宵站直了身子，看著湯圓，一字一句說得清晰無比。「妳不准叫他小七哥哥。我發誓，以後若再聽到，我聽到一次收拾他一回；這次只是脫臼，下次就是斷手，再下次一定斷腳！」

湯圓知道此話不假，他一定說到做到，低頭深呼吸了好幾次，可還是壓不住怒意，終是忍無可忍地大喊。「你簡直不可理喻！」

元宵不以為意，神態完全不容置疑。

湯圓氣得渾身顫抖不已，就沒見過這般無賴的人！而後直接轉身快步往外走，可才到門口便頓住了，竟又轉身往回走。
她臉上依舊滿是怒氣，步子邁得很大，噔噔噔地走回元宵的面前站定，在他驚異的眼神中，舉起小拳頭對著他的傷處用力地捶了下去。
「噢！」元宵痛得喊出聲，摀著傷口不停倒吸冷氣，好一會兒才緩和下來，喘了幾口氣，對著湯圓吼道：「妳這個刁蠻的女人！」作夢也沒想到她居然敢這麼做！
湯圓這下終於舒坦了，挑了挑眉。怎樣？反正元宵說過，絕不會再傷害自己的，不過她還是機靈地在元宵快翻臉時，迅速轉身跑了出去。
在外頭候著的長安瞧著湯圓離開時笑得可歡了，小臉蛋紅彤彤的，便猜想屋裡一定是發生了什麼好事，安心地笑著走進門，豈料竟差點被迎面飛來的茶杯給砸個正著，好不容易躲了過去，可還沒說話呢，就聽到元宵咬牙切齒地喊叫聲。
「滾出去！」
這聲音怎麼有點發抖呢？莫不是又搞砸了吧……

第二十四章

竹嬤嬤覺得湯圓怪怪的，雖然進門時還笑著和自己打招呼，可隨後就面無表情地坐在椅子上發愣，紅裳、綠袖喚了她好幾次，試圖和她聊聊，可她都答得有些遲，顯然在想著什麼事。

不是去送柳少爺嗎？自己原本也打算跟著的，只是被柳少爺拒絕了，說有些話想單獨和小姐說，她雖然覺得於禮不合，但想想兩人本是親戚，也就沒跟過去。不過後來聽紅裳和綠袖一說才知曉，原來雙方曾有意聯姻呢！怪不得了。

可是，小姐究竟是怎麼了？竹嬤嬤站在湯圓旁邊，想問又不知道該如何開口，只能自己胡亂猜測。難道……柳少爺方才是打算表白心意，所以小姐才彷彿失了魂？唉，小姐年紀小根本就不懂這些呀！但女兒家的心思誰又說得準，萬一她心裡懂呢？竹嬤嬤內心掙扎不已，如果自己猜錯，貿然問出來，那可就失禮了。

好在竹嬤嬤並沒有糾結太久，湯圓就自己發問了。

「嬤嬤，我是說假如喔，假如有一個人，他對妳很好，只是他的方式讓妳接受不了，甚至想要逃避，那妳該怎麼拒絕他呢？」她想了很久還是不知道該怎麼處理如今這局面，可現在人又不在家裡，也不能問娘和兩位姊姊，只好問問旁邊的竹嬤嬤了。

竹嬤嬤眼睛一睜，不知道湯圓為什麼會問這種問題，但心裡也鬆了一口氣，幸好自己剛才沒有把心裡的猜想問出口。

「那得看情況，如果關係親，就慢慢疏離；如果關係並不親，那就直接不見面，離得遠遠的就行了。」

湯圓緊接著問：「可是如果那個人的身分很貴重呢？這種情況又要怎麼拒絕才不會讓他覺得沒有面子？」

她清楚，元宵即使有時做得有些過了，但確實用著自己的方式對她好，只是，她真的不想接受，一點都不想。

見湯圓一臉認真，顯然不是開玩笑，竹嬤嬤直覺地脫口問道：「難道，這不是假設，而是小姐您真的遇到了？」

怎麼會呢？小姐在家除了睡覺時，都有人跟在一旁伺候著。莫非晚上有樑上君子不成？應該不可能，不是竹嬤嬤想滅自己威風，但小姐現在這模樣，又沒有美名在外，誰會來當樑上君子，而且還是身分貴重之人？

嗯……那就是在永安王府別院時？小姐這兩天確實都沒帶著她們。可這也不對啊，小姐都只是去見老王妃，李嬤嬤通常也會跟著，更別說小姐是受邀來作客的，若真在府中遇到了什麼人，壞了名節，那王府也是說不過去的。

湯圓沒回答，只是再問了一遍。「嬤嬤，妳說，這種情況究竟該怎麼辦？」

竹嬤嬤蹲到湯圓面前。「小姐，您老實告訴老奴，是不是真的遇到什麼麻煩？」

湯圓側過頭，避開了竹嬤嬤的眼神，還是不打算回答。

竹嬤嬤清楚湯圓這毛病，只要她不想說，別人再怎麼問也不會開口，索性站起身快速說道：「小姐不願意說，老奴也不再問，但是，老夫人既然讓老奴過來伺候您，老奴就會盡心盡力，您不願意說，可以，那咱們現在就回府。」說著就去收拾行李，還揮手想招呼在外頭候著的紅裳、綠袖。

湯圓連忙一把拉住竹嬤嬤，皺著眉看著她，過了好一會兒才小聲道：「回去也沒用的，只會給爹娘添麻煩。」

「小姐您的意思是，這個人的身分甚至對湯家而言都很貴重？」竹嬤嬤吞了吞口水，問得有些艱難，腦子裡思緒飛轉。如果連湯家都無可奈何，就只有一個可能——必定是皇子龍孫了。

湯圓點頭。

湯圓不說仔細，竹嬤嬤也不知道該怎麼辦，無奈地嘆了口氣後，出去吩咐紅裳、綠袖守好門，接著進房把門帶上。如今房裡只剩她們主僕倆，湯圓被這氣氛弄得有些緊繃，不自覺地挺直了腰桿。

竹嬤嬤搬了一張板凳坐到湯圓身旁，頓了頓後認真地說道：「您不願意詳述，老奴只能根據您給出的信息來建議，至於怎麼做，最後還是得看您自己。人與人之間的磨擦分成很多種，一點雞毛蒜皮的小事都有可能成為誘因，就算沒有因此撕破臉，心裡也會留下芥蒂。現在老奴問您，您是否真的確定不想再跟對方有所聯繫了？」

聞言湯圓神色有些黯然。元宵是個好人，或許在別人眼裡不是，但在自己心中他真的是，不過是表達的方式有些不同而已，只是……如今他的情感太強烈且太具侵略性，令她不禁有些害怕，甚至吃不消了。

想了好一會兒，雖然緩慢，還是搖了搖頭。

「好，老奴明白了。」竹嬤嬤嘆了一口氣後繼續道：「小姐您要知道，再完美的人也有弱點，說得明白點，您就是他的弱點。」

現在竹嬤嬤已能約略猜出一二，或許對方喜歡上自家小姐了，不然小姐怎麼會這樣問？若只是朋友間的相處，小姐斷不可能會如這般糾結，除非，那人要的，小姐給不起。

「我?!」湯圓不可置信地指著自己的鼻子。

「是的。」竹嬤嬤點了點頭。「他的弱點就是您，唯一能讓他心軟的人，也是您。」

「可是我真的不知道該怎麼讓他心軟啊，他這人很奇怪的。」這些話湯圓毫不猶豫便脫口而出。

「奇怪？」竹嬤嬤挑了挑眉，有些詫異。「是有多奇怪？是性情暴戾，還是性格怪異啊？」

湯圓吞了吞口水，很想說這兩點元宵都有。

雖然湯圓沒有明說，但看這反應竹嬤嬤也有所了悟，神情頓時變得怪異，對湯圓的可憐、對元宵的嫌惡全融合在一起，嘴角不禁緊抿。

湯圓直接伸出兩隻手，分別捏著竹嬤嬤的雙頰，微微用力，硬是讓她嘴角彎出了一個幅度。

「嬤嬤，他是好人，至少對我而言，他是好人。」

所以，不要腹誹他、不要討厭他。

傍晚的時候湯圓說要去見老王妃，竹嬤嬤沒打算跟著，鼓勵地看了湯圓一眼，甚至還主動攔住了後頭面帶疑惑的紅裳和綠袖。

老王妃身子不好，小姐端這麼油膩的豬腳湯去做什麼？

這湯是竹嬤嬤熬的，熬了一下午，湯圓也在旁邊看了一下午。

來到元宵的院子，門口的侍衛有些詫異地看了湯圓一眼，不過依舊是什麼都沒說便彎身讓路了。湯圓有些費勁地端著湯往院裡走，一道過來的李嬤嬤同樣是跟到房門口就停下了。

湯圓獨自進了屋，元宵一見到她進來，彷彿變臉般神情剎那迅速切換，從最開始的驚訝、驚喜，而後貌似平靜，最後定格在一個頗為傲嬌的表情，側著臉微微抬著下巴。「哼，妳過來做什麼！」

這丫頭怎麼這麼快就過來了，還以為至少也得等三天，都已囑咐過侍衛，若是幾日後看到湯圓也不必通報，直接放行，沒想到她居然今天就過來，看來這手上的傷值了，就賭那丫頭會心軟！

湯圓沒有回話，只是有些吃力地端著湯緩步前行。

見狀元宵眉頭一皺，不悅地從位置上站了起來，一邊走向湯圓一邊嫌棄道：「手短、腳短、人又笨，拿這個做什麼，回頭燙了手又是我的不是了！」伸手就要接過湯圓手裡的湯。

湯圓卻避開了元宵的手，面無表情地瞪著有些疑惑的元宵。「手受傷了還不消停，去！老實坐著！」

她難得強勢一回，令元宵也難得聽話，動了動唇，便回到位置上老老實實地坐好。

「喝。」她舀了一碗放在桌上。

湯是好湯，聞著就很香，可是，一看到碗裡的豬腳，從不吃這麼油膩的元宵就覺得胃在翻攪。他看了看湯圓，有些期待地問：「這是妳做的？」

湯圓只是直勾勾地盯著元宵，大有不喝就這麼一直看下去的意思。

那盅湯一路端過來，溫度已經降下來了，這會兒喝正好。元宵也懶得再僵持，不耐煩地端起湯，然後閉著眼睛把湯一口乾了，捶了幾下胸口，努力壓住反胃的噁心感，不過碗裡的豬腳卻是碰都沒碰。

看著元宵喝完，湯圓緩下臉色。「不是我做的，我不會。」然後在元宵準備翻臉之際馬上補充。「不過我一直在旁邊看著。」

這還差不多。元宵翻了個白眼，繼續輕捶自己的胸口，過了好一會兒還是覺得噁心。「妳說妳這腦子裡到底在想什麼，難道妳不知道病人吃食都以清淡為主嗎？妳送這湯來，是存心不讓我早點好是不？」

湯圓眨了眨眼睛，說得極其無辜。「是娘說的，吃什麼補什麼。」

元宵無語。敢情在妳眼裡，我的手臂就等於豬腳是吧！

湯圓接收到他眼裡的控訴，癟癟嘴。她真沒這意思！而後又小心地瞅了元宵一眼，想到接下來的打算，不自然地撇過了頭不敢看他。

察覺湯圓似是在逃避自己，元宵突地感到不安，迫切想得到一個答案，否則真的放不下心，指不定哪天她就跟柳雲非跑了！

「我先前跟妳說的事，妳考慮得怎麼樣了？」

「啊？」湯圓完全摸不著頭緒。

「找一個強大的男人，或者準確地說，是找我。」他鄭重地道。

湯圓嚇了一跳，渾身僵硬，她壓根兒忘了這件事，磕磕絆絆地道：「這、這件事不急，你還傷著呢，我會先幫著照顧你的傷，等傷好了再說吧……」仍不敢直視元宵的眼，僅是盯著自己的腳尖。

湯圓的樣子真的很奇怪，可元宵一聽她說要照顧自己，瞬間大喜，所有的聰明才智彷彿瞬間歸零。「好，等傷好了再說。既然妳都說要幫忙照顧我的傷了，那我也該有所表示才是，妳有什麼想要的？只要我能辦到，什麼都行。」

湯圓一驚。她正猶豫著要怎麼開口和他談，沒想到元宵竟自己提出這交換條件！

「你確定？」她小心翼翼地再次求證。

「當然。」

湯圓神色複雜，好似鬆了一口氣，又好似更提心弔膽。

「那讓我想想，你先好好養傷，我之後再過來看你。」她匆匆丟下這句話就快速離開了。

雖然不知道湯圓為什麼走得有些倉皇，但這一刻元宵真的很高興，特別地高興，他看著擺在桌上還有些溫熱的湯，竟又動手給自己盛了一碗，頭大地看了一陣，才仰頭喝得一乾二淨，而後輕聲道：「妳明天要是再送這樣的湯來，小爺一定不喝了。」

湯圓回去後，毫不理會竹嬤嬤和紅裳、綠袖的關切，逕自把所有人都趕了出去，一個人坐在床上發愣。過了一會兒，她連著捶了被子好幾下後，直接仰躺在床上，呆望著帳頂，接著又側著頭看了看四周。

這裡很好，甚至比自己家裡還好，而這一切都是元宵給的，可是，這樣的日子並不是自己想要的，再好，也抵不過自己家裡。

這一世，她第一次出門就遇到了元宵，他很不同，從來不會掩飾什麼，喜的明顯，厭的也明顯。或許在常人眼裡，他這樣的性子令人難以接受，可在自己心裡，真的當他是朋友。

只是，這次的事讓她明白了，元宵實際上是個對別人狠，對自己更狠的人。就為了要她別再親近任何男子，即使明知道她會生氣，他還是傷害了小七哥哥；甚至為了讓她生不了氣，對自己下手更重……

她翻了個身，把整張臉埋進柔軟的被子裡，過了好久，傳出細不可聞地喃喃自語。

「對不起，我真的想把你當朋友的……」

等湯圓踏出房門時，天色已漆黑一片，她看著站在外頭的三人。

「妳們站在這裡做什麼，怎麼不好好歇歇？不知道的看了還以為我虐待妳們呢！」一面帶笑容，神色如常。

三人面面相覷，最後竹嬤嬤有些小心翼翼地說道：「小姐您一個人在房裡待了那麼久，用膳的時辰都過了，老奴一直在小廚房給您溫著飯呢，現在給您盛一碗？」

湯圓沒有拒絕，摸了摸肚子，傻呵呵地道：「是有些餓了。」

竹嬤嬤不著痕跡地鬆了一口氣，願意吃飯就好，這表示湯圓本人沒什麼事。連忙招呼紅裳、綠袖伺候湯圓梳洗一番，自己則去小廚房準備了。待用完飯後，湯圓拉著竹嬤嬤的手，讓她教自己做荷包。

湯圓不擅女紅竹嬤嬤是知道的，因此這會兒聽湯圓主動提起，一時有些詫異。「小姐怎麼突然想學做荷包了？」

湯圓拉著竹嬷嬷的手撒嬌。「嬷嬷妳就別問了，幫我去找塊布料吧，唔……要純色的，墨黑或者深藍最好，上頭儘量不要有圖案，有的話，最好是適合男子的，別太花俏了。」

聽到這話，竹嬷嬷也明白湯圓的意思，是要給那位做的，不禁詫異更甚。「小姐，您知道贈予荷包代表什麼意思嗎？」

湯圓怔然，恍惚了許久，茫然道：「我不知道，我就是想給他留點東西，我的東西……」

這幾日元宵很暴躁，非常暴躁，就連將軍都不願和他待在一塊兒了，長安更不用說，自然是有多遠離多遠。

湯圓前去元宵小院時，正好碰上長安站在門口張望，當他看到湯圓的身影，雙眼一下子就亮了，連忙衝到她面前。

「湯小姐，我的姑奶奶喲！您這幾天怎麼都沒過來了？」這些天主子實在太恐怖了！

「我不是讓人每日都送湯水過來嗎？」

「可是您人沒過來呀！」長安也不想多耽擱了，現在只有湯圓能對付裡面那個，趕忙彎身催促道：「小姐您快些進去吧，主子正等著您呢！」

湯圓瞅了瞅有些奇怪的長安，依言抬步進去了。

進門時，元宵正在書桌前翻著書冊，聽見腳步聲，煩躁地抬起頭，準備出口撵人，不料一看來人是湯圓，愣了一下，然後重又低下頭看書，變得面無表情。

湯圓也不惱，走到桌前站定。「你的傷怎麼樣了？」

元宵不答話，直接當湯圓是空氣。

湯圓歪了歪頭。難道自己剛才出現幻聽了？她好像聽見一聲細不可聞的哼聲？

但元宵始終不說話，湯圓也就這麼靜靜地看著他。

真的過了好久，最少都有一刻鐘了，元宵終於耐不住性子，頭也不抬地出聲。「有事快說，沒事就別站在這兒擋著光線！」

湯圓這才醒悟，怪不得剛才元宵看書都不翻頁的，原來是自己擋住光了。挪步走到一旁，拿出荷包放到桌上。「這個是給你的。」

元宵什麼好東西沒見過，湯圓放在桌上的這個，雖然料子看著不錯，但是做工就只能搖頭了，不僅線頭都裸露在外，針腳也歪歪斜斜的，可剛嫌棄過，他腦中馬上浮現個大膽的猜想。

「這是妳做的？」

湯圓點頭。「嗯，我不會做荷包，是這幾天跟嬤嬤學的，只能這樣了，你別嫌棄。」

元宵卻未見高興，只是靜靜地看著湯圓。「手伸出來。」

猜不透元宵想幹麼，可湯圓記得今日另有目的，因此異常聽話，乖乖把雙手伸了出來。

元宵直接扯過她的左手細看。果然，白嫩的指尖上，有好幾個針眼。

「沒事妳學這做什麼，這些自然有丫鬟、婆子做，用不著妳操心！」

他一邊叨念一邊去屋裡拿了個小瓶子過來，而後把湯圓拉到旁邊坐下，細心地替她上藥。

湯圓愣愣地看著元宵低頭為自己搽藥，動作很輕柔、很小心，害她一顆心突然地跳個不停。做荷包時已感到不捨，如今好像又變得更多了，怎麼辦……

上完藥後，元宵才看著湯圓問道：「說吧，這幾日都沒有過來，是想要什麼，需要考慮這麼多天？」

湯圓低頭看著自己搽好藥的指尖，深吸一口氣，抬頭直視元宵的眼。

「你以後不要來找我，我們別再見面了。」

第二十五章

元宵拉著湯圓的手沒放開，他雖沈默著，看似平靜，但湯圓卻感覺到他抓著自己的手顫了一下。過了好一會兒，他徐徐開口。

「妳討厭我嗎？」聲音很輕，只有兩人聽得清。

湯圓搖了搖頭。

「那妳為什麼要提出這個要求？」

湯圓低下頭，看著元宵仍拉著自己的手，動了動，輕輕掙脫開了。

元宵默默收回自己的手，感覺手裡空落落的，心裡很是難受。他閉起眼，深吸了一口氣，再睜眼時，竟是帶笑看向湯圓，眼裡充斥著暴戾、陰霾等很多很多的負面情緒。

「如果不是父皇讓我來揚州，我這輩子都不可能來的。」他湊至湯圓眼前，笑得有些滲人。「妳猜我來這兒做什麼？」

湯圓強忍住想往後退的衝動，緊盯著元宵，搖了搖頭。

察言觀色之於元宵已如同與生俱來的本能，他當然沒有錯過此時湯圓眼底的害怕。

妳就那麼怕我嗎？

袖裡的手猛地攥成拳。他生平第一次想對一個人好，卻不知該怎麼待她，只能按著自己的法子來做，沒承想，居然是這種結果……

他站直了身子，負著手悠悠地走到桌邊給自己倒了杯茶，這次沒有倒給湯圓了，不過湯圓卻是鬆了口氣。元宵的氣勢太強了，特別是他的眼神，竟能顯得如此凶狠。

湯圓小小的呼氣聲在元宵耳裡聽來異常刺耳，他仰頭把杯裡的茶一飲而盡，轉身再次看向湯圓，單手撐在桌上，有些無所謂地道：「說得太複雜妳也聽不明白，我簡單說好了，有人參了妳父親一本，只是父皇暫時按下來了，而我，就是來調查這件事的。不然妳想想，以湯家的地位，為什麼妳第一次出門就有人敢如此針對妳？」

湯圓並沒有完全相信元宵的話。如果真的有人參了父親一本，聖上要派人來調查的話，就算是想鍛鍊皇子，那也該派已成年者才對，怎麼會選元宵呢？再者，她上輩子雖然渾渾噩噩，但她很清楚，家裡直到自己死去都沒出過什麼大問題，即使中間好像有段不平靜的日子，不過父親最後還是成了一品大員呢！

可是她也清楚，元宵根本就不屑說謊。

湯圓尋思著，沒有出聲，元宵卻覺得自己的耐性越來越少，他動手敲了敲桌子，見湯圓抬起頭，伸手理了理袖口，面無表情。「現在妳已經知道我來這兒的原因，那麼，妳仍堅持剛才所說的事嗎？」

「對不起。」聲音很小卻很堅定。湯圓抿了抿嘴，袖裡的手也捏握成拳。明明元宵幫自己上藥的時候都不會痛的，為什麼這會兒指尖卻傳來陣陣的疼呢？

又是一片死寂。

元宵微微垂著眼，不知在想些什麼。

這次卻是湯圓忍受不住，直接抬腳往外走，剛走到門口，元宵便出聲。

「如果我說，妳不改變決定的話，妳父親，甚至湯家都會因此受牽連呢？」

湯圓回頭望去，只見到元宵依舊英挺的背影。

「若真是我父親做錯了，那這便是我湯家該承受的；若我父親沒有做錯，你也不會這麼做，我知道，你不是這樣的人。」

不料此話一出竟觸怒了元宵，他倏地轉過頭，眼睛有些微紅地瞪著湯圓。「妳又知道我什麼了？妳有什麼資格評斷我！」

湯圓從不擅長與人爭辯，只能看著元宵，不知道該說什麼，也不知道能說什麼。

元宵已搞不清自己現在是什麼心情了。他從小在宮裡長大，什麼樣的狠角色都遇過，對付那些人的法子信手即可拈來，但就從沒遇過像湯圓這樣的，傻得天真，眼神分外清澈，真的很想獨占……

不過他也知道，強扭的瓜不甜，他並不想強迫湯圓，若強行把人留在身邊，就算人在，她也不會是當初那個自己想要的湯圓了。自己想要的，是雖然傻、雖然笨，但是坦率、純真，逼急了也會跳腳的湯圓。

忽然間，像是洩了氣一般，元宵一身的氣勢一下便消失了，再次轉過身背對湯圓。「妳走吧。」

湯圓上前一步，張了張嘴，始終是找不到適合的話語，不論說什麼都只是徒然。她定定地看了他好一會兒，他一點都沒有回頭的意思，最後只好轉身離去。

直到湯圓徹底離開後，元宵才回過身，臉上卻是前所未見的挫敗和無措。

看來自己自始至終都做錯了，可是，他真的不知道該怎麼辦……

長安知道這會兒主子定是想一個人靜一靜，可是，這未免靜太久了。晚膳早就過了，都已是深夜時分，主子還在發呆，這樣下去，身子怎麼受得了？他輕手輕腳地走進房。「爺，時間不早了，吃點東西後先就寢吧。」

元宵低頭看著手中的荷包。「不必了，你下去吧，不用守著了。」

「是……」長安不敢再勸。主子的脾氣他清楚得很，如果他現在吼自己一頓才是正常，現在這般平靜，顯然是真的傷著了。這樣的元宵，長安也是第一回見，實在不知道該怎麼勸，只好彎身退下。

「等等。」元宵突然開口喚住長安，視線依舊停留在荷包上，手指輕輕地摩擦著縫線的部分。

現在天色已晚，不像白天瞧得那樣分明，但也隱約可見荷包上頭某處金色雲紋染上了微紅，那是湯圓的血。

「你打發人去告訴老王妃一聲，就說她想什麼時候回去就什麼時候回去，不必強留。」

「是。」長安雖不懂主子為何會一反往常作風突然放手，卻也明白現在不是詢問的好時機，應了聲便默默地退下了。

此時，元宵鄭重地把荷包放進懷裡，喃喃道：「妳現在怕我不要緊，我們有的是時間慢慢耗，一輩子足夠了。」

隔日，湯圓去探望老王妃時，老王妃正好醒著，見湯圓過來了，連忙招呼她靠近些。「難為妳這些天都早早就到我這兒來了。」

湯圓走近，還未來得及請安，就被老王妃拉著右手坐在床邊。

「這是身為小輩應該做的事情。」湯圓笑著答話。

老王妃卻斂起笑容，搓了搓湯圓的手。「妳這手是怎麼回事？天已經不冷了，妳的手怎麼還這麼冰？」又細細打量湯圓的臉，發現眼下的烏青特別明顯，不由得問道：「妳不會是整晚沒睡吧？」

「練了一晚的字。」

老王妃嘆氣，給湯圓揉揉手。「妳是個好孩子，大好的日子來陪我這老婆子確實是浪費，是老婆子自私了，我待會兒就打發下人收拾妳的東西，送妳回家。」

湯圓今天本就是來辭行的，可是根本不知該如何開口，沒想到老王妃自己先提起，令她一時間愣住了。

見湯圓的神情，老王妃怕她想多了，連忙解釋。「妳可別多想，我是真心喜歡妳，可是妳也瞧見了，我身子確實不太好，等下次吧，等我痊癒，再邀妳過來玩。」

湯圓反手抓住了老王妃的手。「是他的意思嗎？」語氣裡有著她未察覺的失落和不安。

老王妃也不知該如何是好，只點了點頭。那位的意思是不必強留，但今日湯圓過來擺明也是為了辭行，湯圓不善言辭，自己怕她難做，提前說了不好嗎？

湯圓笑了笑，微微垂著頭，厚厚的劉海遮住了臉上的情緒。

果然，被討厭了。

不過，就這樣吧，也只能這樣了……

離開王府別院後，湯圓始終不發一語，雖然表面瞧著沒什麼，甚至紅裳、綠袖開玩笑時她也會捧場笑一笑，但竹嬤嬤總覺得不對勁，想必和那位有關，但是又不知道該怎麼詢問。

回到湯府後，一進到大廳，湯圓見除了自家阿爹，所有人都坐在廳裡，就連柳雲非也是，不禁有些困惑。

因已有人事先通報過了，所以眾人這會兒看到湯圓進來也不意外。

湯老夫人向她招手。「來，到祖母這兒來。」

湯圓朝柳氏和大姊、二姊微微一笑，又對著柳雲非點了點頭後，依言坐在了湯老夫人的旁邊。

湯老夫人把湯圓攬在懷裡，雖然臉色不太好，但還是笑著問湯圓的情況。「怎麼突然回來？可是老王妃那邊讓妳受氣了？」

湯圓搖頭。「沒有的事，是老王妃身子欠安，休養幾日都沒見轉好，我住在那裡也不知能做什麼，老王妃也不讓我待在她身邊太久，說怕過了病氣。」

若是以往，湯老夫人肯定會接著再問幾句的，可她現在明顯正想著別的事，只是點了點頭。「這也是常有的事，人老了，自然什麼毛病都來。妳先回來也好，等日後老王妃身子好些，再親自過去探望便是。」

而後她就不再說話，就連坐在下方的四人也異常沈默，臉上甚至有些沈重，顯然在湯圓進來之前他們正在談論某事，而且，這件事他們並不想當著湯圓的面說。

過去遇上這情況，湯圓或許還會撒撒嬌，活絡一下氣氛，但是現在她也沒這心思，總覺得特別煩悶，且糟的是，還不清楚自己為何要煩悶！頓了一會兒，她識相地對著湯老夫人道：「祖母，我有些累了呢，想先回房去歇歇。」

湯老夫人還沒回話，柳氏便先開口了。

「也好，妳這才到家，先歇著吧，待會兒午飯時再過來就好了。」

湯慕青、湯醉藍兩人雖還未出閣，但都已到了要出嫁的年紀，這些事情她們得多學點，好為日後打算，但是湯圓還小，不必著急，這些事對現在的她來說是不宜聽的。

想了想，柳氏又轉頭對著坐在自己旁邊的柳雲非道：「你送她回去吧，你大老遠地過來，還沒好好和她說說話呢。」

柳雲非有些不願，但是看到柳氏堅持的樣子，又看了坐在上位明顯因自己而更不高興的湯老夫人一眼，只好點頭應了，起身和湯圓一同離開。

兩人一路無話，各懷心事。

他這一趟下來，雖然是為了看湯圓，但也是為了姑媽。剛才若非自己強行留在那兒，還不知道老夫人要怎麼對姑媽發難呢！自己送的小妾和別人偷情，這竟也能怪到姑媽頭上？還怪姑媽把這事給瞞下，真是莫名其妙！

想了好一會兒他才發現湯圓也都沒開口，木著一張小臉不知在想些什麼，不由得笑著問道：「小丫頭這是怎麼了？難道去了一趟王府別院就有自己的心事了？」

湯圓這才回神。「沒有的事，是昨晚沒睡好，腦子有些沈，所以不想說話。」

雖然湯圓是笑著的，但柳雲非還是能看出湯圓的心情不太好，可他沒有多問，只是有些神祕地笑著。

「妳就不想知道剛才發生了什麼事？」提了另外一個話題來轉移湯圓的注意力。

只是湯圓根本不買帳，直接反問：「我為什麼要好奇？你們不說自然有你們的理由，我相信肯定是為了我好；而且阿爹曾說過，好奇心太重不好。」

本來柳雲非還想打探她與元宵的事，但如今顯然不是好時機，心中嘆了一口氣，面上卻是憨厚一笑。「好吧，那妳先好好休息一下，我們晚點再聊。」

說話間習慣性地想揉揉湯圓的頭頂，未料這次竟落了空，害他手停在半空，整個人愣住了。

湯圓也傻了，看著一臉訝異的柳雲非不知所措。她剛才怎會躲開他的手？腦子想也沒想，身體就自動避開了，這是為什麼！

兩人大眼瞪小眼，湯圓怔怔地望著柳雲非，無法解釋自己的行為。

柳雲非看湯圓臉上尷尬又無措，心裡有些泛酸。雖分開了幾年，但兩人從小一起長大，他十分清楚，要改變湯圓是件多麼困難的事，就連姑媽都不一定辦得到。

七皇子，我果然小瞧你了……

心裡思緒萬千，面上卻沒露一點痕跡，他收回停在半空的手，拍向了自己的腦門，一臉懊惱。

「是我不對，娘早說過，男女七歲不同席，我竟給忘了！」又討好地跟湯圓求情。「妳也知道的，我從來都不喜歡讀書，那些四書五經對我來說就是催眠的玩意兒，看著就頭疼！禮教這些也經常都丟到腦後去了，妳原諒我這次吧，以後再也不敢了。」

柳雲非越說，湯圓越心虛，可她也不知道自己到底在心虛什麼。

「我──」

才說了一個字柳雲非便打斷湯圓，斂起笑意直視她的雙眼。「妳這樣做，我覺得很好。

女兒家就該自持，即使妳我是親戚也該有所提防，畢竟妳也是大姑娘了。」挑著眉上下打量了湯圓一番，而後自以為小聲地嘀咕。「雖然看著還是個女娃……」

湯圓剛剛升起的感動一下全沒了，定定地看了還咧嘴笑著的柳雲非一眼後，直接扭頭走了，邊走邊道：「我回去了，你不用送我，還是去看看我娘吧。」

她今天實在不想被夾在中間，反正柳雲非來湯家的主要任務是維護娘，這個重任就暫時先交給他好了。

「好。」柳雲非大聲應了，直到湯圓轉入小路徹底沒了影才調頭往回走，神色一變，向來的憨厚已不復見，一臉若有所思。快抵達大廳的時候他停了下來，拍了拍自己的臉，又恢復了老實的模樣。

湯圓的事不急，先看好姑媽這邊才要緊。

第二十六章

湯圓回到了自己的小院，幾天沒住，倒也沒什麼特殊的感覺。見竹嬤嬤與紅裳、綠袖幾人已把臥房整理得差不多了，她走到竹嬤嬤面前。

「嬤嬤，妳當初不是說要讓我學舞嗎？女先生找好了嗎？」

「前些日子事情較多，所以老奴沒向您提起。雖只是學學基本功，但也得請個好師傅，老奴已跟夫人說了，夫人一直在尋，想必這幾日應該就能找著了。」竹嬤嬤旋即回答。

雖說揚州繁華，酣歌恆舞從未少過，但那大多是青樓裡的舞娘，不能找來教導湯圓，她們想請的人除了有基本功底外，還得家世清白，因此也須慢慢找，急不來的。

湯圓點點頭，隨後走到書桌邊坐好，研墨、鋪紙。

想了一早上，她仍不懂自己為何會如此煩悶，只知道與元宵有關，可是，自己為什麼會因為他而不開心呢？他又不是她的誰，兩人明明連做朋友都很勉強……

罷了，想不通的事情就別再去想，反正他是如此的驕傲，也不可能再做出那般舉動，只要時間一久，便會慢慢遺忘的。如今還有更重要的事，她得先努力改變自己，其他的以後再說吧！

時間一點一點過去，湯圓專心練字，竹嬤嬤在一旁刺繡，時不時地瞅一眼，眼底盡是滿意之色。現在湯圓的坐姿已經非常標準，不再需要時時刻刻提醒她。突地餘光瞥見人影，轉頭一看，是綠袖在門邊探頭探腦，她放下手裡的活計，無聲地退了出去。

「怎麼了？」

綠袖壓低音量，興奮地說道：「嬤嬤您不知道，原來那秋姑娘是跟人偷情時掉進湖裡的！那漢子怕被人發現，自己跑了，沒救她，秋姑娘才就這麼活活淹死。本來夫人是打算瞞下來的，結果老夫人竟直接鬧出來，還把另外三名姑娘都打發走了！」

「不對呀，雖然那幾位姑娘老爺並沒有真正收進房裡，但她們名義上也算是老爺的人，老夫人怎會這麼做，就不怕老爺沒臉嗎？」竹嬤嬤不解，這戴綠帽的事傳出去多難聽。

綠袖頓了頓。「這事我是跑去求了紅珠姊姊好久，她才告訴我的；我也有問，可紅珠姊姊沒說得很清楚，似乎是因為老夫人責怪夫人沒把人看好，結果反被柳少爺一刺，不知道怎的，就直接鬧出來了。」

竹嬤嬤愣住了。柳少爺模樣看著挺憨厚的，他是說了什麼，居然能讓老夫人做出這般不理智的舉動？

正午飯桌上異常安靜，雖說食不言、寢不語，但那是有客人在才須講究，平日一家人坐在一起吃飯哪有不說笑的？可是今天，湯老夫人、柳氏，就連湯慕青、湯醉藍都沈著一張臉，至於柳雲非則根本不見人影。

見大家心情都不好，湯圓勉強說笑了幾句，她們雖都微微笑了笑，可看得出來那只是強笑，因此湯圓也就住了口。用過飯後，四人明顯還有要事商量，湯圓便識趣地表示要先回房。

回到自己屋裡，她即刻又坐在書桌前練字。

時時刻刻都有事做，就不會想起那張比姑娘還漂亮的臉了……

紅裳和綠袖在外吃飯，只留竹嬤嬤一人在裡間陪著湯圓。她一邊研墨，一邊看著湯圓平靜的側臉。雖瞧著不太明顯，但圓圓的小臉確實瘦了，身形也抽高了些，或許看著還有些天真爛漫，卻已不像當初完全是個稚嫩女童了。

這樣很好，循序漸進，一點一點改善才是上策。

練字練了一下午，不知不覺已到了晚膳的時間，不過湯圓並沒有去正房，決定單獨在房裡用膳。剛吃完不久，湯老爺就派人傳話讓湯圓過去書房一趟，她依言前往，到了書房，發現只有湯老爺一人，一個下人也沒有，不禁有些困惑。

湯圓上前請安後，笑著問道：「阿爹找我做什麼？」而後湊近仔細看了看，更感疑惑。「發生什麼事了？您眉頭皺得這麼緊，都可以夾死蚊子了。」

湯老爺眉頭緊皺，坐在桌邊一臉沈重，聽她問話這才回神，笑著招手讓她走到身邊，然後手一伸，像小時候一般將湯圓抱到自己腿上。

太久沒有坐在阿爹腿上，湯圓有些不自在地動了動。「阿爹，您怎麼了？」

湯老爺頓了頓，緩緩開口。「湯圓，如果……只是如果，如果阿爹做錯事，牽連整個湯家，而這時只有妳能救咱們，妳會怎麼做？」

「自是萬死不辭了。」湯圓毫不猶豫地答道，隨後又笑著拍湯老爺的馬屁。「不過阿爹這麼厲害，怎麼可能做錯事呢？阿爹您到底怎麼了，說話怪怪的。」

湯老爺低頭看著湯圓，心裡嘆了一口氣，收緊雙臂將她抱進懷裡，不讓她看見自己的表情，過了好一會兒，沈著聲無奈道：「阿爹沒有做錯事，現在是有人暗中使絆子，那人權位太高，阿爹實在沒辦法……」

雖然沒有指名道姓，但湯圓一下子就聽明白了，即刻掙脫湯老爺的懷抱，跳了下去，站在他面前說得斬釘截鐵。「不可能，他不是這樣的人！」

湯老爺有些反常，沒有質問湯圓難道不相信自己，而是試探地問道：「妳就這麼相信他？妳很瞭解他嗎？」

湯圓搖頭。「不算瞭解，但我絕不相信他會做這種事。」

元宵確實性情怪異，和常人不同，但如果他真是這種人，第二次見面墜崖時，他便不可能在明知道她是故意的情況下還甘願做墊背，更不可能在她被推落湖中時，第一時間下水救她，所以，他絕對不是這樣的人。

絕對不是。

她有些焦急地開口。「或許是阿爹搞錯了吧，肯定是別人做的，您再好好查查！」

看湯圓居然為了一個外人如此擔心，湯老爺心中很不是滋味。明明大女兒都還沒出嫁，怎麼就有小女兒要出嫁了的感覺呢？想著想著心裡更加不爽了，但他當然不可能對湯圓發脾氣，只是隨口應付了幾句就讓湯圓先行回房。

湯圓一頭霧水，滿懷憂慮地離開了，剛剛離去，書房的屏風後走出一道人影——

正是元宵。

房門已經關上，看不見湯圓的身影了，但元宵仍定定地看了好一會兒，嘴角微微揚起，意外地柔和。

而後他走到還有些傻愣的湯老爺面前，笑著道：「湯大人認為如何？我沒有亂說，三小姐並不討厭我，相反的，她還挺瞭解我。」用的是「我」而非「本皇子」，顯然是想拉近彼此的關係。

但湯老爺卻不買帳，旋即從椅子上站了起來，退後兩步拉開兩人的距離，彎身行禮。「七皇子，恕微臣直言，微臣小女兒的性格似乎不太適合您和宮裡的環境。」

聞言元宵也不惱。「湯大人誤會我的意思了，我並沒有要你現在就作主把三小姐許配給我或者承諾什麼。」又側頭看向了湯圓剛才離去的方向。「我只希望你答應我一件事，在三小姐十五歲生辰之前，不要把她許配給任何人家，連口頭訂親也不要。」

湯老爺這會兒跟剛才的湯圓一樣一臉茫然了。本朝女子出閣，本就大多是在十六、七歲時，即使事先相中對象，也只會暗地商量，在姑娘年滿十五歲後才正式訂親。

兜這麼大一個圈子，就為了這個？

元宵微笑看著湯老爺，特別申明。「這是請求，不是要求。」

七皇子什麼時候求過人？就連皇上都沒享受過這般待遇。湯老爺雖然人不在京城，但對元宵的事還是有所耳聞，雖然十分不樂意，可是，心裡奇異的自豪與滿足感是怎麼回事……

最後他一臉糾結地答應了，見狀元宵終於滿意，臉上的笑容越發燦爛，再次朝房門看去。

小湯圓，快點長大吧，還有，離妳那什麼破表哥遠點！

湯圓一臉莫名地回到了自己的院子，為求靜心，她坐到桌前提筆練字，練了一會兒後終是放棄，悠悠地走到窗邊，看著外頭發呆。

而後竹嬤嬤進房，察覺湯圓心情不太好，一下就聯想到王府別院的那位，有些緊張地問：「怎麼了，是不是老爺發生不好的事了？」那位貴人真這麼小氣？但這也太快了，才回家呢！

湯圓強自振作，搖了搖頭。「不是，阿爹只是找我聊聊，不用擔心。」

竹嬤嬤怎麼可能看不出湯圓臉上的勉強，正要開口多問幾句，就見紅裳領著紅珠進來了。

紅珠請安後笑著說道：「三小姐，夫人請您過去一趟。」

湯圓點頭應了，略微整理了一下衣裳便跟著紅珠往外走，一邊走一邊問：「娘可有說是什麼事？」

紅珠搖頭。「奴婢也不清楚，只是夫人的神色看著有些不好。」

「這樣啊……」湯圓點點頭，而後沈思著。

兩人走進正房時，柳氏半靠在榻上，腹部蓋了條小毛毯，見湯圓過來了，揚起一抹笑，招手讓她上前。湯圓走到柳氏身旁坐下，看著她現在還不明顯的肚子，伸手理了理毛毯。

「祖母和大姊、二姊都回去歇著了？」

「嗯，都回去了。娘想妳了，所以叫妳來陪我說說話。」

極力壓抑，可柳氏還是露出了悲色。一想起丈夫剛才的話，她內心沈重無比，拉著湯圓的手，娓娓道出了過往從未透露的心事。

「妳大了，娘也不瞞妳，其實一直以來我都不知道該怎麼安排妳往後的人生。妳這樣的性子，高嫁必是不可能，可若低嫁，就咱們家的情況，也不會低到哪兒去，無論如何妳都得面對後宅諸事。」

這一刻，湯圓才真正看到了柳氏臉上的為難，再度認清自己以前有多任性。

「娘您放心，我真的在改了，一定會堅持下去的！」

「我知道，我都知道。如果不是看到妳這麼堅持，我是不會說這些給妳聽的。」

雖然這段日子湯圓不在身邊，但她平日做些什麼柳氏都很清楚。不僅天天練字，每日最少五個時辰，竹嬤嬤的要求也全辦到了，沒有絲毫抱怨。如今身形抽高，面色也變好，最重要的是，性子雖如往常沈靜，但也漸漸知道變通了。自家女兒正一點一點地改變，身為母親的她多少都能察覺。

「說來也是娘的錯，如果妳小時候娘能狠心一點，妳也不會是現在這個樣子……」說著說著，柳氏不禁哽咽。

湯圓嚇了一跳，連忙拿帕子替柳氏擦淚，再次保證。「我這次是真的想改了，絕對會辦到，不會再讓娘和爹為難，您別哭了！」

聞言柳氏拭乾眼淚，笑著拍了拍湯圓的手。「傻孩子，娘這是高興，我的小湯圓終於長大了。」而後想了想，最後決定問出口。「妳和那位的事，妳爹已經全說給我聽了。妳現在告訴娘，妳心裡到底是怎麼想的？」

這兩人的性子相差太遠，並不是良配，如果湯圓真的不情願，那她只有搏一把了。

提到這件事湯圓便洩了氣，垂頭想了好久，悶悶地道：「我不討厭他，我知道他是好人，可是……可是很多時候還是挺怕他的，就算知道他沒有惡意還是怕……」

對自己越好就越怕，總覺得元宵的方式太強勢了，而且她不明白，他圖的是什麼？上輩子夫君要的是她的家世，但對元宵而言，自己到底有什麼地方值得他這麼做？她甚至連姿色都沒有，她擁有的，他全都有了。

不知道為什麼就更加害怕了。

若柳氏方才若是有十分擔心的話，現在便生生降到三分去了。即使是自己的女兒，湯圓也還不夠年長，無法直白地跟她談論婚事，只能旁敲側擊；不過聽她的回答，顯然是一點都沒往那方面想，但那位看來已經心急，可自家女兒連他要的是什麼都還搞不清呢！

哎呀，她為什麼突然很想笑呢？

柳氏收了收面部表情，把笑意壓了下去，揉了揉湯圓的腦袋說道：「想不通的事情就不要去想了，今天妳爹是逗妳玩的，沒有這樣的事，妳不必放在心上，反正你們倆以後也沒什麼交集，就忘了他吧。」

這段話的重點明明是讓湯圓忘記元宵，誰料湯圓卻一下子笑了出來。

「我就說嘛，他絕對不可能做出這種事的！」

柳氏嘴邊的笑意一頓。雖然湯圓還不懂男女之事，但她的心已經隱隱偏到那頭去了，這怎麼可以呢！她嚴肅地看著湯圓。「原本想說妳還小，且揚州較開放，所以我從沒提過這些，但是妳得時時記著，妳是未出閣的姑娘，即便是女童，也要和男子保持距離的。」

湯圓一頭霧水。「我沒做什麼不該做的事啊。」

柳氏再次頓了頓，見湯圓沒聽懂，連忙再道：「娘當然知道妳沒有做，但是別人可不管這些，人言可畏，姑娘家可得好好保住名聲。反正妳現在回來了，他不日也要回京了，以後你們不會再見面，不要再談他，也不要再想他了，就當他是個過客，就這麼散了吧。」哼！誰讓他惦記著別人的女兒！

可惜湯圓又抓錯重點，看著柳氏有些無措、有些茫然地問道：「他要走了？」

若非半靠在榻上，柳氏一定會被氣得倒仰。現在她終於知道老爺剛才為什麼一臉糾結，半高興、半無奈的了。她不著痕跡地深吸了一口氣，笑得更柔和了。

「是呢，幾天後就會走，所以妳也不用再掛心他了。」反正現在小女兒還沒開竅，只是那邊一頭熱而已，至於老爺答應的事，本就可有可無，幾年後的事誰說得準呢？說不定對方只是一時新鮮，回京一段時日後就忘了！

湯圓不知道自己為什麼頓感情緒低落，胡亂應了兩句，就說想回房歇息了。柳氏心想這事不急，等人走了，再過個幾年，湯圓肯定也會忘得一乾二淨，笑著囑咐了幾句便讓湯圓回房了。

待湯圓回到自己小院時，發現院子裡站滿了丫鬟和婆子們，就連竹嬤嬤和紅裳、綠袖也在，而且紅裳還緊緊地靠在綠袖後面，一干人等全望著屋裡。

「怎麼了？都站在外頭做什麼？」湯圓不由得出聲詢問。

紅裳見湯圓回來了，彷彿看到救星似地就要朝湯圓奔去，可不料另一個動作更快，湯圓話音剛落，屋裡旋即飛奔出一個歡快的身影——

湯圓的眼睛一下子瞪得老大，不可置信地喊出聲來。

「將軍?!」

第二十七章

聽到湯圓呼喚自己，將軍更加興奮，飛快地往前衝。看著情緒高昂的將軍，湯圓無奈，認命地站在原地等著即將到來的飛撲，心中暗暗祈禱，別被壓倒在地就好了。不料將軍竟及時停下了，乖巧地蹲坐在湯圓面前，模樣極其雀躍。

「汪！汪汪汪！」

湯圓蹲下身，抱著將軍的脖子替牠順毛，眼神直往屋裡瞧去。將軍在這兒，那元宵在哪兒？可是裡頭並沒人，而且元宵怎麼可能明目張膽地出現在自己屋裡。想了想，她最後看向了竹嬤嬤。

「這是怎麼回事？」

竹嬤嬤雖然也警戒著體形龐大的將軍，但比起躲在綠袖身後的紅裳好太多了。「奴婢也不清楚，狗是剛才老爺送過來的，說是朋友家的，讓您養幾天。」

她很想阻止，這讓湯圓來養多不合適啊，小巧些也就罷了，可是這……蹲坐在湯圓面前都高過她的腰，和藏獒的體形都差不多了，老爺到底在想些什麼！

湯圓無語。才聽娘說元宵要走了，回頭爹就把將軍送過來，她真的很納悶，元宵到底是什麼意思？不過……不知為何，她心裡的煩悶一下子就消散了，甚至還有些開心呢！她笑著吩咐眾人。「不要緊，這狗不會傷人的，只要妳們平時別去招惹牠就行。」

所有人齊齊搖頭。躲都來不及，誰還敢去招惹牠！

「行了，都散了吧，別圍在這兒了。」說完，她率先走進屋裡。

這回將軍很聽話，準確來說，牠眼裡只有湯圓一人，湯圓走到哪兒牠跟到哪兒，其他人全被無視了。

湯圓坐在椅子上和蹲坐在地上的將軍大眼瞪小眼，對視了良久，最後沒頭沒腦地問：「你家主子呢？」

將軍歪了歪腦袋，依舊熱情地盯著湯圓。

話一問出口，湯圓也懵了，尷尬地摸了摸將軍的頭，而後抬頭看向離得有些遠的三人，笑著安撫道：「別怕，牠不會咬人的。對了，阿爹有說牠吃什麼嗎？」別人給的東西將軍好像不會動的？

「老爺說了，每日都有人負責牠的吃食，這個咱們不用管，也不要隨意餵牠。」竹嬤嬤回道。

湯圓蹲到將軍面前，費力地舉起牠的兩隻前爪。「我不知道你主子跟你說了什麼，但你既然住在我這兒，就不可以亂咬人喔，不然就把你送回去，知道不？」

「汪！」清脆無比的一聲回應，尾巴搖得飛快。

感覺自己似乎在對牛彈琴，令湯圓無奈得想撫額，但兩隻手都還抓著將軍呢，最後乾脆抓著牠的爪子上下搖動，嘴裡不停地道：「知道不、知道不？不聽話就把你送回去喔！就算你主子不收我也不會心軟的。」繃著一張小臉，瞪著將軍。「絕對不會心軟的！」

豈料將軍卻莫名其妙地興奮了起來，一下掙脫湯圓的手，快速在原地轉了幾圈，然後死死盯著她，連著叫了好幾聲。

「汪汪汪！」快點，接著來玩呀！

這……這是狗來瘋?!

見湯圓沒有動作，將軍更加難耐地轉了幾圈，又急促地叫了好幾聲，可湯圓始終沒反應，最後牠一個飛撲，湯圓閃避不及，只見到將軍腹部柔軟的細毛，然後，視線全黑，徹底被將軍壓在了身下——

現在該我啦，我來找妳玩！

將軍到湯圓小院的第一天，人仰馬翻。

湯老爺老老實實地站在床前，屋內一個丫鬟、婆子都沒有，而柳氏妝容已卸，半靠在床上，可湯老爺連衣服都還沒換呢，柳氏仍舊不管，自顧自地理了理被子準備就寢。

見柳氏真的要睡了，湯老爺連忙喊冤。「這事我真的不知道！他是人走了以後才把狗送來的，一開始根本沒提過！」

提起這個柳氏就來氣，一下坐直了身子，瞪著湯老爺。「你怎能不問清楚！我都叫湯圓把這人給忘了，結果呢？話才說完，那狗就送到她院子去了，你讓我臉往哪兒擱！」

湯老爺知道自家夫人並不是真的在生自己的氣，而是心疼湯圓，才如此遷怒，覥著臉走到床邊坐下，伸手握住柳氏的手，見柳氏並未掙脫，只是側著臉不說話，又坐近了些笑道：「別氣了，其實，也是我們家高攀了。」

「我們家不需要湯圓去攀高枝！」柳氏立即回頭反駁。

「我知道、我知道，妳別著急！」柳氏還懷著身孕，湯老爺自然不敢和她作對，輕拍著背哄了好一會兒，才接著說道：「我說的也是實話，雖非太子，但是七皇子的身分也不比太子差到哪裡去。」又湊近了幾分，對她耳語。「而且雖然現在已經立了太子，但依我看，這位置，太子爺不一定坐得穩……」

太子雖為嫡子卻非長子，前頭已有好幾位皇子，而且有些母家的權勢不比皇后母家差，這些年，暗裡他不知道，至少明面上皇上真的沒給太子多大優待，光看朝裡幾位年長皇子的勢力就可知曉。而且身為太子，更忌諱結黨營私，相比起來，勢力單薄得可憐。

聞言柳氏心下大驚，過了好一會兒，不可置信地說道：「你的意思是，七皇子他有可能……」

京裡人人都知道，皇上最疼的就是七皇子，但眾人一直以為那純粹是父親對小兒子的疼愛，畢竟，前頭幾位都已經長大成人了，而且七皇子年僅十一，雖皇上如今仍處於壯年，但也太不現實了。

「噓！這種事不是咱們該談論的。」湯老爺伸出食指比在嘴邊。

見了七皇子本人以後他才知道，謠言果然不可盡信，七皇子性情乖戾、囂張跋扈，這些是真，但卻只是表象，不過短短接觸幾次，他就已覺得駭人，七皇子這人太聰明了，對人心忖度過於得心應手，讓人很難相信他還是個孩子。他是皇上一手教導出來的，說句不尊的話，比太子更像太子，皇上如此用心帶大他，給了無上的尊榮，可是偏偏前頭有個太子擋著……

他嘆了一口氣。果然皇家之事不是自己能夠隨意猜測的，皇上的心思誰也說不準。搖了搖頭不打算再想，伸手略微施力把愣住的柳氏按回了床上，替她仔細理好被子。

「行了，別想這些了，好在現在還在揚州，能清淨幾日是幾日，其他等以後回京再說吧。至於湯圓的事，真的不是我們能夠左右的，只能走一步算一步了。」

天已微亮，湯圓房裡不見半個守夜的丫鬟，只有將軍趴在床邊。牠站了起來瞅了瞅正睡得香甜的湯圓，靜靜地望了一會兒，接著又趴回去，腦袋向著湯圓的床，大尾巴掃了掃，盡忠地守著她。

平時同一時辰，湯圓小院便已有些熱鬧，可今日一反常態，主要是昨晚鬧騰太久，不少人都起晚了。不過外間的丫鬟、婆子們倒是起來了，但裡間沒開門，她們也不敢吵鬧。

「還沒起？」柳雲非過來時，見裡面的門仍緊閉著，隨便問了一個小丫鬟。

小丫鬟請安後低聲回話。「還沒起呢，柳少爺先到廳裡坐著等會兒吧。」

柳雲非點了點頭，在外間坐了下來。

在房裡百無聊賴的將軍此時聽到外頭的動靜，耳朵動了動，一下子站起來，毫無聲息地跑了出去。

而後突然聽見小丫鬟一聲驚呼，柳雲非抬頭一瞧，眼睛瞪大。七皇子的狗怎麼會在湯圓的小院！

將軍沒有如上次一般凶狠地撲過去，只是定定地盯著柳雲非，隔得有些遠又站在暗處，若非剛才那聲驚呼，他不可能這麼快就發現牠。

柳雲非想了下，剛才那名小丫鬟雖然畏懼，卻沒有大聲喊叫，看來肯定知情，便問道：「三小姐什麼時候養狗了？」而後又不贊同地道：「姑娘家養動物還是小巧些好，這個未免太大隻了。」

「可不是嗎？」一聽到柳雲非這樣說，小丫鬟也止不住話頭，離將軍更遠了些才道：「這不是我們小姐養的，是老爺昨天派人送過來的，說是朋友家的狗，讓小姐養一段時間，但我們瞧這隻狗好像跟小姐挺熟的，牠只聽小姐的話呢！」

柳雲非內心一震，面上卻沒顯露半分，笑了笑。

「難怪呀，原來是別人家的，那也沒什麼。」轉頭看了看外面的天色，已經大亮，接著笑道：「這時辰也差不多了，進去把人叫醒吧，睡太久對身子不好。」

小丫鬟笑著領命，走進裡間了，將軍只瞥了小丫鬟一眼，沒動，仍緊盯著柳雲非。主人說過的，這人要是出現，絕對不能讓他靠近！

小丫鬟一離開，柳雲非便沈了臉，陰沈沈地看著將軍。姑丈讓人送過來的，意思就是姑丈也知道七皇子的事了？或者說姑丈從頭到尾都知情，還不反對他倆來往，甚至可說是樂觀其成？但湯圓不知道就算了，姑丈怎麼可能不知道那是一個什麼樣的人？湯圓送進去只有被人吃的分，姑丈怎麼會這麼做呢！

又把念頭轉回了依舊盯著自己的將軍身上，眉尾一動，突然明白了，肯定是七皇子要求的！也是，湯家勢力再大，也絕不可能和皇子抗衡，想通後，心裡更加不爽，一股邪火冒了上來，死死地盯著將軍。

將軍感應到柳雲非的情緒，齜牙咧嘴，發出了低吼，前肢壓低，擺出了攻擊的姿勢——

湯圓是被竹嬤嬤叫醒的，一坐起身，渾身痠疼，忍不住哀號一聲，伸手在身上左敲敲、右揉揉。昨晚將軍鬧得太凶了，這院裡又沒壯丁，根本沒人制得住牠，也沒人敢制住牠，生生鬧到半夜才停下。

竹嬤嬤也是睡眼惺忪，只披了件外衣就先過來了，見湯圓的動作，伸手替她揉了幾下。「無事的，老奴待會兒給小姐好好按按就行。好在牠只是愛玩，並沒有傷著小姐，這樣看來養牠也不算壞事。」

雖然湯圓比以往好很多，偶爾會在院子裡走走，心情好的時候還會去花園逛逛，但總覺得還是懶怠了些，時常不願動彈，現在有這隻狗和她玩鬧，想必會更好些，不然總在屋裡待著，遲早會悶出毛病來。

湯圓沒有回話，扭了扭脖子，掀開被子準備下床，垂著腦袋盯著床邊愣了會兒，隨後抬頭問竹嬤嬤。「將軍呢？」

昨晚將軍死活不讓別人進房，鬧了好久，最後沒辦法就沒讓人守夜了，而是讓將軍睡在床邊，還以為醒來第一眼看到的會是牠，結果竟跑沒影了。

「老奴也不清楚，想必是出去玩耍了，或者，不是說有人專門負責牠的吃食嗎？可能是去吃東西。小姐放心，牠那麼大一隻，沒人敢欺負牠，在府裡亂跑不會有事，守衛們也不會放牠到外面去。咱們還是快些起來吧，已經很晚了。」

湯圓點頭，起身梳洗。

剛才小丫鬟進來稟報過，說柳雲非一大早就來了，因此湯圓打理好便往外走去，一進廳裡就看見柳雲非和將軍站在中央大眼瞪小眼，或者說是對峙更恰當？

「你們在做什麼？」

柳雲非剛要回話，將軍便朝湯圓奔了過去，大屁股一下子坐在湯圓腳邊，前肢抱住她的腿，可和以往展現的熱情不同，這次居然是可憐兮兮、特委屈地望著她，又斜眼瞪了同樣愣住的柳雲非一眼，指責意味濃厚，然後腦袋一甩，用後腦勺對著柳雲非。

湯圓。「……」

柳雲非。「……」

柳雲非差點維持不住自己臉上的表情。這狗是成精了吧！

誠然自己是有些遷怒，誰讓牠是七皇子的狗呢！而且牠上回撲過來時可一點都沒留情。但當然，他也沒忘記這裡是湯圓的屋子，要收拾牠，肯定不能是自己先動手，所以剛才他主動走到牠面前，明裡暗裡挑釁了好幾回，可是這狗居然只是防衛，不讓自己碰著牠，也不主動出擊。不過很明顯牠敵意依舊，可見並沒有忘記自己，還以為是七皇子囑咐過牠不要傷人，正想讚賞他雖然人不怎麼樣，但是狗教得還不錯，沒想到原來是在等著這時機呢！

柳雲非沒有馬上回話，湯圓便呆呆地站著，也想起了上回在王府時的情況，那次將軍可凶了，這會兒又怎麼了？

見湯圓沒反應，將軍更委屈了，腦袋在她腿上蹭了蹭，發出了幾聲嗚咽，而後再次瞪了柳雲非一眼後，轉頭用後腦勺對著他。

「我……」柳雲非被氣得半死，可是又不能跟狗爭是吧？也不知道該怎麼對湯圓解釋，一臉尷尬，張了張口，說不出話來。

湯圓蹲下來，拍了拍將軍的頭，又笑著摸了摸牠柔軟的腹部。肚子扁扁的，顯然還沒吃東西呢。「將軍餓了沒？先吃早飯好不好？」

可將軍仍堅持著，又瞪向柳雲非，意思非常明顯——湯圓不幫牠出氣牠就不走！

「有很多很多的肉喔～～」湯圓繼續哄。

將軍耳朵動了動，肚子也誠實地發出了聲響。湯圓今天起晚了，或許對尋常人來說只是晚了些，但是對將軍來說就太晚了，牠一直都是跟著元宵的作息，元宵起得早，將軍也吃得早。

而今牠肚子不停地叫，乾脆鬆開湯圓一下趴到地上，腦袋擱在前肢上。這下子連湯圓也不看了，側著腦袋自顧自地生氣，可下一秒，察覺她不再安撫自己，快速地瞥了她一眼，又轉過頭去。

選他還是選我，妳自己看著辦吧！

第二十八章

湯圓再次湊上前，摸著將軍的大腦袋，將軍雖然撇過頭，卻沒有抗拒湯圓的撫摸，耳朵也立得直直的，仔細地聽著湯圓的動靜，大尾巴不自覺地搖了起來。

見狀湯圓嘴角揚起。這麼大一隻，性子怎麼這麼可愛呢！

將軍耳尖動了動，肚子又傳出了更響亮的咕嚕聲，一陣一陣的。

湯圓還好，顧慮著將軍的自尊心，摀著嘴不讓自己笑出聲，但屋裡其他人就沒這顧忌了，忍不住捧腹大笑。

這大狗太好玩了！

將軍聽見了，直接用兩隻前爪蓋著自己的腦袋。

眾人笑得更歡了。

此刻柳雲非跟著忍俊不禁了。這狗真是有些聰明又有些好玩，罷了罷了，跟一隻狗爭什麼！他也不忍心看湯圓為難，直到現在她都沒說什麼，想必是不知道該怎麼做，至於她從頭到尾都在安慰那隻狗，嗯……一定是錯覺，那隻狗怎麼可能比自己重要，絕對不可能的！

揚起一如既往的憨厚笑容，他彷彿突然想起似地道：「我都忘了，姑丈昨晚說了，今早找我有事呢！現在看時辰也差不多了，我先過去姑丈那邊，妳先去用早飯吧，我待會兒再來找妳。」

湯圓點頭，目送著柳雲非離開，等人徹底沒影了，便讓丫鬟們都散了，然後擰著將軍的耳朵低聲教訓。「果然是他的狗，性子也這麼古怪！他是我的親人，你怎麼可以這樣，以後不許了，知道不？」

看來這一人一狗是彼此看不順眼，雖然自己沒有看到事發經過，但就將軍這樣的體格和性子，怎麼可能吃虧呢？而且看柳雲非哭笑不得，顯然是被這大傢伙給擺了一道。

一想到這兒心裡更不平，她也不知道為什麼自己剛才不站在柳雲非那邊，心下煩悶，捏著將軍的兩隻大耳朵上下搖著洩憤。

將軍對湯圓的所做所為一點反應都沒有，自柳雲非出聲那一刻起就定定地看著他，直到不見人影才收回視線，然後驀地從地上站了起來。

湯圓這時還蹲在地上，微微仰望將軍，只見牠一臉歡喜，哪還有方才的委屈？

主人，你交代的事情我都辦好了，而且她也沒有生氣唷！將軍很高興，開心地在原地轉了兩圈，不料肚子又發出一陣響亮的叫聲，令牠動作一頓，隨後中氣十足地對著湯圓號了一聲。

「汪！」我現在去吃飯，妳乖乖在這裡待著，不要讓那個討厭的人靠近妳，不然主人會生氣的。

湯圓和將軍尚未心靈相通，當然不知道牠是什麼意思，只是呆呆地看著將軍。

將軍現在餓得狠，沒多少耐性，反正討厭的人已經走了，對著湯圓又號了一聲後，如一陣風似地迅速朝外奔去——

肉，我來了！

竹嬤嬤也忍不住笑了。這狗只是看著嚇人，性子還挺討喜的。她伸手把湯圓從地上拉了起來，彎身替她整理裙襬，笑著道：「想必是去找吃的了，牠那麼聰明，吃完了就會自己回來的，咱們也先去用早飯吧，紅裳、綠袖已經準備好飯菜了。」

湯圓點頭，微微探身看了外頭一眼，已不見將軍的蹤影，便跟著用飯去了。

柳雲非時間算得很準，湯圓剛用完飯他就到了，四下張望了一番，笑問：「那隻狗呢？牠居然會離開妳的身邊，我還以為牠要一輩子守著妳寸步不離呢！」

聞言湯圓有些不高興，不過並沒有表現出來，只是平靜地陳述。「牠再聰明也只是一隻狗，你又何必跟牠計較，笑笑也就過了。」

並不是指責，可柳雲非臉上的笑意卻消失了，他定定地看了湯圓一眼，再次咧嘴笑了，不過這次的笑容卻有些諷刺。「原來在妳心裡，小時候的情分還比不上一個只見了幾次面的人？甚至連他的狗都比不上？」

竹嬤嬤本待在一旁伺候著，一聽這話覺得不對勁，以眼神示意紅裳、綠袖一起去外面守著，三人悄悄退下。

湯圓不知道柳雲非為何會說到元宵身上去。「我說的不對嗎？狗本來就是忠誠的動物，將軍只會聽主子的話，牠是聽命行事而已；而你身為人，自然不可能和狗爭辯什麼，你現在這麼生氣，除了平添煩惱，還有什麼？」

柳雲非的視線一刻都沒離開湯圓，自然把她眼底的疑惑看得分明，明白她真的只是就事論事，並非如自己所說一般，因此不禁有些懊惱，但又不願承認是他一時心急，咬了咬牙，乾脆趁勢問個徹底。

「對，我生氣只是平添煩惱，那妳呢？妳打算就這麼得過且過嗎？」梗著脖子等著湯圓回話。

湯圓微微低頭。她自然聽懂了柳雲非話中之意，他指的不是將軍，而是元宵。這令她一時間不知該說什麼，僅能抿著唇，良久後小聲道：「小七哥哥，我不知道，我真的不知道……」

話一問出口，柳雲非其實就後悔了，他明明很瞭解湯圓，居然還在這裡逼她，看到她臉上的黯然，他恨不得狠狠揍自己一拳！

「是我不好，這兩日姑丈天天叨唸，本來心情就差，又被那隻狗刺激到，便忍不住把氣撒到妳這兒來，妳可別生氣，我以後不敢了。」

湯圓真的沒有生氣。「怎麼會生氣呢，咱倆打小感情那麼好，而且小時候你把我弄哭這麼多次，你何曾見過我生氣呀？」

聞言柳雲非鬆了一口氣，一屁股坐到了湯圓旁邊的椅子上，不停地抱怨。「妳都不知道我這兩天有多難過，姑丈一天三頓不落地逮著我講大道理，害我恨不得馬上回京去！」

他最討厭讀書了，偏偏姑丈就愛拿這個說事，誰不知道他是在幫老夫人說話呢！想到這兒，他的手一下子按在椅背上，一臉憤憤不平。

「妳來評評理，這本來就不關姑媽的事，是老夫人一手弄出來的，現在出了事，覺得丟臉，又想把一切怪到姑媽身上，就算她是長輩，這也太沒道理！我不覺得自己哪裡做錯了，憑什麼姑媽就得受她的氣！」

其他人想瞞著湯圓，柳雲非倒覺得沒必要，被湯圓知道了又怎樣？而且這些話他憋在心裡很久，都快憋出內傷了，今天終於能說出來！

湯圓很給他面子，笑著點頭。「嗯，你沒做錯。」可是還未等他高興又緊接著道：「祖母也沒做錯，所有人都沒做錯。」

柳雲非愣住了，過了好一會兒才不可思議地道：「原來妳已經知道了，還想跟妳解釋呢，但妳既然知情，居然還認為她沒有做錯？雖然妳是湯家人，可那是妳娘，妳怎麼能這樣想！」

「你能放下對祖母的偏見嗎？」湯圓不答反問。

「當然不可能。」柳雲非毫不猶豫地答道。

「那就是了。」

看他還是十分氣惱，湯圓給他添了杯溫茶才接著說道——

「你對祖母的偏見都是源自祖母對娘的不公，當然，祖母對娘不好這是事實，我不會否認，但是，祖母為什麼對娘不好呢？那是因為娘沒有生出兒子，除此之外，再無其他。你也看到了，祖母對我，對大姊、二姊都很好，並不是她重男輕女，她只是希望阿爹後繼有人而已，從這一點來看，祖母沒有做錯什麼。

「你不能放下對祖母的偏見，同樣的，祖母也不能放下對娘的偏見，因為她心疼阿爹，這點她永遠改不了的。」說完，又笑著打趣。「兵家作戰不是分策略的嗎？虧你還生於武將之家，偏偏選了下下策。」

柳雲非張了張嘴，不知該回什麼，覺得湯圓的話有些道理，但又覺得哪裡不對，張口灌了一杯茶才道：「好，這事算我魯莽，不該去刺老夫人，但是咱們也不能置之不理啊，難道妳忍心看著姑媽一直受氣嗎？妳怎麼一點都不著急！」

湯圓卻笑了。「為什麼要著急？弟弟已經在娘肚子裡，等他出生就好了。」

柳雲非頓時傻住。「妳就這麼肯定這胎一定是男丁？」

「對啊，就是弟弟！」

柳雲非側著腦袋想了一陣，還是氣不過。「好！就算姑媽這次能一舉得男，可是，前面受的這些氣就白受了？姑媽嫁到湯家又沒有做錯任何事，生男生女那是天注定，老夫人憑什麼這麼對姑媽！」

「就憑她是長輩，我們是小輩。」無視柳雲非一臉責難，湯圓逕自說道：「不是愚孝，而是這件事我們確實沒資格插手。我說過了，娘和祖母的事我比你清楚，祖母確實不喜歡娘，平日也有挑刺的時候，但那也僅限於家裡，在外人面前祖母從未令娘感到難堪。

「就說以前在京裡的時候，幾房人全住在一起，祖母最喜歡的是大嬸嬸，管家的也是大嬸嬸，但我們心裡都清楚，背後依舊是祖母在拿主意。但祖母可曾短過我們吃穿？不只是我們，娘也沒有。即使祖母不喜歡娘，她仍是一視同仁。」

這也是湯圓佩服自家祖母的地方，湯家人全知道她不喜歡娘，甚至某些親戚也知道，比如柳家，但幾個兒媳婦，她真沒偏袒過誰，一直都是一碗水端平，該給的月錢和權力，一分都沒有落下。

這些事情，柳雲非是真的不清楚，因為柳氏回娘家時從來都不提，更沒說過湯老夫人半句壞話，他們還以為姑媽是委曲求全，沒想到竟有這個原因在。氣勢霎時萎靡，坐在椅子上木木然地發呆。

湯圓瞅了柳雲非一眼，把以前柳氏的話複述了一遍。

「娘曾說過，人生在世，不如意之事十之八九，女子嫁人，其實就是第二次投胎。我很幸運，生在柳家，金尊玉貴地長大；嫁到湯家，能得夫君一心一意，我已知足……」

將軍很反常，特別是入夜以後，總是往湯圓的閨房看，眼神有些焦躁，好像催著湯圓快點入睡似的。湯圓很快就想到了什麼，並沒有抗拒，真的比尋常提早進房。

現在天已漸漸回暖，她們便沒有給將軍做小窩，反正看將軍那一身的毛，肯定也是不怕冷，昨天牠直接在湯圓床邊趴了一夜，今天竹嬤嬤特地在那兒鋪了一層毛毯，就當是將軍的窩了。

此時湯圓正坐在毛毯上和將軍對望。

將軍面對湯圓時總是熱情無比，無時無刻都在求抱抱，和牠的體形一點都不符，這會兒牠更直接把大腦袋擱在湯圓的腿上，抬著眼皮瞅著湯圓，看來忠誠又討喜。

湯圓卻不知道怎的，突然想到白天將軍那滿是控訴的表情。

午後她和柳雲非聊天時，將軍回來了，原本踏著輕快的腳步，結果一看到柳雲非坐在自己身旁，頓時停了下來，然後望向她，彷彿在質問——

他為什麼會在這裡?!

咳，用個不恰當的比喻，就像是逮著婆娘偷漢子似的……

湯圓微微笑了笑，順著將軍的意思，輕柔地撫摸著牠。「你說說，你家主子到底想做什麼？」

上次她雖然把話說清楚了，但元宵並沒有給個明確的答案，本來以為他放自己離開便算是同意，可現在又派將軍過來，顯然，他並沒有答應。

將軍自然不可能回答湯圓的話，只是呼嚕了幾聲，大尾巴慢悠悠地搖著，眼睛半閉不閉的，都快舒服得睡著了。突地，牠動作一頓，看向了窗外，見狀湯圓也跟著停下手邊動作，望向同一扇窗。

窗戶是關好的，看不到外面的動靜，可是湯圓知道，是元宵來了，不禁呼吸一窒，心跳也跟著快了幾許。

「行了，不跟你玩了，我們該去睡覺，時辰已經不早了。」她又故作輕鬆地揉了幾把將軍的大腦袋後，自顧自地爬上床，閉著眼睛，側身向著床內。

真的不知道該怎麼面對元宵。

果然，不一會兒就聽到窗戶傳來嘎吱一聲，接著是將軍壓抑的急促呼吸聲。湯圓一頓，沒有轉身，決定裝睡。

雖然才一、兩天不見，但將軍還是很想元宵，一直圍著他轉，就差往他身上撲了。元宵好好安撫了將軍一番，才看向床的方向。床簾並沒有放下，但卻只能看到湯圓後肩和一頭青絲。

元宵無聲地靠近，而後站在了床邊，沒有察看湯圓此刻是否已經熟睡，只是低頭看著她的秀髮。又黑又亮，現在長度已過胸口，想必再一、兩年就能及腰了……

湯圓睡得較靠外側，髮絲有些散在了床邊，元宵伸手把散落的秀髮向裡頭攏了攏，觸手微涼。

很想陪著湯圓一起長大，或者現在就把人給訂下來。

但是不行，時機還未成熟，宮裡的事還沒有定論，自己前途未卜，自然不能把湯圓也扯進來。他既然已認定了她，當然清楚她的性子，勾心鬥角肯定不是她想要的生活；再說了，就她這樣的，跟誰鬥都輸，估計連怎麼輸的都不知道。

我會盡我所能許妳一個安穩的人生，所以，我現在要暫時離開。妳不必做什麼，只要靜靜地待在這兒等我就好。

他閉著眼站了好一會兒，突然悠悠地開口。「我知道妳醒著。」

湯圓心跳得飛快，但仍維持著原先的動作，沒有睜眼也沒有回話。

元宵心情甚好地微微探身看著她的側臉。幾日不見，並沒有什麼明顯的變化，小臉還是圓圓的，只是比初見面時瘦了些，而且不出所料，裝睡也裝得不像，睫毛都在顫動。

「我要走了。」

湯圓靜靜躺著沒有任何反應，元宵也沒有所謂的離別傷感，甚至還覺得站著累，順手拉過一旁的椅子，在床前坐了下來，就這麼看著湯圓的背影自言自語。

「我沒有騙妳，朝裡確實有人彈劾妳爹，不過目的並非是想拉妳爹下馬，而是想拉攏湯家。不過妳也別擔心，這些事父皇都清楚，所以才會讓我來揚州，並不會對湯家造成什麼影響。」

湯家自建朝以來就存在，能延續至今，最重要的就是湯家一心只對皇上忠誠，從不參與皇儲之爭。可是現在父皇的心思真的很難猜，所有人蠢蠢欲動，就連自己也無可倖免被牽扯了進去。

「據我猜測，湯家接下來可能有些磨難，但很大可能是明罰暗賞，所以不用在意，過一段時日就好了。」

湯圓並不擔心，因為她很清楚阿爹以後的仕途十分順遂，想必湯家在這次的事件中並沒有受到傷害，那……心裡為什麼會有種異樣的感覺呢？還是因為元宵嗎？這些事他不須告訴她的，莫非是為了防止自己往後驚慌失措嗎？為什麼呢？她明明都說了那般絕情的話，他何必放下身段對自己這麼好，根本就不值得……

越想越亂，特別想知道一個答案。

第二十九章

元宵鄭重地從懷裡掏出了一個小巧的木盒，是以上好的百年紫檀木製成。打開盒蓋，裡面卻是一塊碎成兩半的玉玦，玉玦的質地很好，在昏暗的燭光下亦隱隱閃現著瑩潤玉光。

他拿起一半放在掌心，懷念地看了許久後，直接掰開湯圓的手放在她的手心，手覆著她的，緊緊地握著。「這是我母妃留給我的最後一樣東西，好好收著。」

聞言湯圓一下睜開了眼，再也裝不下去了，心頭隱隱有個答案呼之欲出。

可沒等湯圓轉身發問，元宵又惡聲惡氣地道：「妳要是敢弄丟了，我一定打妳屁股！」

打屁股?!湯圓滿腦子的思緒霎時被這三個字給震飛了，只能木木然地睜著眼，僵硬地側躺著。

元宵自然看見湯圓睜眼了。他又無法對她做出狠事，腦子一懵，就蹦出了這三個字，但話說出口他也覺得尷尬，耳尖有些微紅，匆匆站起身，故作鎮定地囑咐。「我走了，妳好好照顧自己。」

發覺他轉身就要離去，湯圓此時也顧不得其他，一下子坐起身單刀直入地問：「為什麼？為什麼要對我這麼好？我們只是萍水相逢，甚至談不上熟稔。不論是我自己本身，或是我的身分，對你而言都是無關緊要的東西，你根本就沒有必要做這些，我真的不明白，你想得到什麼？」

如今的湯圓，最怕接受別人的好意，這是上輩子得到的慘痛教訓。親人間尚有血緣連繫，可是元宵呢？他只是個外人，她和他，根本毫無關係……

元宵回頭定定地看了湯圓好一會兒才出聲。「真的不懂？」

「不懂。」

他看著湯圓一臉不明所以，心底突然冒出一股邪火。是，她還小，她還不懂這些，可是自己本就沒時間也沒耐性等，偏偏遲遲未見她有開竅的跡象，令他覺得自己像個傻子，還是一頭熱的那種！

邁步走回床前，他勾起一抹笑。「知道了，就沒有後悔的餘地了。」

不等湯圓反應，元宵突然一下把她按回床上，兩人靠得極近，鼻尖近乎挨在一起，湯圓甚至從他眼裡看到了自己瞪大眼的模樣。

不過元宵神色也很奇怪，有些發狠、有些急躁又有些……擔心？最後他好似破釜沈舟般，在湯圓驚恐的眼神注視下，直直地吻了下去——

沒有纏綿、沒有溫情，橫衝直撞地碰上去，湯圓甚至覺得牙床都被撞疼了。

但他短短一瞬就放開了她，而後緊盯著她的眼睛，彷彿看進了她的心底。

「記住我的名字，我是元玦。」

元宵走得瀟灑，湯圓卻幾乎整晚都沒合眼，早上竹嬤嬤叫了好幾遍才勉強起身，腦子可疼了，不過也沒發脾氣，仍乖巧地任由竹嬤嬤帶她去沐浴，過程中雙眼呆滯，但竹嬤嬤也沒覺得意外，只當湯圓還沒醒。可下一秒，湯圓突然拉住了竹嬤嬤正準備替自己按摩的手，眼神還是直愣愣的。

「嬤嬤，元玦皇子是個怎麼樣的人？」

元玦這人竹嬤嬤自是知道，只是她不懂湯圓為什麼會問起這個。

「小姐怎麼會突然想知道這個人的事？」

「他是一個怎樣的人？」湯圓只是盯著竹嬤嬤的眼睛又問了一次，頗有不達目的誓不甘休的意思。

好在竹嬤嬤雖覺得奇怪也沒多問，反正京裡人人都知道，也沒什麼好隱瞞的，笑著答道：「元玦皇子排行第七，是皇貴妃之子，皇貴妃生他之時難產去世，因此七皇子是由皇上親自撫養長大的。七皇子之後出生的都是公主，故也算是幼子，可京裡人人都道他性情乖戾、反覆無常，偏偏皇上對七皇子寵愛至極，不僅沒管束，反而越發縱著，根本沒人敢輕易招惹他，就連太子爺也是呢！」

當竹嬤嬤說元玦排行第七時，湯圓的呼吸頓時停止了。第七，他居然是排行第七的那位，怪不得她明明從未關注過皇子的事，也覺得他的名字很熟悉！一時間心亂如麻。

「皇上真的疼七皇子嗎？」想也不想就問了出口。

竹嬤嬤臉色一沈。「小姐慎言，這些事不是咱們可以評論的。」

湯圓一心都在元宵身上，聞言只是笑了笑。「我知道，但這裡是咱們家，而且我們還遠在揚州呢，又不是在天子腳下，況且現在只有妳我兩人，不會有人聽見的。嬤嬤，妳就告訴我吧，妳以前不是在宮裡當差嗎？知道的肯定比其他人多。」

這些日子以來，竹嬤嬤真的很用心待湯圓，而且湯圓對竹嬤嬤也很好，因此她自然不會拒絕湯圓的請求，可還是囑咐了幾句。「老奴也知道現在咱們遠在揚州，可日後早晚都要回京的，回京後就算在自己家，這些話小姐也別再提了。」

竹嬤嬤在宮裡體會最深的就是這四個字——隔牆有耳。

「我知道的，嬤嬤妳放心好了！」湯圓忙不迭地答應。

竹嬤嬤繞到湯圓背後，一邊幫她按摩，一邊娓娓道來。

「其實，老奴也沒見過七皇子，七皇子出生時，老奴已準備離宮，但雖然如此，有些事老奴還是略知一二。皇貴妃和皇上是從小一起長大的，青梅竹馬的情分旁人自然無法比擬，是故皇貴妃一直都深受聖寵，而且皇后娘娘的身子一年不如一年，當時很多人都道皇貴妃以後定能登上鳳位，豈料竟因難產早早離去。」

如今皇后娘娘早已不管事，她身子真的不好，日常走動都很艱難，後宮之事已交由其他幾位妃子共同協理，平日裡連皇上都甚少見，只有太子日日請安方可說幾句話，可就算已這般靜心休養，她的身子還是越來越差。

「老奴聽聞，七皇子的名諱是皇貴妃取的呢！單名一個玦字，好似當初皇上和皇貴妃的定情之物就是一塊玉玦。」

湯圓一頓，低頭看向自己空蕩蕩的脖子。她並沒有把那半塊玉玦戴在身上，一來是思緒很亂，二來是不知道該怎麼向人解釋這塊玉玦的來歷，只好妥帖地收在了自己才有鑰匙的盒子裡。

沒想到，這居然還是皇上和皇貴妃的定情之物……

「本來皇子出生後都和母妃住在一起，待滿四歲就會統一住在一所殿內，可是七皇子自出生起皇上便帶在身邊，後來啟蒙也是由皇上親自教導，至今都沒有和其他皇子同住。宮裡的人最會見風使舵，雖然七皇子沒了母妃，但有皇上撐腰，是以人人都趕著巴結；不過當然也有小人看不過去，針對他的暗算、陰謀詭計同樣數不勝數，只是從沒成功過，而且就算出了事，所有證據都指向七皇子，皇上也不管，一律從輕發落了事，對他偏愛到了極點。」

「皇上真的疼七皇子嗎？」聽到這裡，湯圓終於忍不住，把剛才的話又問了一遍。再傻，也該知道槍打出頭鳥的道理，而且皇上還做得這麼明目張膽，這樣看來，不是真的疼愛，若真護在手心，何須人人都知呢？

怪不得，怪不得上輩子他會……

竹嬤嬤動作一頓，想了一會兒才道：「這老奴也不好說，因為宮中之事不能只看表面或者單看一件事。皇上疼愛七皇子，可太子已經立了，雖然外人看來七皇子的地位好似更加重要些，但是，廢太子是會動搖國之根本的，這種決策出現的機率太小。

「再者，就是七皇子的脾氣了。若他性子真如謠傳般古怪，那便不可能是位明君，這點就連老奴都知道，皇上和大臣們自然更加清楚。說不定皇上一直縱容七皇子，沒讓他收斂，也是有這層顧慮，算是明白地告訴眾人，他只是疼愛，並沒有其他意思。而且七皇子本人對權勢好像也不太熱衷，行事一向都是隨自己高興。」

竹嬤嬤皺了皺眉，繼續細細分析。「最重要的一點就是，七皇子的母族雖然朝中有人，但全是虛名，聽著好聽，其實沒多少實權的，他們只享富貴，沒有上位的意思，且這麼多年也不見皇上提拔，所以其他幾位年長的皇子，甚至是太子才能忍下。」

聽竹嬤嬤如此說，湯圓沒有放心，反而更加沈重。

帝王恩，雲煙過，如果沒了皇上的寵愛，那他以後該如何是好？朝裡沒有其他助力，母族又靠不上，就元宵的性子，讓他對別人低聲下氣是絕對不可能的，若真發生了什麼事，看來不是他死，就是對方死，沒有第三個選擇，她現在終於深刻地明白老王妃之前所說的話了。

皇上，您這真的是愛嗎？

湯圓沈默良久，竹嬤嬤見狀側著身子打量湯圓的神情，發現她目光呆滯，顯然又沈浸在自己的世界裡了，不由得出聲詢問。「小姐今天是怎麼了？好好的問起七皇子做什麼？」

湯圓沒有回話，只是低頭看著自己空無一物的脖子，許久後低聲問道：「嬤嬤，情愛是什麼？男女之情又是什麼？」雙手輕撫胸口，心跳快得異常，是因為元宵。昨晚他竟對自己做出那種事，意圖非常明顯，她再傻也明白了，但他怎麼會喜歡上自己呢？

竹嬤嬤一愣。少年慕艾，少女懷春，湯圓的年紀也到了，會問這些問題也屬正常，可是，自己實在不知道該怎麼回答。

她蹲在湯圓面前，一邊仔細斟酌，一邊低頭替她按摩腿部，微微用力，直到白嫩的肌膚泛紅才換個地方，過一會兒後開口道：「老奴無法回答小姐這個問題，您也知道，老奴此生未嫁，毫無經驗，自然沒有資格教小姐什麼。」想了想又再補充。「不過老奴在後宮待了那麼多年，看過太多事情，雖然不知道情愛到底是什麼，但是，我想遇上一個對的人很重要。只要人對了，他時時刻刻都想著妳，妳也喜歡他，不必靠計謀、手段來爭寵，這樣的情，應該就是男女之情了。」

見時辰差不多了，她起身替湯圓擦乾身子，套上裡衣。

「小姐想這些也太早了，而且這種事光想是想不明白的，只有真正遇上了才會知道，反正到時候夫人自會替小姐把關，小姐不必苦惱。」

湯圓還是滿腦子漿糊，但是竹嬤嬤話已經說到這個地步，她也不好再發問，便乖乖更衣，打理好儀容。

用過早飯，本來打算去向柳氏和湯老夫人請安的，不料柳雲非又過來了，第一句話就殺個湯圓措手不及。

「我要回京了，已經跟姑媽說好，明日起程。」

湯圓當場愣住，看柳雲非有些鬱鬱寡歡，小心翼翼地問：「可是阿爹說你什麼了？或者祖母說你什麼了？」

怎麼會這麼突然呢，上輩子不是等娘生產之後才走的嗎？

柳雲非搖了搖頭。「沒有人說我什麼，是我自己決定離開的。」看了湯圓一眼，心中有些酸澀，但也坦白承認。「是我錯了，本來以為姑媽過得不好，也以為老夫人來揚州是不安好心，打算來找碴的，可是聽完妳的話，我才發現，清官難斷家務事這句話是真有道理。」

而且他更明白了，自己一直自視甚高，遇上七皇子栽了個大跟頭還不知反省，只覺得是他一時大意；可經過老夫人這件事之後，才徹底醒悟，他實在太不成熟了，看事情只懂得看表面，真是有夠愚蠢。

柳雲非臉上的挫敗太過明顯，湯圓有些慌張地安慰道：「你別放在心上，你又不知道這些事情，你只是擔心我娘而已，沒有做錯什麼，而且現在知道也不晚啊。你好不容易來揚州，都沒到處走走看看，就這樣回京，外祖該罵我們了。」

看到湯圓臉上的擔憂，柳雲非一下子笑了出來，在將軍想吃人的眼神下，伸手揉了揉她的頭。

「妳想太多了，妳以為我日子過得很輕鬆啊？我還有好多事沒有處理呢，現在既然已經確認姑媽過得很好，我也沒有藉口偷懶了。」說完挑釁地看了在旁邊守著的將軍一眼。氣死你！

這趟來揚州，收穫真的很多。不僅知道了原來姑媽過得還不錯，而且湯圓的狀態也很好，看來自己先前的擔心是多餘了。湯圓正努力地改變自己，如今已能看出些成效，想必以後再見，定是個非常出色的姑娘，如果到時候自己還是現在這副模樣，拿什麼去保護她？又拿什麼去和虎視眈眈的七皇子爭？

湯圓張口想再勸，柳雲非卻是去意已決。

「我在京城等你們回來，到時候，一定要讓我看到一個不一樣的湯圓，也讓親戚們見識見識，湯家三小姐，大器晚成，是最出色的那一個。」我也一定會讓自己變得有能力站在妳旁邊，哪怕是面對七皇子也不畏懼。

湯圓被柳雲非臉上的豪氣給逗樂了，知道多說無用，笑著應了。「好，我們回京見，我會努力，努力改變，不會讓你和其他人失望的。」

——未完・待續，請見文創風371《今宵美人嬌》下集

2016年1月出版

今宵美人嬌

文創風 370～371

純情少年的真心告白：
喂，本人可是第一次主動討好人唷，還不快來領情！
懷春少女的驚人告解：
爹，娘，請原諒女兒，今晚女兒墮落啦～～

若遇情竇雙開綻　最是人生好時節／糖豆

雖說爹娘本是冀望人如其名才喚她湯圓，但她未免太不負厚望了吧，
不僅吃得身材圓滾滾，亦被寵得性子軟趴趴，任人搓圓捏扁，
結果便是慘遭下人嘲笑，還被夫君利用，就連懸樑用的繩子也欺負她胖！
生生從中斷裂，害她自盡都落人笑柄，不得已只好改為割脈了卻一生……
豈料醒來竟重回十歲，雖未釐清狀況，可至少她知道，要拚死減肥，還有——
往後取名絕對得三思！瞧，這世她遇上個叫「元宵」的神秘少年，
按理兩人該是同類呀，可字詞不同他便與她天差地遠，
先別提那張精緻的相貌有多讓人自卑，光論他囂張及毒舌的程度她就望塵莫及。
這人初見面旋即數落她胖，她聽了不爽理他，他竟小肚雞腸地展開報復，
害她在王府聚會上出醜，成了舌戰箭靶，最後甚至遭人推落水池——
好啦這純屬意外與他無關，不過見她如此狼狽也算稱了他的心，
那……為何他會挺身替她出氣，還第一時間下水救她？
如今又趁夜偷偷闖入她房內，笨手笨腳地替她搽藥到底是怎麼回事？
而這不但不尖叫、不抵抗，反倒還有點開心的自己又是怎麼回事？!

2015年12月出版

憐香

文創風 362~364

作為侍妾，前世她無榮無寵、坐足冷板凳，
眼看自己既沒心計，又稱不上絕色，今生重來大概也無望，
哪知這侍寢、賞賜接二連三都降臨到她頭上，
難道自己真的要轉運了？

思君情切，誰憐花容／藍嵐

作為太子的眾多侍妾之一，馮憐容綜觀自身的條件，
即便今生重來一回，要與人爭寵大概也無望。
孰料，她只想做個自在的人，反倒投其所好了？
本以為太子僅是圖一時新鮮，可這恩寵隨著時日只增不減，
待新皇榮登大位，她還一躍成了貴妃，
縱使前世的勁敵藉著選秀女再度入宮，
她仍是集三千寵愛於一身。
豈料，宮裡傳出由她所出的皇長子乃天定儲君之謠言，
意欲以此毒計讓她不見容於世！
所幸在君王的全心信任下，
不僅真相水落石出，還引發廢后風波。
在因緣俱足之下，她也一步步成為後宮至高之人……

願得一心人，白首不相離

「我若喜歡你，便會永遠心悅著你，
無論經過多少的時光、多少的歲月……」

「你說，我這一生與你永不分離，可好？」

狗屋最新強檔貓狗企劃
「願得一心人，白首不相離」來啦！
想知道2015年寵物情人們的最終歸宿？
想知道貓貓狗狗們是否遇到那個「一心人」？
那親愛的讀者們，走過、路過，絕對不能錯過～～

第239期小灰 胖灰

冰冰寶兒 / 新竹縣

2014年12月29日，胖灰成為了我們家庭的一分子。會想認養胖灰，一切都起源於我姐姐的貓兒子「球球」住我們家開始。

本來，我們家只有一個貓兒子「胖喵」，一直以來，胖喵都過著獨生子的生活。直到球球來寄住後，開啟了胖喵的另一面，這時才發現，原來，貓咪也是需要有伴的。於是在球球寄住結束後，心裡燃起了一個念頭，我們想要再養一隻貓咪來和胖喵作伴。

於是，開始搜索各大領養網站及管道，尋找適合我們家的新成員。就這樣，看見了「巷口躲貓貓」發布的領養訊息。當時，一看見胖灰，心裡覺得就是牠了。那眼神和表情，和胖喵實在太相似，相信牠們一定會相處得很愉快。

胖灰來到家中也快一年了，從一開始害怕的眼神，到現在餓了會討吃、討摸；睡覺時，還會來陪睡，有時還會追著自己的影子自high，我們常常被牠逗趣的行為惹得哈哈大笑。

真的很謝謝胖灰的加入，除了陪伴胖喵外，更調劑了我們的生活。用愛真的會改變毛小孩的性情，希望大家能用領養代替購買。每一個毛小孩，都值得被愛。

第244期小黃 波波

黃小姐 / 新北市板橋

波波是來新家後改的名字，雖然不知道波波是怎樣的成長過程，才讓牠這麼膽小跟怕人。但我相信，會來我家，就是一個新機緣，讓波波有全新的開始，學著交新朋友，學著相信人。

來新家3個月，波波的作息穩定了，但是交貓朋友就有點慢。看牠吃飽飯後精力十足地撲玩具，心中就覺得——波波啊！在這裡，你要做的就是，放心地吃睡玩，我看你吃得很滿意，睡得很久，但是玩的時間卻很短，在這裡朋友多啊，牠們等著跟你一起跑跑，你要加油噢！

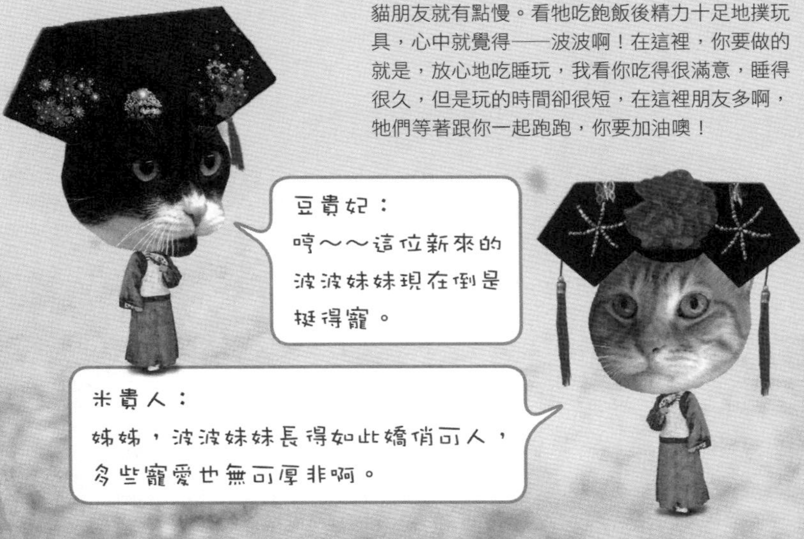
豆貴妃：
哼～～這位新來的
波波妹妹現在倒是
挺得寵。
米貴人：
姊姊，波波妹妹長得如此嬌俏可人，
多些寵愛也無可厚非啊。

第249期 芒果弟 弟弟

Danny / 台南永康

當初是在貓咪公寓認養了回回，後來上班回來看牠總是不開心的樣子，想說一定是原來的同伴都沒了剩下牠一個，所以決定再領養一隻貓才有伴可以玩，後來又去貓寓，看到芒果兄弟，一身雪白的，又沒攻擊性，經過一番內心掙扎後才決定領養弟弟，實在是因為我家不夠大到可以一起帶回兄弟，否則家裡會被牠們拆了吧。

弟弟現在可是活潑的搗蛋鬼，最愛趁我睡覺時跑到床邊搞破壞，有一次被我發現又要搞破壞，就偷偷裝睡要嚇牠，牠被我一嚇居然從二樓跳下去（樓中樓），結果換我被牠嚇到，幾時偷練這功夫的要嚇誰呀！

現在弟弟也比以前胖多了，回回也超疼牠的，我捉弄弟弟時回回還會生氣呢～～然後就是換回回被我捉弄，弟弟就會奸詐地在一旁偷看。家裡有了這兩隻毛小孩，心情也輕鬆多了，回家看到牠們就很開心。雖然要先收拾被破壞的東西，不過這就是貓咪的天性──愛搞破壞與好奇心，也是牠們讓我又愛又恨的地方。

第252期 捲捲 Vivienne / 台中市

注意到捲捲是因為狗屋出版社在書中刊登認養貓文。文章中捲捲在甕仔雞店討生活那段讓我的心酸酸的，剛好家裡還可以再養隻貓，就決定是牠了。

捲捲很快適應家中尚有大姊和二姊的情況，非常尊敬兩位貓咪姊姊，但捲捲愛玩，常主動騷擾兩位姊姊。三隻貓打打鬧鬧的，妳呼我個巴掌，我偷抓妳的尾巴……

牠非常非常親人，一點也不像小浪浪，坦白講是「非常黏」，常讓我好氣又好笑。有了這三姊妹，讓我的家庭生活製造了更多歡笑。

米貴人：
姊姊，我也十分尊敬您呢！
豆貴妃：
……（有這麼一回事嗎?!）

你孤單嗎？你寂寞嗎？

新的一年給自己添個家人，
陪你一起感受「原來你是我最想留住的幸運～～」

238期 Hank

帥氣忠心的Hank正等著被新家人呵護，如果你願意，牠將是最忠實顧家的好男孩！趕快來信給Hank一個溫暖的家喔！
（聯絡人：吳小姐→ivy0623@yahoo.com.tw）

249期 芒果哥

可愛的芒果弟已經被認養嘍，那麼帥氣的芒果哥怎麼可以落於人後呢？! 趕快把芒果哥帶回家吧！弟弟、哥哥都需要你的愛護。
（聯絡信箱：saaliu@yahoo.com.tw）

253期 缺缺

溫和乖巧的缺缺，親狗、親貓，也親人。牠可以和諧地和貓咪躺在同一個小窩，也能靜靜地被抱在腿上休息，如果你被牠乖巧的模樣給融化了，趕快來信成為牠的「一心人」！
（聯絡人：張小姐→o2kiwi387@gmail.com）

256期 Didi和Gigi

傻氣可愛的Didi和Gigi，只要有食物就可以讓牠們開心好久，趕快來信聯絡，與牠們一起享受單純而美好的「能吃」小確幸吧！（聯絡人：愛媽Christine→ccwny210@gmail.com）

風 文創 370

今宵美人嬌 上

國家圖書館出版品預行編目資料

今宵美人嬌 / 糖豆著. --
初版. -- 臺北市 : 狗屋, 2016.01
冊 ; 公分. --（文創風）
ISBN 978-986-328-543-4（上冊：平裝）. --

857.7 104024665

著作者 糖豆
編輯 黃湘茹
校對 沈毓萍 許雯婷
發行所 狗屋出版社有限公司
地址 台北市104中山區龍江路71巷15號1樓
電話 02-2776-5889～0
發行字號 局版台業字845號
法律顧問 蕭雄淋律師
總經銷 知遠文化事業有限公司
電話 02-2664-8800
初版 2016年1月
國際書碼 ISBN-13 978-986-328-543-4
原著書名 **《一瘦解千愁》**，由北京晉江原創網絡科技有限公司授權出版

定價250元
狗屋劃撥帳號：19001626
網址：love.doghouse.com.tw E-mail：love@doghouse.com.tw